LA GABBIA DELL'ANGELO

OSSESSIONE MOLOTOV: LIBRO 2

ANNA ZAIRES

♠ MOZAIKA PUBLICATIONS ♠

Pubblicato da Mozaika Publications, stampato da Mozaika LLC.
www.mozaikallc.com

Cover di The Book Brander
thebookbrander.com

Fotografia di The Cover Lab
www.thecoverlab.com

e-ISBN: 978-1-63142-709-1
ISBN: 978-1-63142-710-7

CHLOE

SONO TORNATA. NELLA TANA DEL DIAVOLO.

Il pensiero attraversa la mia mente stordita dal dolore, mentre l'auto si ferma davanti alla modernissima villa di montagna di Nikolai. Un uomo e due donne in camici da ospedale—presumibilmente il team medico di cui ha parlato Nikolai—ci stanno aspettando sul vialetto con una barella. Dietro di loro c'è Alina, la sorella di Nikolai, con il suo bel viso pallido e preoccupato.

Annoto tutto questo superficialmente. Tutti i miei sensi sono consumati dall'uomo che mi tiene possessivamente in grembo.

Nikolai Molotov.

Il diavolo in persona.

Le sue braccia potenti sono avvolte intorno a me, tenendomi stretta contro il suo grande corpo, e anche se l'ho appena visto uccidere due uomini, non posso fare a meno di trarre conforto dal suo tocco, dal suo calore, dal suo familiare profumo di cedro e bergamotto. Il suo sapore indugia sulla mia lingua, le mie labbra pulsano per il suo bacio, e per quanto desideri negarlo, la paura non è l'unica emozione che mi riempie la bocca dello stomaco al pensiero che lui mi tenga qui contro la mia volontà.

"Ancora qualche altro secondo, zaychik" mormora, lisciandomi i capelli, e un brivido mi attraversa, mentre i miei occhi incontrano il suo sguardo luminoso da tigre.

Riesco a scorgere il mostro che si cela sotto il suo bellissimo aspetto esteriore. Adesso è chiaro come il giorno.

Pavel salta fuori dalla macchina per primo, aprendoci la portiera, e un'ondata di vertigini si abbatte su di me, mentre Nikolai scende, tenendomi stretta al suo petto. Anche se è attento, il movimento mi provoca una fitta di dolore nauseabondo attraverso il braccio, e le lontane vette delle montagne vorticano in un cerchio disgustoso nella mia vista, mentre mi posiziona delicatamente sulla barella.

Socchiudendo gli occhi, mi concentro sulla respirazione e cerco di non svenire, mentre vengo portata dentro la casa, con Nikolai che ringhia ordini al team medico, mentre parla in russo con Alina e Lyudmila. Presumo che stia spiegando cos'è successo, ma provo troppo dolore per preoccuparmene, comunque.

Non ero mai stata colpita prima, e non è divertente.

Quando apro di nuovo gli occhi, sono nella mia

camera da letto, con il dottore e il suo team che si danno da fare intorno alla mia barella. In pochi secondi, una flebo viene fissata al mio braccio sinistro e sono collegata a diversi monitor. Non ho idea da dove provengano tutte queste apparecchiature mediche, ma la mia camera sembra essere stata trasformata in una stanza d'ospedale.

Il dottore, che già indossa un camice e una mascherina chirurgica, mi chiede se sia allergica al lattice o a qualche farmaco, mentre si infila un paio di guanti.

"No" gracchio, e una delle infermiere attacca un sacchetto di liquido alla parte superiore del supporto per flebo. Immediatamente, una piacevole stanchezza si diffonde dentro di me, rendendo le mie palpebre pesanti.

L'ultima cosa che vedo prima che il mondo svanisca è Nikolai in piedi nell'angolo della stanza, i suoi occhi dorati puntati su di me con feroce intensità. C'è ancora una macchia scura sul suo zigomo—il sangue dell'uomo che ha torturato per ottenere risposte—ma con il dolce sollievo dell'anestesia che si diffonde nelle mie vene, non posso trattenere il sorriso sciocco che mi curva le labbra.

Ti terrò al sicuro, aveva detto, e mentre l'oscurità mi reclama, gli credo.

Mi terrà al sicuro da tutti tranne che da se stesso.

2

NIKOLAI

MIA SORELLA MI INTERCETTA NON APPENA ESCO DALLA camera di Chloe. Dev'essere rimasta in piedi nel corridoio per tutto il tempo.

"Come sta?"

"Vivrà, non grazie a te." Il mio tono è duro, ma non me ne frega un cazzo.

È colpa di Alina se siamo in questo casino. Ha detto a Chloe che ho ucciso nostro padre. Le ha dato le chiavi della macchina, permettendole di fuggire.

Alle mie parole, Alina sussulta, ma mantiene la sua posizione. Il suo viso è ancora pallido e gonfio, ma i suoi occhi verdi sono limpidi e non ha più l'odore di un cocktail di droghe. "Voglio dire, qual è la sua condizione? Che cos'ha detto il dottore?"

Sospiro, passandomi una mano tra i capelli. "È stata fortunata. Il proiettile le ha attraversato il braccio, sfiorando appena l'osso. Ha perso una buona quantità di sangue, ma non abbastanza da richiedere una trasfusione. Ha anche una distorsione alla caviglia. A parte questo, ha solo contusioni e graffi dappertutto."

"Kolya..." Mia sorella sembra più triste che mai. "Mi dispiace tanto. Non sapevo del—"

"Basta." Non sono dell'umore giusto per ascoltare le sue scuse e giustificazioni. Forse non sapeva degli assassini che stavano dando la caccia a Chloe, ma questo non giustifica ciò che ha fatto. Nemmeno il fatto che fosse sotto l'effetto di droghe. Prima di dire qualcosa di cui mi pentirò, chiedo: "Dov'è Slava?"

"Lyudmila lo ha portato a visitare le guardie. Le ho chiesto di tenerlo fuori per ora, visto... lo sai." Fa un cenno verso la porta di Chloe.

"Buona idea." So che non dovrei tenere nella bambagia mio figlio, ma sono stranamente riluttante a esporlo alla brutale realtà della nostra vita, come fece nostro padre con me. La caccia e la pesca sono una cosa—sono felice che Pavel le insegni a Slava, insieme ad altre abilità fondamentali della vita—ma preferirei che non vedesse la sua tutor coperta di sangue.

Alla fine, imparerà cosa significa essere un Molotov, ma non ancora.

Alina sembra sollevata dalle mie lodi. "Allora, che cos'è successo?" chiede, seguendomi, mentre mi dirigo verso la mia stanza. "Chi ha mandato gli assassini a cercarla?"

"È una lunga storia." Una che sto ancora digerendo io stesso. "Ti dirò solo che è ancora in pericolo."

Mi afferra per la manica, interrompendomi. "Quindi, non hai...?"

"L'ho fatto." Ho piantato una pallottola nel cervello di uno degli assassini e ho ferito l'altro abbastanza gravemente da farlo morire poco dopo—ma non prima di avergli tirato fuori un nome.

Un nome con cui sto ancora cercando di fare i conti.

Mia sorella mi guarda con un'espressione accigliata incisa sulla fronte. "Ma pensi che ne arriveranno altri."

"Ne sono sicuro."

"Perché? Chi è lei, Kolya?"

"Questo è ciò che intendo scoprire."

Liberandomi della sua presa, entro nella mia camera e chiudo la porta.

———

Anche se Chloe è ancora sedata, sono ansioso di tornare da lei, quindi faccio la doccia e mi cambio velocemente. Poi, mando un messaggio a Konstantin, aggiornandolo su ciò che ho scoperto e chiedendo al suo team di hacker di indagare sull'uomo che l'assassino ha indicato come loro mandante.

Tom Bransford.

Il candidato alla presidenza che potrebbe essere il padre di Chloe.

Lei non conosce ancora l'ultima parte, e non so se dovrei riferirle qualcosa riguardo ai miei sospetti, finché non avrò prove più concrete. In questo momento, le prove sono nel migliore dei casi circostanziali, e se sbaglio, Chloe avrà ancora più motivi per credere che io sia un mostro contorto.

Cosa che sono. È solo che non voglio che lei pensi questo di me.

Il mio petto si stringe, mentre immagino il sorriso dolce e radioso che mi ha rivolto, prima che i farmaci nella flebo prendessero il sopravvento. Voglio di più, non lo sguardo vuoto e terrorizzato che ha sfoggiato nel bosco, quando le sono andato incontro, con la pistola in mano, dopo aver ucciso uno dei suoi aggressori e ferito l'altro.

Non voglio più vedere quello sguardo sul suo viso.

Alina se n'è andata, quando ritorno nel corridoio e corro di nuovo nella stanza di Chloe. So che sta bene con il dottore e le infermiere che la sorvegliano, ma non posso fare a meno dell'ansia che mi dilania ogni momento in cui lei è fuori dalla mia vista. È arrivata così vicina alla morte. Se mi fossi presentato pochi minuti dopo, se la squadra di Konstantin non fosse stata in grado di penetrare nel satellite della NSA per individuare la sua posizione esatta, se il proiettile avesse perforato il suo corpo pochi centimetri a sinistra—c'è un numero infinito di modi in cui questa storia avrebbe potuto concludersi diversamente.

Un numero infinito di modi in cui avrei potuto perderla.

"Dovrebbe svegliarsi tra pochi minuti" mi informa il medico, quando entro nella sua camera. È uno dei migliori chirurghi traumatologici dello Stato; Pavel ha fatto volare lui e la sua squadra su un elicottero da Boise per una cifra esorbitante che include sia i loro servizi che la loro discrezione.

"Bene. Grazie." Ignorando gli sguardi delle due infermiere, mi avvicino a Chloe, e una fitta dolorosa mi schiaccia la cassa toracica, mentre noto la sfumatura grigiastra della sua pelle abbronzata. Le hanno rimosso il sangue e la sporcizia dal viso e dalle braccia e l'hanno vestita con un camice da ospedale, ma i suoi capelli sono ancora arruffati, con un paio di ramoscelli e foglie impigliati nelle ciocche castano-dorate.

Rimuovo i detriti, lasciandoli cadere sul tavolino accanto alla sua barella. Detesto vederla così, piccola, fragile e ferita. Avrei dato qualsiasi cosa per poter prendere quel proiettile per lei, o meglio ancora, essermi svegliato poche ore prima, per poterle impedire di andarsene.

Allungandomi, accarezzo teneramente le mie nocche sulla sua mascella finemente sagomata. La sua pelle è morbida e calda. Incapace di trattenermi, strofino il pollice sulle sue labbra leggermente aperte. Labbra soffici, simili a quelle di una bambola, la parte superiore leggermente più piena di quella inferiore. Labbra peccaminose che potrebbero sedurre un santo —non che io lo sia o lo sia mai stato.

Allontanando la mano prima che il mio corpo possa reagire in modo inappropriato, mi dirigo verso una sedia in un angolo della stanza e rimango in attesa, finché il dottore scompare nel bagno. Le infermiere sistemano la strumentazione; non appena Chloe riprenderà conoscenza e sarà stabile, se ne andranno.

Come promesso dal medico, passano solo pochi minuti prima che Chloe si agiti, un debole suono che le sfugge dalle labbra, mentre le sue palpebre si aprono. Mi alzo subito, attraversando la stanza verso di lei.

"Ciao" mormora assonnata, sbattendo le palpebre. "Hanno già—"

"Sì, zaychik." Le prendo delicatamente la mano sinistra, facendo attenzione a non rimuovere la flebo dal braccio. Le sue dita delicate sono fredde nella mia presa, nonostante il lenzuolo la copra fino al petto. "Come ti senti? Vuoi qualcosa da bere?"

Sbatte di nuovo le palpebre, ancora chiaramente stordita, quindi premo un pulsante per sollevare la testa della sua barella in posizione semi seduta, e poi porto un bicchiere d'acqua con una cannuccia alle sue labbra. La succhia avidamente, strappandomi un sorriso.

Il dottore si dà da fare e io faccio un passo indietro, lasciando che lui e la sua squadra facciano il proprio lavoro. Le infermiere mettono il braccio destro di Chloe in un'imbracatura, mentre lui le fa alcune domande e le controlla i segnali vitali; quindi, rimuovono la flebo e tutte le apparecchiature di monitoraggio.

È ritenuta sveglia e stabile.

"Prendi queste per il dolore, se necessario" le dice il medico, posando una bottiglietta di pillole sul tavolo. "E fai attenzione a non bagnare la benda. Dovrà essere cambiata ogni ventiquattro ore." Guarda verso di me, e io annuisco.

Ho una discreta esperienza con le ferite da arma da fuoco e sarei più che felice di interpretare il ruolo dell'infermiere di Chloe. Quello di cui non sono felice sono gli antidolorifici, ma so che ne avrà bisogno.

La sua ferita non è potenzialmente letale, ma sarà comunque molto dolorosa.

"Ho capito" dico, mentre le infermiere si muovono per sollevare la ragazza, presumibilmente per trasferirla nel suo letto. Fermandole, la raccolgo con attenzione e la porto lì io stesso—compito non difficile, dato che è appena più pesante di Slava. Anche se ha mangiato come un taglialegna durante la settimana in cui è stata qui, la mia zaychik è ancora troppo magra dopo il suo mese in fuga.

Sussulta, mentre la adagio, e per me è come ricevere una pugnalata allo stomaco. Non sono mai stato così visceralmente in sintonia con un'altra persona prima d'ora, al punto che vivo il suo dolore come se fosse il mio. Se avevo qualche dubbio su quello che significava per me, è scomparso nel momento in cui ho visto la sua Toyota sparita dal garage.

Non avevo mai conosciuto tanta rabbia e terrore come quando ho saputo che gli assassini erano nella zona—quando ho pensato che avrei potuto non trovarla in tempo.

Le mie budella si contorcono, e respingo tale pensiero, prima di essere tentato di strangolare Alina. La cosa importante ora è che Chloe sia al sicuro qui con me. Ho già detto a Pavel di rafforzare la nostra sicurezza, nel caso in cui gli assassini avessero scoperto chi aveva assunto Chloe e avessero trasmesso le informazioni al loro datore di lavoro prima che li trovassi. Ne dubito—quello che ho torturato sembrava non avere idea di chi fossi—ma non correrò rischi.

Inoltre, c'è sempre la minaccia dei Leonov. Alexei sarà ancora più incazzato ora che abbiamo sottratto il lucrativo contratto tagiko del reattore nucleare alla società Atomprom della sua famiglia.

Scacciando anche quel pensiero, mi concentro nel sostenere Chloe su un paio di cuscini e coprirla con una coperta, mentre il dottore e la sua squadra spingono la barella e tutta la loro attrezzatura fuori dalla stanza.

Un minuto dopo, siamo finalmente soli.

Mi siedo sul bordo del letto e le prendo la piccola mano. "Stai bene, zaychik?" chiedo, strofinandole il palmo gelido. "Posso portarti qualcosa? Qualcosa da bere, da mangiare? Immagino che tu debba avere fame."

Deglutisce e annuisce. "Un po' di cibo sarebbe fantastico." Ora sembra più vigile, i suoi grandi occhi castani decisamente diffidenti. La sua paura ha un effetto a doppio taglio su di me, facendomi dolere il petto anche se stimola quella parte primitiva e contorta di me che vuole inseguirla e marchiarla, reclamarla nel modo più brutale possibile.

Sopprimendo l'oscuro istinto, mi porto la sua mano alle labbra e le bacio le nocche. "Te lo porto subito.

Vuoi qualcosa per passare il tempo mentre aspetti? Un libro o—"

"Guarderò solo un po' di TV."

Sorrido e le porgo il telecomando. "Va bene. Torno subito."

Chinandomi, le do un rapido bacio sulla fronte e corro fuori dalla stanza.

3

CHLOE

Con il cuore che batte in modo irregolare, guardo la porta chiudersi dietro la figura alta e dalle spalle larghe di Nikolai. La mia fronte continua a formicolare dove le sue labbra hanno toccato la mia pelle, anche se la mia mente rivive le urla crude e piene di agonia dell'uomo che ha torturato.

Come può uno spietato assassino agire in modo così premuroso e tenero?

Qualcosa di tutto ciò è reale o è solo una maschera che indossa per nascondere lo psicopatico all'interno?

In realtà, non ho fame—l'anestesia mi ha resa un po' nauseata—ma ho bisogno di qualche minuto da sola. È successo tutto così in fretta che non ho avuto la possibilità di elaborare le mie domande, tantomeno di tentare di trovare una risposta. Un momento prima, uno degli assassini di mia madre era a cavalcioni su di me, la lussuria che brillava nei suoi occhi piatti e scuri, e quello successivo, il cervello del suo socio era su tutto il suolo della foresta, e Nikolai stava facendo a fette il mio aggressore, minacciandolo di rimuovergli le budella.

Ingoiando un'ondata di nausea, metto da parte il ricordo. Per quanto brutali fossero i metodi di interrogatorio di Nikolai, hanno prodotto alcuni risultati, e con il peggio dello shock che svanisce e la mia mente che si schiarisce dalla foschia dell'anestesia, posso finalmente pensare ai risvolti di ciò che ho imparato.

Erano lì per uccidervi entrambe, mi aveva detto Nikolai in macchina, prima di chiedere se il nome Tom Bransford significasse qualcosa per me.

E la risposta è sì.

Perché ultimamente è stato su tutti i notiziari.

Con mano instabile, sollevo il telecomando e accendo la TV, sintonizzandomi su un canale di notizie.

Di sicuro stanno dibattendo sulle primarie, che Bransford sembra stia vincendo, mettendolo in testa in tutti i sondaggi.

Le mie viscere si agitano, mentre studio la sua immagine allo schermo. Se Nikolai mi sta dicendo la verità, questo è l'uomo responsabile dell'omicidio di mia madre.

Giovanile e in forma a cinquantacinque anni, il senatore della California trasuda fascino e carisma. I suoi folti capelli biondo dorato sono appena sfiorati dal grigio, i suoi occhi sono di un azzurro brillante e il sorriso è abbastanza brillante da illuminare un magazzino.

Non c'è da stupirsi che lo stiano paragonando a JFK; potrebbe essere il fratello ancora più bello del presidente morto.

Cerco segni del male sul suo viso dai lineamenti uniformi e non ne trovo. Ma perché dovrei? Per quanto sia bello Bransford, non può reggere il confronto con il fascino oscuro e magnetico di Nikolai, e so di cosa *lui* è capace. Non sono nemmeno l'unica abbagliata da Nikolai. Anche stordita dall'anestesia, non mi sono sfuggite le occhiate avide che le infermiere gli lanciavano di nascosto.

Non sono mai stata in pubblico con il mio datore di lavoro, ma immagino che le mutandine cadano dappertutto, quando cammina per strada.

Una bizzarra fitta di gelosia mi colpisce al pensiero, e mi rendo conto che mi sto distraendo dalla domanda chiave.

Perché?

Perché un importante candidato alla presidenza vorrebbe uccidere me e mia madre?

Non ha senso. Assolutamente non ce l'ha. Mamma non avrebbe potuto essere più lontana dalla politica nemmeno se avesse vissuto nella giungla amazzonica, e Dio sa che io non seguo quelle cose. Per quanto sia imbarazzante ammetterlo, non ho nemmeno votato alle ultime elezioni, essendo stata troppo impegnata con l'inizio del college e tutto il resto. Né ho mai incontrato Bransford in alcun modo; ho una buona memoria per i volti, e il suo si ricorda più di tanti altri.

Forse mamma lo aveva incontrato per caso? Al ristorante in cui lavorava, forse?

È possibile, in teoria. L'hotel di lusso a cui è annesso il ristorante è frequentato da tutti i tipi di VIP. Forse Bransford aveva soggiornato lì durante una visita a Boston, e mamma lo aveva visto fare qualcosa che non avrebbe dovuto.

Ma allora, perché avrebbe dovuto voler uccidere anche me? A meno che... aveva paura che mamma mi avesse detto tutto quello che sapeva di lui?

Santo cielo. Forse lei ha nascosto qualche tipo di prova nel suo appartamento, e lui pensa che io sappia dov'è.

Eccitata, mi metto a sedere, solo per ricadere sul mucchio di cuscini con un gemito. L'effetto dell'anestesia sta decisamente svanendo, perché quel movimento *fa male*. Molto. Mi sono sentita come se dei coltelli bollenti mi affondassero nel braccio, e il resto del mio corpo non se la cavava molto meglio.

È come se fossi stata investita da un vero camion, invece che da un assassino di quelle dimensioni.

Prima che possa riprendere fiato e rimettere a fuoco, la porta si apre ed entra Nikolai, con in mano un vassoio di piatti coperti.

Il mio cuore si lancia in uno scatto, e quel poco di respiro che ho recuperato lascia i miei polmoni.

Senza il velo dello shock che offusca i miei sensi e la distrazione del personale medico che si agita intorno a me, il suo effetto su di me è devastante, spaventosamente potente. Non ho mai conosciuto un uomo che potesse far reagire il mio corpo semplicemente entrando in una stanza. E non è solo il suo aspetto; è tutto di lui, dalla cruda intensità animale nel suo sorprendente sguardo verde ambra all'aura di potere, che indossa comodamente come uno dei suoi completi su misura.

In questo momento, è vestito in modo più casual con un paio di jeans scuri e una camicia azzurra abbottonata con le maniche arrotolate fino ai gomiti. Dev'essersi cambiato e aver fatto la doccia, mentre ero svenuta, mi rendo conto; non solo i suoi vestiti sono diversi da quelli che aveva indossato in macchina, ma la macchia sullo zigomo è sparita e i capelli corvini sono pettinati all'indietro, esponendo la netta simmetria dei suoi lineamenti sorprendenti.

Avidamente, i miei occhi tracciano il suo viso, dagli spessi tagli neri delle sue sopracciglia alla forma piena e sensuale della bocca. Per una volta, non è curvata in quel suo modo oscuro e cinico; invece, il sorriso sulle sue labbra è caldo, tinto di tenerezza inquietante.

"Ho chiesto a Pavel di scaldare alcuni avanzi e preparare una selezione di snack diversi" dice, attraversando la stanza verso di me, mentre spengo di riflesso la TV. La sua voce profonda e ruvida è come una carezza per le mie orecchie, molto più piacevole dei toni striduli del giornalista. Appoggia il vassoio sul comodino, si siede accanto a me e comincia a scoprire i piatti uno per uno. "Ho pensato che potessi avere a che fare con un po' di nausea, quindi ho anche dei toast semplici qui."

Wow. Potrebbe essere più premuroso? Se non l'avessi visto uccidere e torturare con i miei occhi, non lo avrei mai creduto capace di una tale crudeltà—anche con quell'atmosfera oscura e pericolosa che continuavo a ricevere da lui.

"Grazie" mormoro, cercando di non pensare alle sue mani che brandiscono la lama che ha squarciato un uomo, mentre allunga il vassoio verso di me, lasciandomi scegliere quello che voglio. C'è di tutto, dalla frutta tagliata ai blintz ripieni, ai salumi e ai formaggi vari, ma *sono* ancora nauseata, soprattutto con le immagini raccapriccianti che si rifiutano di lasciare la mia mente, quindi prendo solo il pane tostato e una manciata di uva.

Mi guarda mangiare con un mezzo sorriso di approvazione, e cerco di non pensare a quanto mi faccia sentire calda quel sorriso—e non solo in senso sessuale. È un'illusione, questa sensazione di sicurezza e conforto che mi dà, un residuo di quando pensavo fosse un brav'uomo, che aveva solo problemi a connettersi con il suo giovane figlio.

Stavo cominciando a innamorarmi di quell'uomo.

No. Sto mentendo a me stessa. Mi *sono* innamorata di lui, tanto che nonostante le terrificanti rivelazioni di Alina che mi riecheggiavano nelle orecchie, avevo girato la mia macchina e stavo tornando qui, quando gli assassini mi hanno teso un'imboscata.

Sua sorella mi aveva detto che era un mostro, e io non le ho creduto. Non volevo crederle.

Non le credo ancora.

"Dov'è Slava? Come sta?" chiedo, scegliendo l'argomento più innocuo a cui riesca a pensare. Ci sono così tante cose di cui dobbiamo discutere, dalle motivazioni di Bransford al fatto che io sia o meno una prigioniera qui, ma non sono ancora pronta per affrontare tutto questo.

Quest'ultima domanda, in particolare, è troppo inquietante per essere posta al momento.

"È appena tornato da una passeggiata con Lyudmila" risponde. "Alina glielo ha fatto portare via prima del nostro arrivo."

"Ah, bene." Ero preoccupata che il bambino potesse averci visti dalla sua finestra. "Che cosa gli dirai di... sai?" Indico la mia imbracatura con la mano sinistra.

"Diremo solo che sei caduta su un ramo." La sua mascella si irrigidisce. "Preferirei che non sapesse che l'hai abbandonato."

"Non ho—" Mi fermo, perché l'ho fatto. Stavo tornando, ma Nikolai non lo sa. Né ho intenzione di dirglielo.

Non voglio che sappia con quanta facilità mi ha ingannata, come anche adesso una parte di me si rifiuta di credere che sia un assassino spietato come gli uomini che hanno ucciso mia madre.

I suoi occhi da tigre si restringono per lo sguardo indagatore. "Non hai fatto cosa?"

"Niente." La parola esce rapidamente in modo poco

convincente. Mi affretto a coprirla. "Volevo solo dire che non *l*'ho abbandonato."

È come se una nube temporalesca passasse sul viso di Nikolai, bloccando ogni luce e calore. Il suo sguardo si rabbuia, i suoi magnifici lineamenti assumono una durezza simile a una statua. "Giusto. Hai abbandonato *me*. Per quello che ti ha detto Alina."

Deglutisco a fatica. Non sono sicura di essere pronta nemmeno per quell'argomento, ma sembra che non abbia scelta. Ignorando il dolore lancinante al braccio, mi spingo in una posizione più eretta. "Ha mentito?" La mia voce vacilla leggermente. "Ha inventato tutto?"

Mi fissa, il silenzio che si protrae per lunghi e penosi secondi. "No" dice alla fine. "Non l'ha fatto."

Qualcosa dentro di me appassisce. Fino a quel momento avevo ancora sperato che sua sorella si fosse sbagliata, che, nonostante quello che gli avevo visto fare ai due assassini, non fosse colpevole dell'orrendo crimine del parricidio. Ma ora non c'è spazio per i dubbi.

Per sua stessa ammissione, l'uomo di fronte a me ha ucciso suo padre.

"Che cos'è successo? Perché—" La mia voce si incrina. "Perché l'hai fatto?"

Non risponde per un altro lungo momento snervante. Il suo viso è quello di uno sconosciuto, oscuro e chiuso. "Perché se lo meritava." Le sue parole cadono come un martello, pesanti e brutali. "Perché era un Molotov. Come me."

Inumidisco le mie labbra secche. "Non capisco." Il mio cuore batte contro la cassa toracica, ogni battito che riecheggia nelle mie orecchie. Una parte di me vuole soffocarlo e scappare urlando, mentre l'altra, infinitamente più sciocca, desidera ardentemente curvare il mio palmo sulla linea dura e intransigente della sua mascella, offrendo conforto con il mio tocco.

Perché nascosto sotto quella facciata dura e priva di emozioni c'è il dolore.

Ci dev'essere.

Apre la bocca per rispondere, quando qualcuno bussa alla porta. Il suono è basso, incerto, ma uccide quell'attimo come se fosse uno sparo.

Balzando in piedi, Nikolai si avvicina alla porta per aprirla.

"Konstantin è al telefono" dice Alina dalla porta. "La sua squadra ha trovato qualcosa."

4

CHLOE

IL MIO STOMACO È ANNODATO, QUANDO NIKOLAI ritorna, il pane tostato che ho mangiato indurito come una roccia. So che Konstantin è suo fratello maggiore, il genio tecnologico della famiglia, e ho il forte sospetto che il "qualcosa" che il suo team ha trovato si riferisca alla mia situazione.

Ora che ho avuto la possibilità di pensarci, Konstantin è probabilmente il modo in cui Nikolai aveva saputo tutte quelle cose su di me fin dall'inizio— come il fatto che non avessi pubblicato sui miei social media altamente privati durante il mio mese in fuga. Ed è anche il modo in cui Nikolai ha avuto accesso agli archivi della polizia e ha scoperto che erano stati modificati per far sembrare l'omicidio di mia madre ancora più simile a un suicidio.

Konstantin e il suo team devono essere le "risorse" menzionate da Nikolai durante il viaggio in macchina, il vantaggio che ha su Bransford.

Di sicuro il volto di Nikolai è cupo, mentre si siede sul bordo del mio letto e stringe la mia mano sinistra nel suo forte palmo. Il suo tocco mi riscalda e mi fa venire i brividi. "Chloe, zaychik..." Il suo tono gentile è preoccupante. "C'è qualcosa che dovresti sapere."

Il mio cuore, che già mi galoppava nel petto, fa un salto mortale all'indietro. Il suo sguardo non è più quello di un estraneo; invece, scorgo compassione nei suoi occhi dorati da tigre.

Qualunque cosa stia per dire è orribile, posso capirlo.

"Quanto sai sulle circostanze del tuo concepimento?" chiede con lo stesso tono gentile. "Tua madre ne ha mai parlato?"

È come se un vento gelido mi spazzasse le viscere, congelando ogni cellula lungo il percorso. "Il mio concepimento?" La mia voce sembra provenire da un'altra parte della stanza, da un'altra persona.

Non può intendere quello che penso stia dicendo. Non è possibile che Bransford sia—

"Ventiquattro anni fa, tua madre viveva in California" dice piano Nikolai. "A San Diego."

Annuisco automaticamente. Mamma mi aveva detto questo. In effetti, aveva vissuto in tutta la California meridionale. Dopo che la coppia missionaria che l'aveva adottata dalla Cambogia era rimasta uccisa in un incidente d'auto, era passata da una famiglia affidataria all'altra, fino a quando si era emancipata a diciassette anni—lo stesso anno in cui aveva dato alla luce me.

"Non era l'unica che all'epoca viveva a San Diego" continua. "La stessa cosa faceva un certo brillante giovane politico alla cui campagna locale lei si era offerta volontaria per ottenere un credito extra per il suo corso di storia americana."

Il vento gelido dentro di me si trasforma in una tempesta invernale. "Bransford." La mia voce è appena un sussurro, ma Nikolai la sente e annuisce, stringendomi delicatamente la mano.

"Il solo e l'unico."

Lo fisso, ribollendo simultaneamente di emozioni e stordimento. "Che cosa intendi dire?"

"Tua madre ha tentato il suicidio, quando aveva sedici anni. Lo sapevi?"

La mia testa annuisce d'accordo. Quando ero piccola, mamma indossava sempre braccialetti intorno ai polsi, anche a casa, anche mentre cucinava, puliva e mi faceva il bagno. Fu solo quando avevo quasi dieci anni che entrai mentre si stava cambiando e scoprii le deboli linee bianche sui suoi polsi. Allora, mi fece sedere e mi spiegò che quando era un'adolescente, aveva attraversato un periodo difficile, che era culminato nel tentativo di togliersi la vita.

"Disse che era stato un errore." La mia gola è così stretta che ogni parola la graffia, mentre ne esce. "Mi disse che era contenta di aver fallito, perché poco dopo seppe di essere incinta. Di me."

I suoi occhi diventano opachi. "Capisco."

Capisce? Che cosa capisce? Improvvisamente infuriata, tiro via la mano dalla sua presa e mi siedo completamente, ignorando l'ondata di vertigini e dolore che accompagna il movimento. "Che cosa stai cercando di dirmi esattamente? Che cosa ha a che fare il suo tentativo di suicidio con Bransford? Anche quella volta ha cercato di ucciderla? È questo il suo fottuto modus operandi?"

"No, zaychik." Lo sguardo di Nikolai si riempie di nuovo di quella sconcertante compassione. "Temo che quel tentativo non sia stato organizzato. Ma c'è motivo di credere che Bransford *fosse* responsabile. Secondo i documenti dell'ospedale che la squadra di mio fratello ha riesumato, tua madre era stata al pronto soccorso due volte quell'anno: una per il tentativo di suicidio, e due mesi prima come vittima di stupro."

Vittima di stupro? Lo fisso, macchie nere che punteggiano i bordi del mio campo visivo. "Stai dicendo che Bransford l'ha violentata?"

"Non ha mai presentato accuse né nominato il suo aggressore, quindi non possiamo saperlo con certezza, ma la sua prima visita al pronto soccorso è coincisa con l'ultimo giorno del suo volontariato alla campagna. Non è più tornata dopo—e nove mesi dopo, ha dato alla luce una bambina. Te."

I punti neri si moltiplicano, occupando una parte maggiore del mio campo visivo. "No. No, non è... No." Barcollo, mentre la stanza si offusca dinnanzi ai miei occhi.

Le braccia forti di Nikolai sono già intorno a me. "Ecco, appoggiati." Vengo ricondotta sul mucchio di cuscini. "Fai qualche respiro profondo." Il suo palmo caldo mi allontana i capelli dalla fronte umida. "Ecco, proprio così" mormora, mentre cerco di obbedire, trascinando respiri superficiali nei miei polmoni innaturalmente rigidi. "Va tutto bene, zaychik. Respira e basta..."

Le vertigini migliorano, lentamente ma inesorabilmente, e quando Nikolai si ritira, il mio cervello funziona di nuovo e inizia a elaborare ciò che mi ha detto.

Mamma era stata violentata.

Nove mesi dopo, sono nata io.

Voglio vomitare.

Voglio strofinare la mia pelle e far bollire il mio DNA con la candeggina.

"Lei non..." La mia voce vacilla. "Non ha mai parlato di mio padre. Neanche una volta. E ho chiesto, ripetutamente."

Nikolai annuisce, guardandomi con la stessa inquietante compassione.

Le parole continuano a uscire dalla mia bocca, come l'acqua che fuoriesce da un tubo difettoso. "Mi ha detto che era stato un momento difficile della sua vita. Aveva abbandonato il liceo. Aveva ottenuto un lavoro come cameriera e aveva fatto domanda per l'emancipazione legale, a causa della gravidanza e tutto il resto."

Annuisce di nuovo, permettendomi di arrivarci da sola—e lo faccio. Perché per la prima volta così tante informazioni su mia madre hanno un senso. Mi aveva sempre lasciata perplessa il modo in cui fosse rimasta incinta perché, per quanto ne sapevo, era l'esatto contrario di un'adolescente selvaggia. Sebbene mamma parlasse raramente di se stessa, avevo raccolto abbastanza informazioni da sapere che era stata una studentessa modello prima di abbandonare gli studi, troppo tranquilla e introversa per andare alle feste e flirtare con i ragazzi. Né aveva mostrato alcun interesse a frequentare ragazzi da adulta; non si era mai portata a casa un solo ragazzo, non mi aveva mai lasciata con una babysitter per uscire e divertirsi. Da piccola, pensavo che fosse normale, ma quando sono diventata più grande, ho capito quanto fosse strano per una bellissima giovane donna chiudersi in quel modo.

Era come se avesse fatto voto di castità... *o non si fosse mai ripresa dal trauma dello stupro.*

"Pensi..." Deglutisco la bile acida nella mia gola. "Pensi che lui lo sapesse? Della sua gravidanza? Di... me?"

Ho sempre pensato che mio padre si fosse semplicemente allontanato dalla responsabilità, anche se mamma non l'aveva mai detto apertamente, ma solo sottinteso. Ho pensato che fosse stato lui stesso un adolescente, qualcuno che semplicemente non era pronto per essere un genitore. Ma questo—questo cambia tutto. Forse mamma non gli aveva nemmeno detto della mia esistenza. Perché avrebbe dovuto farlo, se l'aveva violentata?

Tranne che... ora deve saperlo.

Perché l'ha uccisa e ha cercato di fare lo stesso con me.

Oh, Dio.

Trattengo a malapena un'ondata di vomito.

Mio padre biologico non è solo uno stupratore—è un assassino.

Nikolai mi prende di nuovo la mano nella sua, il suo tocco incredibilmente caldo sulla mia pelle gelida. "Penso che lo sapesse" dice, facendo eco ai miei pensieri. "Forse non dall'inizio, ma più tardi, di sicuro."

"Perché ha cercato di ucciderci."

"Sì—e per via della borsa di studio che hai ottenuto."

Sbatto le palpebre, non comprendendo all'inizio. Poi, le sue parole filtrano. "Vuoi dire che... *lui* ha pagato per il mio college?"

"Konstantin sta tracciando la fonte esatta di quei fondi, ma sono quasi certo di quello che scoprirà." Gli occhi di Nikolai sono cupi sul mio viso. "Era una borsa di studio privata, zaychik, destinata a un solo beneficiario: tu. Ricordi come mi hai detto che la tua amica ha fatto domanda e non l'ha ottenuta, nonostante fosse ancora più qualificata di te? Questo perché non era stata pensata per lei. Quei soldi erano tuoi da sempre."

Fanculo. Ha ragione. La mia amica Tanisha era stata la nostra diplomata modello della classe con punteggi SAT perfetti, ma non aveva ottenuto questa borsa di studio completa al Middlebury—io sì. Ho anche detto a Nikolai quanto fosse strano. Tranne...

"Non capisco. Perché l'avrebbe fatto? Perché avrebbe pagato per la mia istruzione, se odiava me e mia madre? Se aveva... pianificato di ucciderci?" Riesco a malapena a pronunciare le ultime parole.

Mi stringe la mano. "Non lo so per certo, ma ho una teoria. Penso che tua madre lo abbia contattato a un certo punto e gli abbia parlato di te. E penso che lo abbia minacciato. Probabilmente qualcosa del genere "se non garantisci i fondi per l'istruzione di nostra figlia, renderò pubblica la mia storia."

"Pensi che l'abbia ricattato?"

Al cenno con la testa di Nikolai, affondo ancora di più nei cuscini, scuotendo il capo. "No. No, ti sbagli. Mamma non l'avrebbe fatto. Non è—non era..." Con mia vergogna, i miei occhi si inondano di lacrime, la gola si chiude, mentre un dolore schiacciante mi prende alla sprovvista.

"Una criminale? Una ricattatrice?" La voce profonda di Nikolai è gentile, mentre il suo pollice mi massaggia il palmo in cerchi rilassanti. Con tatto, aspetta che io riprenda il controllo, poi dice a bassa voce: "Devi ricordarti, zaychik, che lei era prima di tutto una madre. Una madre single che lavorava come cameriera, i cui guadagni non avrebbero potuto coprire nemmeno una frazione dei costi esorbitanti dell'istruzione universitaria in questo Paese. Che cosa avresti fatto *tu* per garantire il futuro di tuo figlio?"

Avrei fatto tutto quello che dovevo—e molto probabilmente, era stato lo stesso per mamma.

"Se è vero, perché ha aspettato?" chiedo disperata. Una parte infantile di me spera ancora che questo sia tutto un enorme malinteso, che mio padre biologico non sia un totale mostro. "Perché pagare per tutti e quattro gli anni della mia scuola e poi cercare di ucciderci? Se lui aveva già speso i soldi—"

"Non si trattava dei soldi. È abbastanza ricco da poter pagare per dieci figlie illegittime." Il suo tono si indurisce. "Riguarda la sua carriera. La sua corsa alla presidenza."

Ovviamente. La posta in gioco è infinitamente più alta ora, e mentre alcuni politici prosperano sugli scandali, Bransford è un'icona tutta americana della morale e dei valori della classe media, con una reputazione perfettamente pulita, che non sopravvivrebbe a questo tipo di colpi.

Tuttavia, supponendo che tutto ciò sia vero, c'è qualcosa che non ha completamente senso. Posso capire come mamma fosse una minaccia per lui, dal momento che poteva rendere pubblica la sua storia in qualsiasi momento. Ma perché provare ad uccidere me?

Quanto devi essere malvagio per mandare degli assassini a cercare tua figlia? Soprattutto se lei non sa niente di te?

Poi, all'improvviso, mi viene in mente la risposta.

"Sono la prova vivente del suo crimine, non è vero?" dico, fissando Nikolai. "Un solo test del DNA, e lui è finito. Anche se cercasse di affermare che era consensuale, mamma era ancora minorenne al momento del mio concepimento. Lei sedicenne e lui più che trentenne."

Nikolai annuisce. "Perlomeno, è colpevole di abuso

di minore. È il raro caso in cui non è la sua parola contro quella della donna. Non importa come cerchi di metterla, quello che ha fatto è un reato."

"E probabilmente non sa che mamma non mi ha mai parlato di lui. Per quanto lo riguarda, posso saltare fuori in qualsiasi momento, sostenendo pubblicamente che è mio padre."

"Temo di sì, zaychik." Inclina la testa, studiandomi attentamente. "Stai bene?"

Comincio ad annuire automaticamente, poi scuoto la testa. "No. Non sto bene. Ho bisogno di un minuto." O diecimila minuti. O il resto della mia vita.

Mio padre biologico è uno stupratore e un assassino, che sta cercando di uccidermi.

Non so nemmeno come iniziare a elaborarlo.

Con lo sguardo pieno di comprensione, Nikolai mi stringe di nuovo la mano, poi curva il palmo sulla mia mascella e si china in avanti, accarezzandomi la guancia con la punta del pollice. "Ti lascerò riposare, zaychik" mormora, il suo respiro caldo e sottilmente dolce sulle mie labbra. "Parleremo di più quando ti sentirai meglio."

Annullando la piccola distanza tra noi, mi bacia. Le sue labbra sono delicate sulle mie, tenere, eppure posso percepire l'affamata possessività sotto il freno. Mi terrorizza quasi quanto la risposta istintiva del mio corpo.

Potrei sfuggire a Bransford con il suo aiuto, ma non ci sarà modo di sottrarmi a *lui*.

Non c'è scampo dal diavolo.

5

NIKOLAI

Chiudendo la porta alle mie spalle, prendo nota mentalmente di installare alcune telecamere nella camera di Chloe, come ho fatto in quella di Slava. Non perché mi senta obbligato a guardarla in ogni momento del giorno—anche se quel bisogno c'è sicuramente—ma perché sono preoccupato per lei.

Ho avuto tutta la mia vita per fare i conti con la mia eredità incasinata, e ci sono giorni in cui sono ancora tentato di tagliarmi la gola. Oppure sottopormi a una vasectomia, in modo che l'errore che ho commesso quella notte con Ksenia non possa mai più accadere. Non avevo nemmeno idea che il preservativo fosse difettoso, ma avrei dovuto saperlo.

Questa è l'unica spiegazione che giustifica l'esistenza di mio figlio.

Avevo intenzione di andare nel mio ufficio, ma i piedi mi portano invece nella sua stanza, spinto dalla stessa compulsione che sto provando con Chloe.

Papà, mi ha chiamato ieri sera, quando sono tornato a casa. Ero stato troppo distratto da tutto ciò che riguardava Chloe per rifletterci completamente, ma ora non posso fare a meno di pensare a quella parola e al modo in cui il mio torace si era riempito di uno strano, dolcissimo dolore. Ed è tutto grazie a lei.

Chloe Emmons non aveva solo intuito il mio desiderio più profondo e più segreto riguardo a mio figlio; l'aveva realizzato.

Senza fare rumore, apro la porta della camera di Slava ed entro. Come al solito, è sul pavimento, e sta lavorando diligentemente sul suo castello LEGO. Lyudmila una volta mi ha detto che mio figlio ha una capacità di attenzione notevole per un bambino che non ha ancora cinque anni, e suppongo che debba essere vero. Da quello che posso ricordare di mio fratello minore, Valery, a questa età, correva sempre e si cacciava nei guai. Slava, invece, è tranquillo e concentrato, molto più com'era Konstantin da bambino. Mi chiedo se Slava abbia ereditato anche l'attitudine di mio fratello maggiore per la matematica e la programmazione. Probabilmente dovrei avvicinarlo a questi argomenti per scoprirlo.

Al mio ingresso, i suoi occhi—i miei in miniatura—si spostano sul mio viso, lo sguardo in parti uguali interrogativo e diffidente. Il mio petto si stringe per il solito fastidio, ma ignoro l'impulso di indietreggiare, allontanandomi da quella sensazione inquietante. Invece, mi accovaccio di fronte a mio figlio, rivolgendo tutta la mia attenzione alla sua creazione LEGO, come ho visto fare a Chloe.

"È un castello molto bello" dico in russo, studiando i mattoncini accuratamente assemblati davanti a me. Sebbene le competenze in inglese di Slava stiano rapidamente migliorando sotto la tutela di Chloe, è tutt'altro che fluente nella lingua del nostro Paese di adozione. "Hai impiegato molto tempo per costruirlo?"

Sbatte le palpebre per un paio di istanti, prima che un timido sorriso sbocci sul suo viso. "Ti piace?"

"Sì." Dico sul serio. Il castello mostra un'ammirevole simmetria e complessità, soprattutto per il fatto di esse stato assemblato da mani così piccole. Anche se matematica e computer si rivelassero non essere i punti di forza di Slava, potrebbe avere un futuro nell'architettura e nella progettazione strutturale.

Questo, se non prende da me e Valery—e da ogni altro Molotov prima di noi.

Il mio umore si incupisce, ma mi costringo a mantenere un'espressione calma e curiosa, mentre gli chiedo ancora in quanto tempo ha costruito il castello.

"Ci ho lavorato la mattina e di nuovo dopo essere tornato dal bosco" dice, visibilmente più a suo agio con me ora. Non è ancora neanche lontanamente loquace e vivace quanto lo è con Chloe, ma considero questo un progresso. Prima, rispondeva alla maggior parte delle mie domande con solo una parola o due, o restava completamente in silenzio.

Per i minuti successivi, mi mostra tutti i dettagli del castello—ci sono torrette e torri e grandi finestre, queste ultime simili a quelle di casa nostra—e poi chiede timidamente dov'è Chloe e perché non l'ha vista tutto il giorno.

"Sta riposando" gli dico. "Un ramo le ha ferito il braccio, quindi abbiamo dovuto chiedere a dei medici di venire qui per curarlo. Ora sta meglio, ma rimarrà a letto per un paio di giorni, mentre guarisce."

Ascoltando le mie parole, i suoi occhi si spalancano per la preoccupazione. "Chloe è ferita?"

"Solo un po'. Presto starà meglio."

Sembra ancora preoccupato. "Non morirà, come mamma?"

È come se un frammento di vetro mi attraversasse il petto. "No, Slavochka. Non lascerò che accada." Alina mi ha detto che di tanto in tanto le chiede di Ksenia, ma questa è la prima volta che lo sento parlare di sua madre—e non lo sopporto.

La odio per averlo nascosto da me in tutti questi anni, e odio ancora di più che si sia fatta ammazzare in un incidente d'auto, lasciandolo con la sua ignobile famiglia.

Alle mie parole, Slava si illumina. "Chloe può restare con noi per sempre?"

Questa è una domanda a cui sono felice di rispondere. "Sì." Guardo mio figlio dritto in faccia. "Può, e lo farà."

Nessuna forza sulla Terra è abbastanza potente da portarmi via Chloe ora che l'ho riavuta. Farò tutto il necessario per tenerla—sia per Slava che per me.

Sta dormendo, quando mi fermo davanti alla sua stanza, mentre vado in ufficio, quindi la lascio riposare. Questo è ciò di cui ha bisogno ora. Le sue ferite fisiche guariranno nel giro di poche settimane, ma quelle emotive sono una questione diversa. Avevo pensato di non dirle quello che Konstantin ha scoperto su Bransford e il suo rapporto con la madre, ma ho deciso che era importante che lei lo sapesse—che comprendesse fino in fondo il pericolo in cui si trova.

Non le ho detto tutto, però, come il fatto che sua madre da adolescente si sia tagliata i polsi *dopo* aver saputo di essere incinta. O che dopo quel tentativo fallito di suicidio, ha fatto visita due volte a una clinica per aborti, solo per tirarsi indietro entrambe le volte. Niente di tutto questo è importante. Ciò che conta è che dopo la nascita di Chloe, Marianna è stata in grado di superare il suo trauma e diventare la madre premurosa che la ragazza aveva conosciuto e amato.

La prima cosa che faccio quando entro nel mio ufficio è chiamare Pavel e dirgli di venire. La seconda è la videochiamata con Valery.

"Ho bisogno che tu mandi qui una dozzina dei tuoi migliori uomini" dico a mio fratello minore, invece di salutarlo. "Ne ho bisogno subito."

"Sarò fatto" risponde freddamente e privo di emozioni come sempre. Konstantin deve averlo già informato sulla mia situazione. "Qualcos'altro? Armi? Esplosivi?"

"Sì. Tutto." Ho già una grande scorta qui al complesso, ma averne in più non farà male. "Invia anche alcuni prodotti farmaceutici."

"D'accordo."

Riattacca proprio mentre qualcuno bussa alla mia porta.

Mi avvicino per far entrare Pavel.

Gli occhi color canna di fucile del mio braccio destro non sbattono le palpebre. "Guerra?"

"Guerra" confermo cupo.

Non aspetterò che Bransford mandi altri assassini a cercare Chloe.

Ora che sappiamo chi è il suo nemico, combatteremo contro di lui.

6

CHLOE

I MIEI OCCHI SI SPALANCANO, MENTRE MI SVEGLIO CON un sussulto, il cuore che batte all'impazzata e il mio camice da ospedale intriso di sudore. Solo il dolore lancinante al braccio e quello paralizzante in tutto il corpo mi impediscono di sedermi istintivamente. Invece, mi costringo a restare immobile e ad ammirare la vista mozzafiato del sole che tramonta dietro le cime delle montagne lontane fuori dalla mia finestra a parete.

Lentamente, comincio a calmarmi.

Un incubo.

Solo un altro incubo.

A differenza dei sogni vividi, in stile film dell'orrore che mi hanno tormentata dalla morte di mamma, questo era più un miscuglio di immagini e impressioni. Il frastuono di una pallottola oltre il mio orecchio, i rami che mi colpiscono in faccia mentre corro attraverso i boschi per sfuggire a una specie di creatura bestiale, un grosso peso che mi butta giù—non ci vuole una laurea in psicologia per sapere che la mia mente stava rivivendo il mio incontro con gli assassini nel tentativo di affrontare il terrore persistente.

Un leggero colpo alla porta mi distrae dalla splendida vista. Prima che io possa dire qualcosa, la porta si spalanca ed entra Nikolai, un caldo sorriso che incurva le sue labbra sensuali, vedendomi sveglia.

Il mio battito cardiaco riprende ad accelerare, ma con un'emozione molto più complessa della paura. Si è cambiato ancora, e questa volta indossa uno dei completi perfettamente su misura che predilige all'ora di cena. Una camicia bianca fresca e una cravatta nera sottile completano l'abbigliamento formale, esaltando la sua bellezza maschile in un modo che dovrebbe essere illegale—non che gli importi di qualcosa di così banale come la legalità.

Dato quello che gli ho visto fare, il mio rapitore non è esattamente un grande amante del diritto.

Almeno, sospetto che sia il mio rapitore. Abbiamo ancora bisogno di *quella* conversazione.

"Come ti senti?" mi chiede piano, fermandosi accanto al mio letto. Prima che io possa rispondere, mi tocca la fronte con il dorso della mano e aggrotta le sopracciglia, poi tira fuori un termometro dalla tasca interna della giacca.

Uh. Credo di sentirmi un po' di febbre.

"Apri" chiede, portando il termometro alle mie labbra, e io obbedisco, sentendomi incongruamente come una bambina, mentre me lo infila in bocca e mi ordina di tenerlo. Pochi secondi dopo, il termometro emette un segnale acustico, e lui guarda il piccolo schermo sul lato.

"Trentasette e tre" dice, sollevato, mentre rimette il dispositivo in tasca e si siede sul bordo del letto. "Il dottore ha avvertito che avresti potuto avere una lieve febbre, prima che gli antibiotici entrassero in azione."

"Veramente? È una cosa tipica? Non mi hanno mai sparato prima."

I suoi denti bianchi lampeggiano in un sorriso abbagliante. "Lo è—lo so per esperienza personale."

Il mio cuore ribelle riprende ad accelerare, e la mia pelle si scalda in un modo che non ha nulla a che fare con la febbre bassa. "Fantastico. Immagino che ognuno di noi abbia le sue storie di guerra adesso."

"Immagino di sì." Il suo sorriso svanisce. "Come ti senti, a parte la febbre?"

"Come se qualcuno mi avesse usata come una pallina da tennis in una partita con Serena Williams" rispondo senza pensarci, solo per pentirmene, mentre la sua espressione si oscura, la mascella che diventa pericolosamente tesa.

"Quei figli di puttana. Se solo fossi arrivato prima..." Le sue dita si flettono minacciosamente sulla coscia.

"No, non farlo." Istintivamente, mi allungo per coprire la sua mano con la mia. "Se non fosse stato per te, non sarei—" Deglutisco, le immagini confuse dell'incubo che invadono la mia mente. "Non ce l'avrei fatta."

Ed è vero al cento per cento. Non ho avuto la

possibilità di pensarci davvero, ma se non fosse venuto a cercarmi, se non avesse usato le sue spaventose "risorse" per rintracciarmi così velocemente come ha fatto, sarei già tre metri sotto terra, dopo aver subito uno stupro brutale.

Nikolai mi ha salvata.

Per quanto siano terrificanti i suoi metodi, mi ha salvato la vita.

Il suo sguardo si posa sulla mia mano per un secondo, e la sua espressione cambia di nuovo, la minaccia nei suoi occhi da tigre che lascia il posto a un calore oscuro, che sembra infinitamente più pericoloso. "Zaychik..." La sua voce diventa più morbida, più profonda. "Io—"

"Quindi, grazie" borbotto, tirando indietro la mano. Salvatore o no, non posso lasciarmi cadere di nuovo sotto il suo incantesimo, non posso dimenticare quello che è e quello che ha fatto. "Mi dispiace non averlo detto prima, ma sono così, così grata. So che ti devo la mia vita e altro ancora. Non dovevi venire a cercarmi, ma l'hai fatto, e lo apprezzo enormemente. Se tu non fossi stato lì, io—"

Mi preme due dita sulle labbra, interrompendo il mio divagare. "Non devi ringraziarmi." Si china su di me, appoggiando un palmo sul cuscino accanto a me e incurvando l'altro sulla mia guancia. Il suo sguardo è cupamente intento, il suo tono grave. "Ti proteggerò sempre, zaychik. Sempre."

Lo fisso, il mio petto gonfio per un contraddittorio mix di emozioni. Sollievo e preoccupazione, gratitudine e paura, gioia e dolore—è come un pendolo dentro di me, che oscilla avanti e indietro tra i due estremi, le due versioni di Nikolai che coesistono nella mia mente.

Quello prima della storia di Alina e quello dopo.

L'amante premuroso e il brutale assassino.

Quale di loro è reale?

Con sforzo, limito i miei pensieri vorticosi e sbatto le palpebre per spezzare l'attrazione ipnotica di quello sguardo dorato. La cosa più importante in questo momento è capire a che punto siamo.

"Non devi proteggermi" dico, iniettando il mio tono con una sicurezza che non provo nemmeno lontanamente. "Gli assassini di mamma sono morti, e anche se Bransford ne manda altri, non c'è alcuna garanzia che mi troveranno. Posso semplicemente lasciare il Paese, sparire e—"

"No." La parola è carica di aspra finalità, mentre si raddrizza e tira indietro la mano. Il suo bel viso ha linee dure e intransigenti. "Non andrai da nessuna parte."

"Ma sei in pericolo con me qui. La tua famiglia è in pericolo."

Ho già discusso questo argomento in passato, ed è inefficace ora come lo era allora. L'espressione di Nikolai si indurisce ulteriormente, un'intensità selvaggia entra nel suo sguardo. "Non te ne andrai. Le guardie ti fermeranno, se ci provi."

Quindi, è vero. Non ho interpretato male il suo

rifiuto di lasciarmi scendere dalla macchina. *Sono* sua prigioniera.

La consapevolezza mi riempie di paura e sollievo in parti uguali. Adesso è allo scoperto; abbiamo finito di fingere. Ovviamente non mi lascerà andare. Conosco il terribile segreto della sua famiglia. L'ho visto uccidere con i miei occhi. I crimini che ha commesso porterebbero un uomo normale su una sedia elettrica, ma Nikolai Molotov è troppo ricco, troppo potente e, cosa più importante, troppo spietato per dover mai pagare per quello che ha fatto.

Qualunque fossero le sue intenzioni nei miei confronti prima delle rivelazioni di Alina, c'è solo una cosa che può fare ora.

Trattenermi. Tenermi dove non potrò mai rivelare ciò che so.

Almeno, spero che sia l'unica linea di condotta che sta prendendo in considerazione. Perché ci sarebbe un modo molto più efficiente per garantire il mio silenzio, quello che sembra aver scelto mio padre biologico.

Ma no. Potrebbe essere ingenuo da parte mia, ma non riesco a credere che Nikolai mi ucciderebbe. Non con la connessione potente ed emotivamente carica che sfrigola tra di noi. Non quando si è dato tanto da fare per salvarmi la vita.

E questo è il punto, mi rendo conto, fissando la sua espressione implacabile. Ecco perché, in un modo contorto, è un sollievo sapere che non posso andarmene. Dovrei voler andarmene. Dovrei voler scappare il più lontano possibile da quest'uomo pericoloso e dalla fissazione che sembra avere con me. Ma non voglio. Non in fondo, dove conta—e non è solo a causa della stupida cotta che ho sviluppato per lui.

La verità è che non sono coraggiosa e forte. L'ho imparato oggi, quando mi sono trovata faccia a faccia con la morte, quando ho sentito il proiettile squarciarmi la carne e ho guardato negli occhi vuoti dell'assassino. Mi ero già avvicinata alla morte—la volta in cui mi ero nascosta nell'armadio di mamma dopo aver trovato il suo corpo, la notte in cui mi ero svegliata con i rumori graffianti alla porta del mio Airbnb, il paio di volte in cui gli assassini mi avevano quasi investita con il loro camioncino e la volta in cui mi avevano sparato a Boise—ma non avevo mai provato un terrore così prolungato e nauseabondo come quando guidavo la mia sgangherata Toyota su quella strada sterrata piena di buche con i proiettili che mi sibilavano dietro le orecchie.

Non voglio morire. Non sono neanche lontanamente pronta a morire—e so che per quanto Nikolai sia un assassino spietato, non mi vuole morta. Il contrario, in realtà.

Promette di proteggermi.

Di tenermi prigioniera e proteggermi.

Deglutisco per inumidire la gola secca. "Per favore, posso bere un sorso d'acqua? Ho sete."

L'espressione feroce sul viso di Nikolai si attenua. "Certo, zaychik. E devi avere anche fame. Ti preparo la cena tra un momento." Chinandosi su di me, sistema i cuscini in un morbido appoggio, e delicatamente mi posiziona contro di essi.

Il mio respiro si ferma alla sua vicinanza, anche se il mio braccio pulsa più forte al movimento, rendendomi felice di non essermi spostata da sola.

Devo comunque fare una smorfia, perché mi liscia i capelli sul viso, con aria preoccupata. "Vuoi un antidolorifico?" mi chiede, e io scuoto la testa, mentre mi porta alle labbra un bicchiere d'acqua con una cannuccia.

Il dolore non è insopportabile, e per ora voglio mantenere la lucidità.

Trangugio l'intero bicchiere e, quando finisco, mi rendo conto di un altro bisogno urgente. "Ehm..." La mia faccia brucia, mentre mi sforzo di mettermi a sedere, ignorando il picco di dolore che accompagna il movimento. "Ho davvero bisogno di..."

"Del bagno? Certamente." Mi prende e mi porta nel bagno adiacente, dove mi mette con cura in piedi davanti al water. "Ti serve aiuto?"

"Ce la faccio, grazie." Avrei potuto camminare fin qui anche da sola, o almeno zoppicare, ma probabilmente è meglio che io riposi la mia caviglia infortunata. Inoltre, una parte di me debole e bisognosa si sta godendo le sue tenere premure, beandosi della sua vicinanza, della sua forza, della sua ovvia preoccupazione per me.

Non può essere uno psicopatico completo, se si prende cura di me in questo modo, vero?

"Va bene" dice, anche se il suo sguardo è ancora

carico di preoccupazione. "Non chiudere a chiave la porta e chiamami se hai bisogno di qualcosa, okay?"

Al mio mormorato accordo, mi dà un leggero bacio sulla fronte ed esce, chiudendo la porta dietro di sé.

Mi occupo dei miei bisogni il più rapidamente possibile—il che non è affatto veloce, dato che ho solo un braccio con cui lavorare—poi zoppico verso il lavandino per lavarmi le mani. Il riflesso nello specchio mi fa trasalire. Non riesco a credere che Nikolai abbia voluto baciarmi prima. Sembro un pasticcio, tutta graffiata e ammaccata, i miei capelli arruffati. E... è un *ramoscello* quello vicino al mio orecchio?

Guardo il box doccia, poi l'imbracatura che mi tiene il braccio destro immobilizzato contro il fianco. Potrei fare una doccia? Forse non un lavaggio completo dei capelli, ma almeno un risciacquo veloce...

Un bussare alla porta mette fine alle mie riflessioni. "Zaychik, hai finito? Posso entrare?"

"Sì, okay." Cerco di non rabbrividire per l'imbarazzo, mentre si avvicina a me, tutto pulito, ben vestito e straordinariamente bello. Io invece sono in un camice da ospedale in cui ho sudato durante l'incubo, sembrando—e probabilmente puzzando—come se non facessi la doccia da settimane.

Evidentemente sto fissando il box doccia con desiderio, perché Nikolai chiede: "Vorresti fare un bagno?"

Un bagno? Sembra ancora più paradisiaco di una doccia. Il solo pensiero di immergere i miei lividi e i muscoli doloranti in acqua calda mi fa venire voglia di gemere ad alta voce.

Legge la risposta sul mio viso. "Te lo preparo mentre mangi" dice con un sorriso e mi solleva per riportarmi a letto, dove un vassoio di piatti coperti è già sistemato sul comodino.

Deponendomi cautamente sul materasso, mi sistema contro il cumulo di cuscini e scopre uno dei piatti. Un aroma ricco e saporito riempie la stanza, facendomi venire l'acquolina in bocca. Sono le patate all'aglio alla russa con funghi, quelle con cui mi ingozzerei avidamente ogni giorno se potessi.

Mentre sto salivando in attesa, scopre il resto delle offerte sul vassoio, tra cui un'insalata greca con lattuga fresca e grosse olive nere, un piatto di anatra arrosto con pere sciroppate e fette di baguette al burro con caviale nero.

È ufficiale: Pavel è tornato in cucina. Quella di sua moglie non è neanche lontanamente così raffinata o buona.

Quello che mi stupisce è che Nikolai sia riuscito a mettere tutto insieme e a portarlo quassù, mentre ero in bagno. Dev'essere volato al piano di sotto ed essere tornato indietro, in stile Superman.

"Pavel ha sollevato l'argomento" dice, leggendomi nel pensiero. È strano come lo faccia, come sia sempre stato in grado di farlo. Dal momento in cui ci siamo incontrati, ho avuto la sensazione inquietante che lui potesse vedere direttamente nel mio cervello, osservando le mie paure e i miei desideri più privati.

È come se fossimo davvero uniti da quei fili del destino di cui ha parlato, collegati a un livello molto più profondo di quanto la breve durata della nostra relazione dovrebbe consentire.

Ma no. Non ci cascherò—soprattutto non ora che so che tipo di uomo è. È già abbastanza brutto che non riesca a spegnere la chimica sessuale che brucia tra di noi a macchia d'olio, né a dimenticare la cotta che avevo sviluppato per lui prima di conoscere la verità. Credere che in qualche modo siamo fatti l'uno per l'altra, che questo possa essere qualcosa di duraturo e reale, sarebbe più che sciocco.

Non esiste il destino, e anche se ci fosse, non posso essere destinata ad amare un mostro.

"Tieni, zaychik" dice il mostro in questione, posandomi in grembo un piatto pieno di un po' di tutto e porgendomi una forchetta. La sua splendida bocca si incurva in un caldo sorriso. "Inizia a mangiare, mentre ti preparo il bagno."

Il mio petto si stringe forte, mentre lui mi sfiora delicatamente l'orecchio con le dita, tirando via il ramoscello che avevo notato prima, ed esce dalla stanza —presumibilmente per preparare l'acqua nel suo bagno, dove c'è un'enorme vasca. Ci siamo fatti un bel bagno lì l'altra notte, dopo che mi aveva sfinita con il sesso più caldo e intenso della mia vita. Un'ondata di caldo torrido si muove dentro di me al ricordo, aggiungendosi alla dolorosa tensione nel mio petto. Chiudo gli occhi, desiderando che la sensazione si attenui, ma è inutile.

L'eccitazione che elettrizza il mio corpo non è niente in confronto al desiderio disperato nel mio cuore.

Quando Nikolai torna, pochi minuti dopo, ho ripreso il controllo e mi sto impegnando per divorare tutto il cibo nel mio piatto. È un po' imbarazzante mangiare con la mano sinistra, ma sono così affamata che mangerei con i piedi, se dovessi.

"Tieni, zaychik, lascia che ti aiuti" dice Nikolai, prendendomi la forchetta dopo che ho lasciato cadere un pezzo di fungo sul mio petto. Ignorando le mie obiezioni, mi nutre come se fossi una bambina goffa—cosa che, ad essere sincera, potrei anche sembrare in questo momento—e quando sono così piena che non riesco a ingoiare un altro boccone, mi tampona le labbra con un tovagliolo, porta via il vassoio e ritorna un paio di minuti dopo con l'annuncio che il bagno è pronto.

Con mia sorpresa, Lyudmila entra nella mia stanza dietro di lui, il suo viso attentamente neutro, mentre Nikolai mi prende e mi porta fuori, superandola. "Lei cambierà le lenzuola, mentre fai il bagno" spiega, camminando lungo il corridoio con passi lunghi e veloci, come se il mio peso tra le sue braccia fosse nulla.

È forte, questo mio rapitore.

Così forte che dovrei essere molto più terrorizzata di quanto io sia.

Aprendo la porta della sua camera con la schiena, mi trasporta oltre il letto matrimoniale, dove mi aveva presa così tante volte la scorsa notte. Almeno un po' del dolore nel mio corpo dev'essere dovuto a quello, mi rendo conto con un rossore. Nikolai era insaziabile, e lo ero anch'io.

Ho perso il conto di quanti orgasmi mi aveva procurato.

I ricordi stanno ancora galoppando nella mia mente come in un film a luci rosse, quando mi mette in piedi davanti alla vasca e allunga una mano sulla cinta del mio camice da ospedale. Quei ricordi devono essere il motivo per cui sto lì come una bambina obbediente, lasciando che mi tolga la vestaglia, scoprendo il mio corpo al suo sguardo cupo—e perché non esprimo una sola obiezione, mentre mi solleva di nuovo e mi deposita nell'acqua calda e ricoperta di bolle, facendo attenzione a tenere il mio braccio fasciato oltre il bordo della vasca per tenerlo asciutto.

Posso sentire la tensione in lui, mentre le sue mani sfiorano la mia pelle nuda, la stessa tensione che si agita dentro di me, facendomi bruciare la pelle e rimbombare il polso nelle orecchie.

Assassino. Torturatore. Mostro. Le dannate parole fluttuano nella mia mente, ma non fanno nulla per estinguere il fuoco che infuria nel mio sangue. Avendo sperimentato il piacere devastante e avvincente del suo possesso, il mio corpo desidera di più, ha bisogno di più. Non importa che le mani che fanno scorrere la spugna insaponata sul mio petto e sulle spalle abbiano strappato due vite poche ore fa, che non sono la sua amante, bensì la sua prigioniera.

"Vai un po' più a fondo" mormora, la sua voce roca e sensuale, e obbedisco senza pensare, godendomi la sensazione delle sue dita forti sul mio cranio, mentre culla la parte posteriore della mia testa, mantenendo la mia faccia sopra l'acqua, mentre ammollo i capelli.

Devo essere ancora sotto l'influenza di qualunque farmaco sia stato usato per l'anestesia, perché questo non sembra del tutto reale, specialmente quando chiudo gli occhi per proteggerli da gocce d'acqua vaganti. È come se fossi in un sogno, uno in cui nulla importa se non il caldo piacere del suo tocco, il rilassante conforto della sua tenerezza. Tutto in questo dovrebbe sembrare sbagliato, repellente; invece, mi sento come un animale domestico coccolato, mentre solleva la mia testa fuori dall'acqua e applica lo shampoo sulle ciocche bagnate, quindi strofina la schiuma sulle radici, esercitando la giusta quantità di pressione, mentre le sue unghie corte mi graffiano delicatamente la testa.

È il miglior massaggio alla testa che abbia mai ricevuto, e devo davvero impegnarmi per non chiedere di più, quando, dopo pochi minuti beati, ritiene che i miei capelli siano sufficientemente insaponati e guida la mia testa nell'acqua.

Per fortuna, non è finita. Poi, applica il balsamo sui miei capelli e lo massaggia anche sulle radici. Gli direi che è il modo sbagliato di farlo, ma mi sto godendo troppo l'esperienza per preoccuparmi che i miei capelli domani rimarranno lisci e si ungeranno più velocemente. Quest'ultima cosa potrebbe anche essere un vantaggio, se lo incentivasse a farlo di nuovo presto.

"Immergi nuovamente la testa" ordina con voce roca, e lo accontento, mentre fa scorrere le dita tra le mie ciocche, risciacquando il balsamo e districandole.

È bravo in questo, così bravo che o gli viene naturale o ha fatto un po' di pratica.

Una fitta di gelosia mi prende alla sprovvista. Apro gli occhi, la calda stanchezza avvolgente che svanisce, mentre lo guardo, la mia testa ancora semisommersa nell'acqua.

Con quante donne ha fatto questo?

Quante hanno conosciuto il piacere scioccante delle sue cure?

"Che cosa c'è che non va, zaychik?" Le sue sopracciglia scure si uniscono, mentre mi aiuta a sedermi. "Ti ho fatto male?"

"No." So che non dovrei dire nulla, ma non riesco a trattenermi. "L'hai fatto con molte donne, vero?"

Sembra colto alla sprovvista per un secondo. Poi, un sorriso maliziosamente sensuale si diffonde sul suo viso. "Non molte, no. Sei l'unica, in realtà."

"Oh." Adesso mi sento un'idiota. "Non importa, allora. Stavo solo..."

Sto per chiudere gli occhi e scivolare di nuovo in acqua per nascondere la mia mortificazione, quando lui mi afferra delicatamente il mento, costringendomi a incontrare il suo sguardo.

"Ma anche se non fosse così" dice dolcemente "ogni

altra donna è nel passato. Tu sei l'unica per me d'ora in avanti. Tienilo a mente, zaychik"—si sporge così vicino che posso vedere le sfumature verde bosco nella ricca ambra delle sue iridi— "Anch'io sono l'unico per te ora. Nessun altro uomo ti toccherà mai. Tu sei mia tanto quanto io sono tuo."

Fisso quegli occhi ipnotici, affascinata e terrorizzata dalla loro intensità possessiva. Fa sul serio, posso dirlo. Per qualche motivo, ha deciso che ci apparteniamo, e non c'è niente che io possa dire o fare per alterare quella convinzione—una convinzione che sarebbe pericolosa anche se l'uomo stesso non fosse l'incarnazione dell'oscurità.

È come se fosse ossessionato da me... e non in modo del tutto sano.

Sostiene il mio sguardo ancora per qualche istante, poi si china e mi dà un bacio sulla fronte. Il gesto dovrebbe sembrare tenero, persino paterno, invece è un'impronta, un marchio. Le sue labbra indugiano sulla mia pelle per un paio di secondi di troppo, la sua presa sul mio mento si stringe per tenermi in posizione. *Sei mia*, dice quel bacio, e quando finalmente si tira indietro, lo stesso messaggio si ripete nei suoi occhi, poi riecheggia nel suo tocco, mentre prende la spugna e ricomincia a lavarmi, le sue mani che viaggiano sul mio corpo con una platonica moderazione, che enfatizza solo il desiderio incontenibile che tiene così accuratamente al guinzaglio.

Pensa che l'ossessione sia pericolosa, mi rendo

conto. Troppo pericolosa per cederle, mentre sono debole e ferita.

Con sforzo, allontano il pensiero e chiudo gli occhi, godendomi semplicemente il momento. Domani, mi preoccuperò del futuro e di cosa significhi l'ossessione di Nikolai per me—quale potrebbe essere il costo della sua cura e protezione. Stasera mi godrò il fatto di essere il suo bene prezioso.

Che sono al sicuro tra le braccia del diavolo.

7

NIKOLAI

SONO LE DUE DEL MATTINO E SONO ANCORA completamente sveglio, a fissare il soffitto scuro sopra il mio letto. In parte, è perché il mio corpo risente ancora dell'orario di Dushanbe, ma soprattutto, sono troppo nervoso, i miei pensieri che passano tra i miei piani per Bransford e i ricordi adrenalinici di ieri. Questi ultimi sono particolarmente invadenti, riempiendomi il petto di ogni sorta di emozioni violente.

Chloe è scappata da me. L'ho quasi persa. Ancora pochi minuti e—

Fanculo. Quando è troppo, è troppo.

Sollevo il coltello a serramanico dal letto e mi avvicino all'armadio per infilarmi i pantaloncini da corsa. Ho già corso questa sera. Non appena ho finito di fare il bagno a Chloe e le ho rimboccato le lenzuola per la notte, mi sono allacciato le scarpe da ginnastica e sono uscito. Ma ho bisogno di un'altra corsa. O di un bel duello duro con Pavel o le guardie. O meglio ancora, di una corsa *e* uno sparring, dal momento che ho bisogno di sfogare anche una seria frustrazione sessuale.

Toccare il corpo nudo e bagnato di Chloe senza scoparla aveva richiesto tutta la mia forza di volontà e anche di più.

Prima di uscire dalla stanza, apro un collegamento video di Chloe sul mio telefono. Avevo chiesto a Pavel di installare una piccola telecamera sulla TV sopra il suo letto, mentre le facevo il bagno, così avrei potuto tenerla d'occhio senza entrare nella sua camera e disturbarle il sonno.

Come mi aspettavo, lo schermo del mio telefono la mostra nascosta sotto le coperte nell'oscurità, con solo il suono del suo respiro che riempie il silenzio. Contrariamente a me, sta dormendo pacificamente, e sono contento. Ha bisogno di un buon riposo per riprendersi—motivo per cui devo tenere le mie mani lontane da lei, non importa quanto questo mi uccida.

Sono più forte della bestia selvaggia dentro di me.

Almeno, spero di esserlo.

Lasciando il telefono in camera, scendo le scale e il mio petto si dilata non appena esco. La notte è buia e fresca, l'aria di montagna frizzante e pura.

Mi avvio verso il bosco, correndo giù per la montagna e nella foresta, come è mia abitudine. Ma questa volta, invece di tornare a casa dopo aver esaurito la maggior parte della mia irrequieta energia, mi dirigo verso il lato nord del complesso, verso il bunker delle guardie.

Non sono sorpreso di trovare Pavel lì, intento a giocare a carte con Arkash e Burev accanto a un falò. Come me, dev'essere troppo teso per dormire, anche con Lyudmila al suo fianco.

Vedendomi, balza in piedi, così come gli altri. "Va tutto bene" dico, facendo loro cenno di rilassarsi. "Ho solo bisogno di un po' di esercizio."

"D'accordo" dice Pavel, gli occhi che brillano di impazienza. "Coltelli o no?"

"Coltelli, ovviamente."

Le guardie ci passano le armi e, per i successivi quaranta minuti, la mia mente è beatamente libera da tutto tranne che dall'obiettivo primitivo della sopravvivenza, evitare di essere fatto a pezzi dalla lama spietatamente brandita di Pavel. Per due volte rischio di finire quasi sventrato; per tre volte, manca poco che la mia giugulare non sia recisa. Pavel non tira pugni, e quando finalmente gli metto la lama affilata contro la gola, siamo entrambi coperti di tagli.

Ansimando, faccio un passo indietro e restituisco il coltello ad Arkash, che mi dà una pacca sulla spalla in segno di congratulazioni. Nessuna delle guardie è abbastanza brava da affrontare Pavel con una lama e vincere; bisogna dire però che nessuna di loro è stata addestrata da lui da quando aveva l'età di mio figlio.

Lasciandoli ai loro doveri, Pavel e io torniamo a casa insieme. All'inizio, siamo entrambi troppo stanchi per parlare molto—la lotta è stata estenuante come speravo—ma quando la casa appare in vista, Pavel dice a bassa voce: "Dovresti davvero perdonarla, sai."

Lo guardo sorpreso. "Chloe? L'ho già fatto." Per quanto mi sconvolga il fatto che sia scappata, capisco perché l'ha fatto. Quello che le ha detto mia sorella avrebbe spaventato chiunque, non solo una giovane donna vulnerabile, che aveva già visto il peggio dell'umanità.

"No. Alina." Mi lancia un'occhiata di sbieco. "È sconvolta. Lyudmila l'ha sorpresa a piangere."

Fanculo. Avrei dovuto sapere che si sarebbe schierato dalla parte di mia sorella in questo. "Dovrebbe essere sconvolta. Ha fatto un grosso casino." Le mie parole vengono fuori più dure di quanto intendessi. Ho cercato di non soffermarmi sul ruolo di Alina in tutto questo, ma il nocciolo della questione è che Chloe è quasi *morta*.

Non so se riuscirò mai a perdonare Alina per questo.

"Lei sa di aver fatto una cazzata" dice Pavel con un tono di voce neutro. "Ma è ancora tua sorella."

"E il sangue è più denso dell'acqua, giusto?"

Ignora il mio sarcasmo. "Non le fa bene essere così sconvolta. I mal di testa—"

"So tutto dei suoi fottuti mal di testa." Prendo un respiro per calmarmi. "Ascolta, non la manderò via, né la punirò in alcun modo. Venerdì festeggeremo ancora il suo compleanno, come previsto. Ma non puoi aspettarti che io perdoni e dimentichi. Fatta o no, Alina sapeva cosa stava facendo, quando ha aperto la bocca e ha consegnato a Chloe le chiavi della macchina."

"Ma lei non lo sapeva." L'espressione di Pavel è cupa, mentre mi si avvicina, bloccandomi la strada. "Non le avevi detto che Chloe era in pericolo di morte. E non dimenticare *perché* era fatta la scorsa notte."

Digrigno i denti. "Ora togliti di mezzo, cazzo." Sarà anche il mio amico e mentore, ma se avessi il coltello sulla sua gola in questo momento, non mi importerebbe—non con i ricordi oscuri che affiorano nella mia mente, riempiendomi lo stomaco con una miscela tossica di rabbia, orrore, dolore, e senso di colpa.

Il bisogno di farmaci di Alina *è* colpa mia, lo so.

Per quanto sia stato grosso il suo casino, non può reggere il confronto con il mio.

Pavel deve aver capito di essersi spinto troppo oltre, perché saggiamente si allontana e lascia cadere l'argomento. Copriamo la distanza rimanente fino alla casa in un silenzio teso, tutti i benefici del nostro combattimento rovinati da questo breve scambio.

Non c'è modo che io mi addormenti adesso.

Non quando posso ancora una volta sentire la mia lama affondare nello stomaco di mio padre e vedere il mostro che sono nei suoi occhi morenti.

8

CHLOE

Sto per consumare la forchettata di uova strapazzate che Nikolai mi porta alla bocca, quando sento delle voci nel corridoio, seguite da due piccoli colpi alla porta. Il mio sguardo salta sul viso di Nikolai e le mie guance si infiammano al luccichio divertito nei suoi occhi.

Sappiamo entrambi che non sono così malridotta da farmi nutrire con la posata; è solo una dinamica peculiare, un po' stravagante in cui siamo caduti. Non ho nemmeno provato a mangiare con la mano sinistra stamattina, quando mi ha portato la colazione—ha solo iniziato a nutrirmi e gliel'ho permesso.

Anche il suo bambino di quattro anni mangia senza aiuto; eppure, eccomi qui, con un braccio completamente funzionante, a comportarmi come se non potessi tenere una forchetta da sola.

Con l'imbarazzo che aumenta, la prendo da lui e la metto nel vassoio poggiato sul comodino. "Avanti!"

Mi aspettavo Pavel o Lyudmila, ma è Alina che entra nella mia stanza, la minuscola mano di Slava stretta nella sua.

Gli occhi del bambino si illuminano, quando mi vede. "Chloe!" Lasciando andare Alina, si precipita verso di me, balbettando eccitato in russo.

"Era preoccupato per te" traduce Nikolai, sorridendo ironicamente, mentre Slava salta sul mio letto con l'energia sconfinata di un cucciolo. "Anche se gli ho detto che non morirai come sua madre, temeva che potessi farlo, quindi ha chiesto di vederti da quando si è svegliato questa mattina. Il che è stato un'eternità fa perché—e cito testualmente—hai dormito *fino a tardi*."

"Oh, no, tesoro, sto benissimo." Gli do una pacca sulla schiena con la mano sinistra, mentre mi avvolge in un abbraccio feroce quanto la sua forza infantile lo consente. "È solo il mio braccio ad essere ferito, vedi?" Gli mostro l'imbracatura, quando si tira indietro.

Si acciglia e fa una domanda.

"Mi ha chiesto perché sei a letto, se è solo il tuo braccio" dice Alina, e alzo lo sguardo per vederla in piedi accanto al comodino. Il suo viso straordinariamente bello è di nuovo completamente truccato, la sua figura snella che indossa uno smanicato vestito giallo, che sembra uscito dalla passerella. Non resta alcuna traccia della donna tormentata e distrutta che ieri mattina mi aveva messa in guardia con terrificanti avvertimenti sull'uomo seduto al mio fianco.

Le rivolgo un sorriso cauto, prima di riportare la mia attenzione su Slava. "È perché mi fa un po' male anche la caviglia" gli dico, e Nikolai traduce le mie parole. Noto che sta evitando di parlare con Alina; in verità, non l'ha affatto guardata.

Slava scruta i miei piedi sotto la coperta e fa un'altra domanda.

"Vuole sapere come ti sei fatta male alla caviglia" dice Nikolai. "Gli dirò che te la sei slogata, quando sei caduta sul ramo."

"Ha senso."

Mentre parla al ragazzino, sollevo lo sguardo su Alina e le rivolgo un sorriso più grande. Probabilmente è preoccupata che io sia arrabbiata con lei, ma non lo sono. Le sono grata, in realtà. Non so cosa sarebbe successo se non fossi scappata, ma immagino che, nella migliore delle ipotesi, il fottuto casino in cui mi trovo ora sarebbe solo accaduto più tardi. Gli assassini alla fine mi avrebbero localizzata, e prima o poi, avrei scoperto di cosa è capace Nikolai. A quel punto, però, avrei potuto essere da diverse settimane o mesi in un'intensa relazione con lui, e sarebbe stato molto più devastante, se le mie illusioni fossero state distrutte.

O forse, solo forse, sarebbe riuscito a tenermi all'oscuro, e non avrei mai scoperto che uccide e tortura con la stessa facilità con cui gli altri uomini tagliano l'erba. Avrei dormito tra le sue braccia e lo avrei preso nel mio corpo, convincendomi che i miei istinti sono sbagliati, che il filo dell'oscurità che ho percepito in lui non è altro che la mia immaginazione iperattiva.

Uh. Forse *dovrei* essere arrabbiata con Alina. Quel tipo di ignoranza suona come beatitudine.

Visibilmente sollevata, la donna ricambia il mio sorriso, e metto da parte le sciocche nozioni su quanto sarebbe stato bello non affrontare mai la verità su Nikolai—o su Bransford e tutto il resto. Se dovessi indulgere in questo tipo di pensiero, tanto varrebbe desiderare che mia madre fosse viva, o meglio ancora, che non avesse mai incontrato mio padre biologico in primo luogo.

Non esisterei in quest'ultimo caso, ma varrebbe la pena averla viva e felice in una vita che non fosse stata rovinata da adolescente.

Rendendomi conto che sto di nuovo precipitando in una spirale inutile di rimorsi, guardo Nikolai e dico vivacemente: "Che ne dici se Slava e Alina restano con me per un po'? Non voglio monopolizzare il tuo tempo. Sono sicura che hai del lavoro da sbrigare, e posso insegnare a Slava dal mio letto e da qualsiasi luogo."

Il viso di Nikolai si irrigidisce al mio chiaro intento di volere che se ne vada, ma si alza in piedi e dice con calma: "Va bene. Ci vediamo tra un po'. Non dimenticare di mangiare, okay?"

"Certo." Afferro la forchetta e mi porto le uova alla bocca con esagerata goffaggine. Il mio obiettivo è far ridere Slava, e ci riesco.

Quando guardo su, Nikolai se n'è andato.

Il volto di Alina è cupo, mentre si siede sul bordo del letto, prendendo il posto di Nikolai. "Come ti senti?" chiede a bassa voce, mentre Slava corre alla finestra, apparentemente incuriosito dalla vista dalla mia stanza.

"Sto bene. Già in via di guarigione." Mi infilo una grande forchettata di uova in bocca per mostrare quanto velocemente sto guarendo. Non sto mentendo. Il braccio mi fa ancora male, ma con l'antidolorifico che ho ingoiato al risveglio, è gestibile, e sono in grado di applicare un po' di pressione sulla caviglia senza che protesti troppo.

Alina sorride esitante. "Questo è positivo." Fa un respiro udibile. "Ascolta, Chloe... ieri mattina ero in pessime condizioni. Davvero in pessima forma. Potrei aver detto cose che non avevano senso. Cose che non erano... necessariamente vere."

Metto giù la forchetta, il mio appetito svanito senza aver lasciato traccia. Capisco cosa sta cercando di fare, e lo detesto. "Non devi mentire. Lo ha ammesso. E ho visto cosa ha fatto agli uomini che mi hanno aggredita."

Una miriade di espressioni si palesa sul suo viso, prima che diventi accuratamente neutrale. "Capisco. E tu stai... bene?"

Bene? *Non* saltare fuori dalla finestra o correre fuori dalla porta urlando significa stare bene? Se è così, sto benissimo, o almeno quanto possibile dopo aver scoperto che mio padre biologico è uno stupratore e un assassino, che sta cercando di uccidermi e che sono tenuta prigioniera da un uomo che potrebbe essere ancora più spietato del suddetto padre.

"Me la sto cavando" dico e, con mia sorpresa, non è una bugia totale. Forse è dovuto al mese passato in fuga, o all'orrore per aver trovato il corpo di mamma ed essermi nascosta dai suoi assassini nell'armadio, ma non sto andando fuori di testa come mi sarei aspettata. Su niente di tutto ciò—ma soprattutto sul fatto che sono prigioniera di Nikolai. È come se la mia mente avesse eretto un muro tra il presente e il recente passato, tra ciò che sto vivendo e ciò che so.

In questo momento, sono al caldo e ben nutrita, la mia sicurezza è assicurata dalle stesse misure che mi impedirebbero di fuggire, se ci provassi. Ed è possibile concentrarsi solo su quel primo aspetto. Così come è possibile dimenticare la vera natura di Nikolai, quando è così premuroso e tenero... quando il mio sangue si trasforma in melassa calda al suo tocco.

In qualche modo, sono in grado di sistemare tutto l'orrore in una piccola scatola e metterlo via, fingere che non esista.

"Bene" dice Alina. "Sono contenta. Ma se hai problemi ad affrontarlo, o hai solo bisogno di qualcuno con cui parlare, voglio che tu sappia che puoi sempre venire da me." Con occhi di giada che brillano dolcemente, aggiunge: "Qualunque problema tu possa avere, lo capirei."

E lo farebbe, lo so. La mia gola si stringe, mentre

percepisco la genuina comprensione nel suo sguardo. Fino a quel momento non sapevo quanto avessi desiderato questo: non un'offerta di amicizia, precisamente, ma qualcosa che vi somiglia moltissimo. "Grazie" dico con voce roca. "Lo apprezzo, proprio come apprezzo quello che hai cercato di fare prima, con l'avvertimento e tutto il resto."

Forse è un'altra illusione che è destinata ad essere infranta, ma mi sembra di avere un'alleata nella sorella di Nikolai. Come se non fossi completamente sola in questo casino.

Sorride ironicamente e si alza in piedi. "Sì, beh, non è andata esattamente come speravo. Io..." Si ferma, mentre Slava esclama qualcosa dal suo posto vicino alla finestra e corre da noi, chiacchierando eccitato in russo.

"Dice che c'è una famiglia di procioni sul nostro vialetto" traduce Alina con un sorriso. "A quanto pare, sono appena usciti dalla foresta."

"Davvero? Voglio vedere." Mi siedo più dritta e, ignorando la fitta di dolore al braccio, dondolo i piedi sul pavimento. Con cautela, mi alzo, attenta a non mettere troppo peso sulla caviglia slogata.

Fin qui tutto bene.

"Tieni, appoggiati a me." Alina mi presta il gomito, e con il suo aiuto mi avvicino zoppicante alla finestra, dove i procioni—una mamma e due cuccioli—stanno davvero giocando in bella vista.

Slava ride emozionato, mentre uno dei cuccioli salta scherzosamente sull'altro, e io gli scompiglio i capelli setosi, il mio petto che si allarga, mentre lui mi rivolge un sorriso raggiante.

"Procioni" dico, ricordando il mio ruolo di sua tutor di inglese. "Quelli si chiamano *procioni*."

Lui ripete obbedientemente la parola dopo di me, e noi tre guardiamo gli animali, finché non scompaiono di nuovo nel bosco. Poi, Alina mi aiuta a tornare a letto zoppicando, e le chiedo di portarmi un libro che possa leggere con Slava.

"Nessun problema" dice, già dirigendosi verso la porta. Torna pochi minuti dopo con una pila di libri per bambini che posa sulla coperta accanto a me. "Vuoi che lo porti via?" chiede, indicando il vassoio sul comodino, e io annuisco, mentre Slava si mette a suo agio al mio fianco illeso.

Presto sarà ora di pranzo, e ho mangiato abbastanza da poter andare avanti fino ad allora.

Lei prende il vassoio ed esce di nuovo. È solo quando è quasi vicino alla porta che mi rendo conto di non averle chiesto qualcosa di importante.

"Alina, aspetta" la chiamo, mentre apre la porta con un piede rivestito dallo stiletto.

Si volta, con uno sguardo interrogativo sul viso.

"Tornerai tra un po'? Vorrei saperne di più su quello che è successo." La mia voce diventa instabile. "Con Nikolai e... e vostro padre."

Si irrigidisce, il viso privo di qualsiasi espressione.

"Per favore, Alina. Ho bisogno di sapere."

Ho bisogno di scoprire quanto sia un mostro la persona di cui mi sono innamorata.

Chiude gli occhi e fa un respiro profondo, poi li riapre. "Non spetta a me raccontare questa storia." La sua voce è bassa e tesa. "Non mi è mai spettato. Nikolai è quello con cui dovresti parlare."

E prima che io possa supplicarla ulteriormente, esce e chiude la porta.

NIKOLAI

Aprendo il mio pugno stretto, mi allontano dal video della telecamera nella stanza di Chloe e apro la mia casella di posta. Non so cosa avrei fatto ad Alina, se avesse acconsentito alla richiesta della ragazza. Fortunatamente, mia sorella ha recuperato abbastanza buon senso per rendersi conto che deve tenere la bocca chiusa.

È la mia storia da raccontare—e non sono sicuro di volerlo fare.

Ieri, quando Chloe mi ha chiesto se quello che le aveva detto Alina fosse vero, sono stato tentato di mentire, di dirle che lei aveva inventato tutto—che stava delirando a causa di tutte quelle medicine. Ma per qualche ragione, mentre guardavo nei suoi morbidi occhi castani, le parole si rifiutavano di formarsi nella mia gola. Per quanto detesti che la mia zaychik mi consideri malvagio, qualcosa nel profondo vuole che lei sappia chi sono veramente.

Che mi conosca e mi ami a prescindere.

Fanculo. Questo è un problema—ma non così grande comè l'e-mail di Valery che è appena arrivata nella mia casella di posta.

LEONOV IN AMERICA, recita l'oggetto in maiuscolo e, quando apro il messaggio, mi informa che i contatti statunitensi di mio fratello minore hanno saputo della presenza di Alexei Leonov a New York. Quello che sta facendo lì non si sa, ma solo il fatto che sia nello stesso continente di mia sorella e mio figlio è una cattiva notizia. Non ho dimenticato quello che mi ha detto nel bagno di quel ristorante tagiko, la minaccia che ha fatto sul tenere Alina legata al loro arcaico contratto di fidanzamento. A quel tempo, ho pensato che stesse solo cercando di farmi incazzare—e sospetto ancora che sia così—ma c'è una possibilità che lo intendesse davvero.

Di' ad Alina che è ora. Sono stufo di essere paziente.

Stringo i denti, allontanando il ricordo di quelle parole pronunciate a bassa voce. Qualunque sia il programma di Alexei, non si avvicinerà a lei. È già abbastanza grave che mio figlio abbia trascorso quasi due mesi sotto le tenere cure del grande Leonov, prima che io potessi tirarlo fuori; l'ultima cosa che voglio è che mia sorella emotivamente fragile sia trascinata in quel nido di vipere.

Alina e io potremmo avere le nostre divergenze, ma lei è una mia responsabilità, la mia croce da portare, e la proteggerò da chiunque desideri farle del male— specialmente dal suo cosiddetto promesso sposo.

Reprimendo la rabbia che mi brucia nello stomaco, rileggo l'e-mail. New York: è più o meno lontana dall'Idaho. La presenza di Alexei negli Stati Uniti così presto dopo il nostro incontro a Dushanbe potrebbe essere una coincidenza, dopotutto? Sono volato in Tagikistan con il nostro jet privato, e so che il team di Konstantin ha messo in atto misure di sicurezza per impedire a chiunque di conoscere il mio piano di volo, quindi è possibile che Alexei sia a New York per un motivo totalmente estraneo alla mia famiglia.

Ed è anche possibile che abbia scoperto che sono in America, ma non sa dove, quindi sta iniziando la sua ricerca dal luogo più logico: la Grande Mela.

Ad ogni modo, è un mal di testa di cui non ho bisogno, specialmente con il compito di livello *Mission Impossible* di assassinare un candidato alla presidenza già nel mio programma.

Spostando la mia attenzione su questo, rileggo l'e-mail con i dettagli del viaggio imminente di Bransford e il programma delle apparizioni pubbliche. Il primo passo è verificare che sia davvero il padre di Chloe. Per questo, abbiamo bisogno del suo DNA.

Ci sono una dozzina di modi per farlo, ma il più semplice sarebbe partecipare a una delle sue raccolte fondi sotto le spoglie di un potenziale donatore e acquisire discretamente un campione—diciamo, rubandogli il bicchiere di vino. Il problema con quella strategia è che quegli eventi sono troppo pubblici per sentirmi a mio agio, soprattutto visto l'arrivo inaspettato di Alexei negli Stati Uniti. Ora, più che mai, devo tenere un basso profilo per evitare di esporre la nostra posizione, il che esclude un'altra semplice soluzione: ottenere un incontro personale con Bransford.

Dato il suo status di favorito nella corsa alle primarie del suo partito, sarei accuratamente controllato e le mie informazioni finirebbero in un database, a cui gli hacker di Leonov potrebbero accedere. Inoltre, non sarebbe saggio entrare nel radar di Bransford. Anche se gli assassini non avessero stabilito il collegamento tra me e Chloe prima che li eliminassi, Bransford potrebbe sapere che era stata avvistata l'ultima volta in questa zona dell'Idaho, e se in qualche modo venisse a sapere che è qui che risiedo, si potrebbe insospettire.

No, per quanto comodo e utile possa essere, non posso procurarmi il suo DNA—o ammazzarlo—personalmente. Non senza mettere la mia famiglia e Chloe in maggiore pericolo. Così come stanno le cose, il tempo stringe. Se gli assassini hanno detto al loro datore di lavoro che Chloe aveva chiesto informazioni sul mio impiego presso la stazione di servizio locale, è solo questione di tempo, prima che altre sue pistole ingaggiate si presentino alla mia porta.

Devo eliminare Bransford in quanto minaccia, e velocemente.

Giunto a una decisione, mando un'e-mail in cui ordino a uno dei nuovi arrivati di Valery di fingersi cameriere al prossimo evento, in modo che possa ottenere il DNA di Bransford da un bicchiere o una posata utilizzata. È una formalità a questo punto; so di aver ragione su di lui, lo sento nell'intestino. Tuttavia, data l'ampiezza di ciò che sto pianificando, ho bisogno di prove ferree, e questo è il modo migliore per farlo. L'unica prova più forte sarebbe una vera e propria confessione della sua colpevolezza, e non vedo un modo per ottenerla senza rapire l'uomo—un compito ancora più difficile che ucciderlo senza troppi preamboli.

Per ora, procederò come se fosse colpevole e pianificherò il colpo. In questo modo, non appena il test del DNA confermerà la sua relazione con Chloe, potrò premere il grilletto—in senso figurato, se non letteralmente. Un proiettile da cecchino genererebbe troppo clamore, quindi la nostra scommessa migliore è usare uno dei nostri prodotti farmaceutici accuratamente realizzati o inscenare una sorta di incidente.

In ogni caso, pagherà per aver ucciso la madre di Chloe e aver cercato di uccidere lei.

Tom Bransford potrebbe non saperlo ancora, ma è già morto.

Trascorro le due ore successive a elaborare vari aspetti logistici, quindi controllo di nuovo il video della telecamera dalla stanza di Chloe.

È ancora con Slava; è accampato sul suo letto, i suoi libri e i mattoncini LEGO sparsi su tutta la coperta.

Sembra che stiano giocando a un gioco in cui lei gli mostra qualcosa in un libro, e lui lo recita per lei. Mentre lo guardo, scende velocemente giù dal letto e saltella per la stanza, imitando un coniglio.

"Quello è uno *zaychik*, giusto?" chiede lei, sorridendo, e gli occhi di Slava si spalancano, prima che un enorme sorriso si impossessi del suo visino.

"*Da!*"

"Sì" lo corregge, il suo sorriso che si allarga. "Noi diciamo *sì*."

Mio figlio scuote vigorosamente la testa. "Sì, sì, sì!" Sta saltando su e giù adesso, troppo eccitato per stare fermo, e prendo un appunto mentale per insegnare a Chloe qualche altra parola in russo. In questo modo, potrà sorprenderlo di nuovo a caso in quel modo, e mi divertirò ad ascoltare il suo simpatico russo con l'accento americano.

Ora che ci penso, dovrei insegnarle anche alcune parole di sesso, così potrò sentire la sua voce dolce e roca che me le canticchia, quando siamo a letto.

Il mio corpo si irrigidisce all'immagine, e devo fare un respiro profondo per controllarmi. L'ho già posseduta una volta—o meglio, diverse volte in una notte—e non mi basta assolutamente. Mi sento come un uomo affamato a cui è stata concessa una sola leccata di gelato.

Voglio di più. Voglio scoparla ogni notte, prenderla in ogni buco e darle piacere in ogni modo possibile. Voglio andare a dormire tenendola stretta e svegliarmi sepolto nel profondo di lei. Voglio farle ogni sorta di cose oscure e depravate, e dopo voglio coccolarla, mentre si riprende dal culmine del piacere-dolore.

Voglio possederla così intensamente da farle dimenticare per sempre di lasciarmi.

Presto, prometto a me stesso, chiudendo il portatile, mentre mi alzo. Presto starà meglio, e poi l'avrò.

Nel frattempo, devo fare tutto il necessario per tenerla al sicuro.

10

CHLOE

Pochi minuti prima dell'ora di pranzo ufficiale delle dodici e trenta, Lyudmila viene a prendere Slava per portarlo al piano di sotto.

"Nikolai viene presto con cibo" dice nel suo inglese fortemente accentato, supponendo correttamente che i brontolii del mio stomaco indichino languore. Le sorrido timidamente, ma lei sta già spingendo il bambino fuori dalla porta, mentre gli parla velocemente in russo.

Nikolai appare con un vassoio alle dodici e mezzo in punto.

"Come mai questa osservanza in stile militare degli orari dei pasti?" gli chiedo, mentre si siede accanto a me e posa il vassoio sul comodino, prima di scoprire i piatti dall'odore delizioso.

È qualcosa che mi chiedevo da giorni, ma non ho avuto la possibilità di domandare—e immagino che a questa domanda sia molto più facile rispondere rispetto alle altre che ho preparato.

Un sorriso ironico solleva un angolo delle sue labbra sensuali. "L'hai detto: è un residuo militare. Più specificamente, del tempo di Pavel nell'esercito. Gestisce la nostra casa da quando è uscito dall'esercito una trentina di anni fa, e questa è una delle sue regole. Non mi dispiace. Sono cresciuto in questo modo, quindi lo trovo un rituale opportuno."

"E l'abbigliamento formale a cena? È anche questa una cosa di Pavel?" Sarebbe strano, dato che non ho mai visto il russo simile a un orso con qualcosa di simile a un completo o uno smoking, ma ci sono molte stranezze in questa famiglia.

I piccoli muscoli intorno agli occhi di Nikolai si irrigidiscono, anche se il sorriso rimane sulle sue labbra. "Non esattamente. È qualcosa su cui mia madre insisteva. Diceva che avevamo bisogno di qualcosa di bello nelle nostre vite per coprire tutta la bruttezza."

"Oh, capisco." Il mio polso accelera per l'emozione. Questa è la prima volta che mi parla di sua madre—di uno dei suoi genitori, in realtà. Tutto quello che sapevo prima delle terrificanti rivelazioni di Alina era che entrambi i loro genitori erano morti.

"Tieni" dice Nikolai, portando alle mie labbra un pezzo di pane francese spalmato di burro e caviale. "Apri."

Mordo obbediente l'offerta gourmet come l'invalida che stiamo fingendo entrambi che io sia. La mia mente non è concentrata sul nostro strano giochino, però; è piena di domande. Ci sono ancora così tante cose che non so sul mio pericoloso protettore, e ho bisogno di sapere.

Ho bisogno di sapere tutto, perché una piccola parte irrazionale di me spera ancora che l'oscurità in lui non sia così buia come sembra.

Lascio che mi dia da mangiare alcuni degli altri antipasti sul vassoio, così come il pesce bianco con salsa al limone e tortino di patate che è il piatto principale, e quando passa al dessert—pere sciroppate con ribes nero e noci al miele—raddrizzo la schiena e mi lancio nel mio interrogatorio programmato.

"Allora" dico nel modo più casuale possibile: "Siete mafiosi?"

Sono abbastanza sicura di conoscere già la risposta a questa domanda, ma tanto vale sentirla dalla sua splendida bocca.

Con mia sorpresa, invece di appiattirsi per offesa o rabbia, essa si contrae divertita. "No, zaychik. Almeno non nel modo in cui lo immagini. Non utilizziamo droghe o armi illegali o qualsiasi altra cosa del genere —quella è più roba da Leonov. La stragrande maggioranza delle nostre attività è legale e onesta, e la piccola parte che non lo è rientra nel dominio di Konstantin: dark web, hackeraggio, spam sui social media, tutto quel contorto high-tech."

Sbatto le palpebre incredula, l'immagine della pistola nella sua mano nitida e chiara nella mia mente. Non è possibile che un normale e ricco uomo d'affari, anche uno con un addestramento militare, possa uccidere e torturare con la stessa disinvoltura con cui aveva fatto lui. "Ma io ho visto te... e i tuoi uomini... e—"

"Non ho detto che siamo angeli. Apri." Mi porta alle labbra una forchettata di pera punteggiata di ribes e aspetta che inizi a masticare, prima di continuare. "In Russia, per guadagnare e mantenere il potere, devi essere spietato. Devi essere disposto a fare tutto il necessario. È sempre stato così, da tempo immemore."

Apro la bocca per parlare, ma lui mi dà un altro boccone di pera e continua con un tono leggero, uniforme, come se stesse leggendo una favola.

"La mia famiglia lo ha sempre capito" dice "ed è per questo che abbiamo prosperato sin dai tempi del governo mongolo. In effetti, il nostro primo antenato conosciuto era un braccio destro di Gengis Khan, un ragazzo simpatico e gentile che nel XIII secolo saccheggiò, bruciò e violentò tutta la Siberia e la regione di Mosca. I suoi figli seguirono le sue orme, e quando Pietro il Grande costruì la sua città, i Molotov —o Nebelevskys, come eravamo conosciuti allora— erano un appuntamento fisso presso la corte zarista, guidando e dirigendo la politica nazionale da dietro le quinte. Eravamo anche schifosamente ricchi e possedevamo migliaia e migliaia di servi della gleba—il che rende ancora più ironico il fatto che durante la Rivoluzione il mio bisnonno sia stato uno di quelli che hanno messo a processo i "nobili spregevoli" e la "borghesia malvagia" per crimini contro la gente comune. Ha persino cambiato il suo nome in Molotov, la cui radice significa "martello" in russo—un cognome molto più amato dai comunisti rispetto a Nebelevsky. Ma è questo che siamo." Un pizzico di amarezza torce le labbra di Nikolai. "Facciamo tutto il necessario per rimanere al vertice: che si tratti di gestire i campi di lavoro gulag durante l'era di Stalin, o guidare la macchina di propaganda del Partito Comunista negli anni Cinquanta e Sessanta—o saltare sui buoni per il petrolio e il gas durante la Perestrojka e poi diversificare per trattenere i miliardi di ricchezza che ne derivano. Siamo come gli scarafaggi—tranne che non solo sappiamo come sopravvivere, ma anche come governare il nostro angolo di mondo."

Sono sia disturbata che affascinata, tanto che mi dimentico di masticare il boccone successivo di dessert, prima di chiedere: "Quindi, non siete dei veri mafiosi?"

La mia bocca è così piena che le parole escono confuse, ma Nikolai capisce e sorride. "No—ma questo non significa che evitiamo di sporcarci le mani. Rimanere al top in Russia è come costruire una casa su una spiaggia sabbiosa dell'oceano: il terreno sottostante si erode ad ogni marea, e una tempesta è sempre in arrivo all'orizzonte. Il mio defunto nonno, per esempio —il padre di mio padre—fu quasi giustiziato negli anni Cinquanta, quando un rivale di alto rango del partito lo accusò falsamente di slealtà nei confronti del regime comunista. Trascorse due anni in uno dei gulag siberiani che aveva supervisionato, e quando uscì, la prima cosa che fece fu trovare prove sul suo rivale e *farlo* rinchiudere nei gulag, mentre il governo gli confiscava tutte le proprietà per trasferirle a mio nonno. Poi, più tardi, mio padre—" Si interrompe, la sua espressione che si rabbuia.

Mi siedo più dritta. "Tuo padre cosa?"

Il suo viso diventa impassibile. "Niente. Gli anni Novanta in Russia sono stati solo un periodo particolarmente corrotto e instabile, quindi la mia famiglia ha dovuto essere estremamente vigile e spietata."

"Nello specifico, tuo padre." Non ho intenzione di lasciargli abbandonare questo argomento, non quando finalmente avrò delle risposte.

"E suo fratello, Vyacheslav—mio zio. Suo figlio, Roman, è ora ricco quasi quanto noi."

"Uh uh." In qualsiasi altro momento, avrei colto al volo l'opportunità di saperne di più sulla famiglia allargata di Nikolai, ma in questo momento sono concentrata esclusivamente su suo padre. Gli permetto di darmi un altro paio di forchettate di dessert e, dopo aver deglutito, gli chiedo cautamente: "Allora, che genere di cose ha dovuto fare tuo padre per rimanere al top negli anni Novanta?"

I suoi occhi assumono una tonalità più verde di ambra. "Niente di peggio di qualsiasi altro oligarca della sua generazione: molta corruzione, un po' di ricatto e racket, un po' di coercizione fisica e, quando necessario, eliminazione forzata degli ostacoli. Tattiche che potresti pensare rientrino nel dominio del crimine organizzato, tranne per il fatto che all'epoca erano strategie commerciali standard in Russia. E non erano solo gli oligarchi—il governo ricorreva agli stessi strumenti. In una certa misura è ancora così; legalità e criminalità sono concetti altamente flessibili e in continua evoluzione nel mio Paese, ciascuno con molto spazio per l'interpretazione."

Faccio del mio meglio per mantenere la mia espressione neutra, anche se le mie braccia tremano per il freddo. *Coercizione fisica* ed *eliminazione forzata*: questi sono ovviamente eufemismi per la tortura e l'omicidio. Ed è stato cresciuto considerandole strategie aziendali standard?

I Molotov potrebbero non essere mafiosi nel senso formale del termine, ma in un certo senso sono ancora più pericolosi.

"È per questo che hai portato Slava qui? Perché la Russia è un posto così illegale?" chiedo, incapace di trattenermi. Questo è un altro mistero che mi sta rosicchiando, e sebbene intendessi mantenere questo interrogatorio concentrato su suo padre, non posso lasciarmi sfuggire l'occasione di ottenere alcune risposte su questo fronte.

Dopo quello che mi ha appena detto sulla sua patria, non posso biasimarlo per aver voluto allevare suo figlio il più lontano possibile dalla Russia.

"No, zaychik." La sua bella bocca assume la curva cinica che sfoggia così spesso. "Non sono un padre così bravo, temo."

"Allora, perché sei qui? Avevi promesso che me l'avresti detto." In realtà, non ha promesso nulla del genere. Tutto quello che aveva detto nella videochiamata in cui l'avevo interrogato era che si trattava di una lunga storia.

Deve ricordarlo anche lui, perché i suoi occhi brillano di divertimento. "Bel tentativo." Getta un'occhiata al vassoio ormai quasi vuoto. "Sei sazia o vorresti qualcos'altro?"

Sono così piena che il mio stomaco sta per esplodere, ma non voglio che se ne vada ancora. Non quando stiamo arrivando alle cose che muoio dalla voglia di sapere. "Vorrei un po' di frutta" dico speranzosa. "Forse dei frutti di bosco, se li hai. E il caffè. Mi andrebbe un caffè."

Sembra ancora più divertito, ma si alza in piedi senza discutere. "Va bene. Torno subito."

Dandomi un bacio sulla fronte, prende il vassoio e se ne va.

11

NIKOLAI

STO ANCORA SORRIDENDO, QUANDO ENTRO IN CUCINA. La mia zaychik è così meravigliosamente trasparente nei suoi tentativi di manipolazione. *Mi avevi promesso.* Ho dovuto davvero trattenermi per non prenderla e baciarla sul posto—soprattutto perché mentre lo diceva, spingeva in fuori il labbro inferiore in un piccolo broncio, come una bambina capricciosa.

Adoro il fatto che ora abbia meno paura di me, che invece dell'orrore, ci sia curiosità nei suoi begli occhi marroni. Ho fatto del mio meglio per tenere la bestia dentro di me al guinzaglio in sua presenza, per farla sentire a suo agio e al sicuro, e sembra che ci stia riuscendo—valeva la pena mantenere tutto il controllo. Quindi, che cosa importa se le mie mani tremano per il bisogno di toccarla, di stringerla forte a me, mentre mi avvicino al suo corpo caldo e morbido?

Posso essere paziente.

Posso essere gentile.

Posso prendermi cura di lei come un fottuto eunuco, se è quello che serve per cancellare dalla sua mente il ricordo del racconto di mia sorella.

Non che sia probabile che accada. So dove stava andando a parare Chloe con tutte le sue domande. Vuole conoscere la storia completa, e non posso biasimarla. Il caffè, i frutti di bosco—erano solo un pretesto. Quello che vuole è più tempo con me, più tempo per sondare, e devo decidere quanta verità sono disposto a rivelarle.

"Come sta?" mi chiede Lyudmila, mentre appoggio il vassoio sul bancone e la informo sulle condizioni di Chloe—ovvero che sta meglio. Stamattina le ho cambiato le bende, e sembrava che la ferita stesse guarendo bene. Ho anche contato di nascosto le pillole sul suo comodino, e sembra che finora ne abbia prese solo un paio—un altro buon segno.

Razionalmente, so che è improbabile che diventi dipendente da alcuni antidolorifici, ma dopo aver assistito alle difficoltà di Alina, non posso fare a meno di preoccuparmi.

"È positivo che abbia un tale appetito" dice Lyudmila dopo averla messa al corrente delle richieste di Chloe. "Meglio se bevesse il tè, però."

"Concordo. Ma diamole il caffè che vuole."

Lyudmila grugnisce d'accordo e prepara un vassoio di fragole, lamponi e mirtilli disposti ad arte, insieme a una tazza di caffè fumante. La ringrazio e corro di sopra, dove mi sta aspettando la mia zaychik.

Ho deciso che c'è una sua domanda a cui posso rispondere oggi, una parte della verità che posso darle.

I suoi occhi sono intensamente curiosi, mentre entro nella sua camera e mi metto a sedere sul bordo del letto, appoggiando il vassoio al suo posto sul comodino.

"Allora" inizia "riguardo a—"

"Apri" ordino dolcemente, raccogliendo una fragola, e quando le sue labbra carnose si aprono obbedientemente, spingo dentro la succosa bacca e guardo i suoi denti bianchi affondare nella polpa—il modo in cui voglio affondare i miei denti nella sua carne.

La scossa della lussuria è così improvvisa, così forte, che devo tendere ogni muscolo del mio corpo per impedirmi di agire d'impulso. C'è qualcosa di quasi cannibalistico nel modo in cui la bramo, nel modo in cui mi viene l'acquolina in bocca al pensiero di assaggiare la sua pelle liscia e abbronzata e leccare le goccioline di sudore dal suo corpo nudo, dopo averla scopata fino allo sfinimento ancora una volta. Ricordo la sensazione dei suoi capezzoli sulla mia lingua, la sua essenza di sale e frutti di bosco, e il controllo di cui mi stavo vantando improvvisamente sembra sottile e sfilacciato come una vecchia corda.

Anche lei si irrigidisce, i suoi occhi fissi nei miei, il suo corpo snello teso dalla consapevolezza primordiale di essere una preda. Un filo di succo di fragola le sfugge dalla bocca, e istintivamente lo prendo con il pollice, il mio cuore che martella violentemente alla sensazione della sua pelle calda, la morbidezza del suo labbro inferiore, tutto rosso lucido e appiccicoso per il succo. Sostenendo il suo sguardo, porto il pollice alla bocca e lo succhio per pulirlo, come succhierei quelle sue labbra dolci e appiccicose, se potessi fidarmi di me stesso per fermarmi lì.

I suoi occhi si spalancano, il suo respiro si blocca alla mia azione, mentre il suo sguardo cade sulle mie labbra per un attimo, prima di incontrare di nuovo i miei occhi. È eccitata quanto me, lo vedo, e la tensione torrida ribolle nell'aria tra di noi, riscaldando la stanza, finché le mie stesse ossa si sentono come se stessero andando a fuoco, il mio uccello così duro che la cerniera lascerà un'impronta sulla sua lunghezza. Posso quasi sentire la sua carne elastica sotto i miei palmi, posso quasi assaporare quelle labbra luccicanti e tinte di rosso—

Un lontano fragore di risate infantili mi fa rinsavire, e mi rendo conto di essere proteso verso di lei, la mia mano già a pugno nella sua coperta. *Fanculo.* Aprendo il pugno, scatto in piedi e mi avvicino alla finestra. Facendo respiri profondi e calmanti, vedo mio figlio che corre per il vialetto con Arkash che lo insegue. Sta ridendo così forte che posso sentirlo anche attraverso il vetro antiproiettile, e il suono schiarisce ulteriormente la nebbia della lussuria che avvolge il mio cervello.

Cazzo. Pensavo di avere il controllo su me stesso— ne ero sicuro dopo averle fatto il bagno ieri, pur mantenendo un rigido autocontrollo. La volevo, sì, ma potevo prendere le distanze da quel desiderio e concentrarmi esclusivamente sulla sua salute, sul fatto che era appena uscita dall'intervento e aveva bisogno di me come custode. Oggi, però, sta meglio, e il mio autocontrollo è mille volte peggiore.

"Ehm, Nikolai..." Il tono di Chloe è incerto, la sua voce dolce e leggermente roca. Sentirlo mi fa rabbrividire di nuovo dal desiderio. Questa volta, però, lei non è proprio vicina, ed è più facile rimettermi in sesto, frenando il selvaggio bisogno.

Ammorbidendo la mia espressione, chiudo le mani dietro la schiena e mi volto a guardarla. "Sì, zaychik?"

La sua gola delicata si increspa, mentre deglutisce. "Che ci fa Slava là fuori?"

"Sta giocando a rimpiattino con una delle mie guardie." Torno al letto e mi siedo ai piedi, cercando di allargare quanto più possibile le distanze tra noi, considerando che occupiamo lo stesso giaciglio. "Pavel deve avergli chiesto di occuparsi di Slava, mentre lui fa le pulizie dopo pranzo."

I suoi piccoli denti bianchi le tormentano il labbro inferiore. "Giusto. Giusto." Guardandomi attentamente, prende la tazza di caffè e soffia sul liquido bollente. Posso indovinare cosa le passa per la mente—sta riflettendo sul modo migliore per affrontare l'argomento di maggiore interesse per lei—così decido di aiutarla.

Non sono pronto a parlare di mio padre, ma posso dirle la verità su mio figlio.

Sostenendo il suo sguardo, dico in modo pacato:

"Cinque anni fa mio fratello Valery ha festeggiato il suo ventiduesimo compleanno in una discoteca di Mosca. Era la festa dell'anno; tutti quelli che sono qualcuno nella nostra parte del mondo erano lì—inclusa, come ho appreso in seguito, Ksenia Leonova, la figlia introversa del nemico e rivale di lunga data della nostra famiglia."

Chloe aggrotta le sopracciglia confusa. "Leonova? Come i Leonov di cui mi hai parlato? La vera famiglia mafiosa russa?"

"Anche loro rifiuterebbero quell'etichetta, ma è così. Pescano in uno stagno molto più sporco. In ogni caso, a differenza di suo fratello Alexei, Ksenia era sempre rimasta fuori dagli occhi del pubblico, quindi non avevo idea di chi fosse, quando si è avvicinata a me." Prendo fiato per controllare la familiare rabbia che si accende dentro di me. "Pensavo fosse solo un'altra persona socievole o aspirante modella, quindi abbiamo ballato, buttato giù qualche shottino e poi siamo andati in un hotel a scopare."

Chloe sussulta leggermente, la tazza del caffè che le oscilla in mano. Mi muovo rapidamente, afferrandola da lei e rimettendola sul vassoio, prima che il liquido scuro possa fuoriuscire. Poi, mi siedo più vicino a lei.

La cosa buona del ricordare Ksenia è che uccide la mia libido a morte.

"Indossavo il preservativo, come faccio sempre" continuo, e gli occhi di Chloe si spalancano. Deve aver capito com'è andata la storia. "Sì" dico, prima che lei possa chiedere "si è rotto. Oppure lei l'ha manomesso

89

in qualche modo—ancora non so quale sia la verità. Non mi sono accorto di nulla in quel momento. Avevo bevuto qualche drink, e la serata non è stata particolarmente memorabile. In effetti, me ne ero completamente dimenticato fino a poco più di otto mesi fa, quando ho ricevuto una chiamata da un'amica di Ksenia, che mi informava che lei era morta in un incidente d'auto, lasciando dietro di sé un figlio—*mio figlio*—secondo il suo diario."

"Oh, mio Dio" sospira Chloe, con un'aria inorridita. "Quindi, la madre di Slava era—"

"Qualcuno che non avrei toccato con indosso una tuta ignifuga, se avessi saputo chi era, sì. I rapporti tra le nostre famiglie erano stati tesi per decenni, per non dire altro."

"Decenni? Perché?"

"Ricordi la storia che ti ho appena raccontato, su mio nonno spedito nel gulag?"

La ragazza annuisce e riprende cautamente il caffè.

"L'uomo che lo aveva accusato di slealtà nei confronti del Partito era Matvey Leonov, il nonno di Ksenia."

Si blocca, la tazza a metà strada verso la bocca. "Oh. Wow."

"Sì. Era un serpente velenoso, come tutti i Leonov, ma soprattutto Ksenia." Mio malgrado, la mia voce gronda di odio amaro. "Ancora oggi, non so se avesse pianificato di scoparmi da molto tempo prima, o se fosse rimasta incinta per un incidente. Ad ogni modo, non mi ha detto che avevo un figlio. Probabilmente non lo avrebbe mai fatto. Se non fosse morta, forse non avrei mai saputo dell'esistenza di Slava—almeno non finché non fosse stato abbastanza grande per apparire nei nostri circoli. A quel punto, la somiglianza avrebbe fatto capire a tutti la sua discendenza Molotov, se non propriamente la sua vera paternità." La mia bocca si contorce. "Non hai visto i miei fratelli o mio cugino, ma siamo tutti molto simili."

Chloe rimette il caffè sul comodino senza nemmeno bere un sorso. "Perché pensi che ti si sia avvicinata quella notte? Doveva sapere chi *eri*, giusto?"

"Certo." A differenza sua, ero molto conosciuto nell'alta società di Mosca. "Per quanto riguarda il motivo, non ne ho ancora idea. Forse aveva pianificato tutto, fino al preservativo rotto, o forse era solo giovane e stupida e voleva flirtare con il pericolo. Non so nemmeno perché fosse alla festa o come fosse entrata—di certo nessuno dei Leonov era stato invitato. In ogni caso, il risultato finale è lo stesso: ho un figlio che non conoscevo fino a otto mesi fa. Un figlio che è per metà un Leonov."

Chloe fa un respiro profondo. "Aspetta un attimo. È per questo che stai—"

"Qui?" Al suo cenno del capo, sorrido con amarezza. "Hai indovinato, zaychik. La famiglia di sua madre non me l'ha esattamente consegnato. Ho saputo dell'esistenza di Slava una settimana dopo la morte di Ksenia e, a quel punto, viveva già con Boris Leonov, il padre di Ksenia—un uomo noto per le sue inclinazioni crudeli e violente. Non ho mai voluto figli, non ho mai pensato di averli, ma non potevo lasciare mio figlio nelle sue grinfie, non potevo abbandonarlo per crescere in quel nido di vipere."

"Allora, cosa? Gliel'hai sottratto?"

Annuisco. "I miei fratelli e io abbiamo impiegato quasi due mesi per trovare un modo per violare la loro sicurezza, ma l'abbiamo tirato fuori e l'ho portato qui, dove nessuno sa chi siamo e non può riferire ai Leonov che improvvisamente ho un bambino."

La sua fronte liscia si aggrotta, confusa. "Non capisco. Perché non sei passato attraverso i canali legali? Sei il padre di Slava. Non avresti potuto ottenere l'affidamento con un semplice test di paternità?"

"Avrei potuto—e l'avrei fatto—se fosse stato chiunque tranne i Leonov. Odiano la nostra famiglia tanto quanto noi odiamo la loro, e farebbero qualsiasi cosa per ostacolarci... per *ostacolarmi*. Nel momento in cui avessi chiesto la custodia—nel momento in cui si fossero resi conto che sapevo dell'esistenza di Slava—lo avrebbero portato via, nascosto in un posto dove non l'avremmo mai trovato. Forse avrebbero simulato la sua morte per ingannare i tribunali—o forse lo avrebbero effettivamente ucciso. Qualsiasi cosa per privarmi della possibilità di crescere mio figlio."

Chloe sussulta per l'orrore. "Pensi che avrebbero...?"

"Non darei niente per scontato col maggiore dei Leonov." O con Alexei e Ruslan, i fratelli altrettanto spietati di Ksenia.

Chloe sembra inorridita. "È terribile." Poi i suoi occhi si spalancano, e ansima di nuovo. "Nonno

Papero! Oh Dio... pensi che il padre di Ksenia abbia fatto del male a Slava, mentre viveva con lui?"

"Non ne sarei sorpreso." Cerco di mantenere un tono calmo, ma una rabbia oscura si insinua nella mia voce, rendendola dura e gutturale. "Slava non ha mai parlato del periodo trascorso con suo nonno, ma il modo in cui si comportava con me e Pavel all'inizio... il modo in cui si comporta ancora con me, in una certa misura..." Mi fermo, la mia gola che si stringe per un accenno di furia.

I vaghi sospetti che avevo nutrito sul modo in cui Boris Leonov trattava mio figlio si erano cristallizzati in quasi certezza, quando Chloe mi aveva raccontato della strana reazione di Slava a Nonno Papero nella favola per bambini. L'unico motivo per cui il padre di Ksenia è ancora vivo è che la squadra di Konstantin ha scoperto il fatto accuratamente nascosto che ha un cancro al pancreas in stadio avanzato, e che non dovrebbe vivere più di un paio di mesi pieni di agonia.

Ucciderlo sarebbe una misericordia che non sono disposto a concedere.

Chloe mette la sua mano sul mio ginocchio. "Mi dispiace così tanto, Nikolai." I suoi morbidi occhi castani sono carichi di comprensione, un'eco della stessa rabbia che brucia dentro di me.

Anche lei vorrebbe fare a pezzi chiunque abbia ferito Slava, posso dirlo.

Con sforzo, reprimo la mia furia. La natura ha già escogitato la tortura più squisita per Boris Leonov, e devo accontentarmi di questo. L'unica cosa che otterrei sferrando un colpo al padre di Ksenia sarebbe abbreviare la sua sofferenza e innescare una vera e propria guerra tra le nostre famiglie. In questo momento, abbiamo, se non proprio una tregua, almeno una distensione: non è stato versato sangue per un certo numero di anni, nonostante i costanti attriti a livello aziendale e personale.

Ciò cambierebbe se uccidessi Boris—o se scoprissero che ci sono io dietro il rapimento di Slava. Possono nutrire dei sospetti su quel fronte ora—Alexei certamente mi ha accennato alcuni sospetti durante il nostro incontro a Dushanbe—ma non agiranno in base a delle supposizioni, a meno che non siano sicuri. Non solo perché farlo significherebbe iniziare quella guerra, ma perché se si sbagliassero e io non sapessi di Slava, il loro attacco potrebbe indurmi a capire, aprendo l'intera orribile lattina di vermi.

Da parte mia, ho fatto del mio meglio per assicurarmi che i dubbi fossero tutto ciò che avevano. Ho lasciato la Russia tre settimane prima di tirar fuori Slava dal loro complesso, quindi le tempistiche non corrispondevano troppo da vicino, e l'amica di Ksenia, quella che mi ha chiamato dopo aver trovato il diario, è stata trasferita in Nuova Zelanda con un milione di dollari e una nuova identità—e la minaccia che se avesse contattato uno dei Leonov per informarli della nostra conversazione, la sua famiglia in Russia ne avrebbe pagato il prezzo.

Non entro in tutti quei dettagli con Chloe ora. Non c'è bisogno; può trarre le proprie conclusioni da ciò che le ho raccontato. Invece, le copro la mano con la mia e le dico gravemente: "Grazie, zaychik." La sua empatia e la sua rabbia per conto di Slava raffreddano la mia, il calore del suo piccolo palmo che filtra nella mia pelle, nonostante il tessuto spesso dei jeans.

Deglutisce e ritira la mano, distogliendo lo sguardo. Ha paura di questo, mi rendo conto con una fitta—paura dell'intimità emotiva con me. È scoraggiante e incoraggiante al contempo. Scoraggiante, perché voglio che lo superiamo, che torniamo a come erano le cose prima delle rivelazioni di Alina. E incoraggiante, perché mi dice che c'è speranza per noi... che non importa quanto le piacerebbe essere disgustata e terrorizzata da me, i suoi sentimenti sono più complessi di ciò.

Trattenendo la mia frustrazione, aspetto che mi guardi, e quando lo fa, prendo il caffè e glielo porgo. "Ecco, zaychik." Il mio tono è calmo. "Dovresti bere questo, prima che si raffreddi."

Per ora la lascerò nascondersi dalla verità, le permetterò di sollevare i suoi scudi e le sue difese. Non la salveranno da me. Niente lo farà.

Che le piaccia o no, la possiederò.

Cuore, mente, corpo e anima.

12

CHLOE

NONOSTANTE ABBIA SCOLATO L'INTERA TAZZA DI CAFFÈ, mi addormento subito dopo pranzo e faccio un pisolino, finché Nikolai non mi porta la cena. Penso che siano gli antidolorifici a rendermi così sonnolenta —oppure il mio cervello sta usando il sonno per elaborare le rivelazioni più recenti, mentre si nasconde dalle domande senza risposta che inducono ansia.

Hanno rapito Slava, lo hanno portato via dalla famiglia di sua madre. Suppongo che dovrei essere scioccata, ma non lo sono. Penso di aver sospettato qualcosa del genere in qualche modo; faceva parte dell'errore che stavo percependo, quell'atmosfera inquietante che continuavo a ricevere da questa famiglia—specialmente dal mio oscuro rapitore ipnotizzante.

Voglio condannare le sue azioni, invece non posso fare a meno di applaudirle. Per liberare suo figlio da una situazione potenzialmente violenta, Nikolai ha

96

completamente stravolto la sua vita, lasciando il suo Paese natale e rinunciando al suo ruolo di capo del clan Molotov. Non tutti i padri l'avrebbero fatto per il proprio figlio, specialmente un bambino di cui non era a conoscenza.

Un bambino che afferma di non aver mai voluto.

Il mio petto si stringe, mentre ricordo quell'ammissione, buttata fuori così casualmente e disinvoltamente, come se non importasse. Non ha spiegato, non è entrato nei dettagli, ma ho potuto leggere tra le righe.

Non era un desiderio di vivere per se stesso, o viaggiare, o prevenire la sovrappopolazione—o qualsiasi altra ragione che le persone in genere danno per scegliere di non avere figli. Nel caso di Nikolai, non voleva essere un padre, perché non pensava che sarebbe stato bravo... e perché non voleva che la sua stirpe continuasse. C'è una parte del mio rapitore che si disprezza, o per quello che ha fatto o per quello che è.

Un Molotov.

Ho pensato alla storia che mi ha raccontato, a quella della sua famiglia e al modo in cui è cresciuto. Non ha detto molto su questo, ma le sue omissioni erano tanto significative quanto i dettagli che includeva. È ovvio che gli è stato insegnato a vedere la vita come una battaglia senza fine per la sopravvivenza e il dominio, una battaglia che solo i più spietati possono vincere.

Scommetto qualsiasi cosa che la sua educazione per mano di suo padre non fosse lontana dal modo in cui il suo antenato mongolo avrebbe potuto allevare *suo* figlio nel tredicesimo secolo, abilità di tortura e tutto il resto.

Cerco di sondare più a fondo durante la cena, ma Nikolai non ha più voglia di parlare di se stesso. Invece, mentre mi dà da mangiare carne di cervo brasata al vino con salsa di funghi e purè di patate dolci, mantiene la conversazione concentrata su di me: il cibo che mi piace e non mi piace, i miei film preferiti, i miei amici al college. E lo fa così abilmente che mi ritrovo a parlargli senza riserve, sorridendo e ridendo, mentre descrivo la volta in cui il gatto della mia compagna di stanza ha fatto la pipì sul mio letto e come uno dei miei amici ha scambiato mia madre per una studentessa e ci ha provato con lei durante il nostro orientamento da matricole.

È come se fossimo tornati alle nostre videochat, come se tutto ciò che è accaduto dal suo ritorno non fosse stato altro che un terribile sogno febbrile.

È solo quando finisco di cenare e mi dà il bacio della buonanotte, le sue labbra morbide e fresche sulla mia fronte, che mi rendo conto di aver perso l'opportunità di ottenere le risposte per il resto delle mie scottanti domande.

Lo schema si ripete la mattina dopo, quando Nikolai mi porta la colazione. Evita abilmente i miei tentativi di portare la conversazione su suo padre—o sul *mio*. Invece, mentre mi dà da mangiare *grechka*—kasha di grano saraceno arrostito che ad Alina piace al posto della farina d'avena—discutiamo dei progressi di Slava e delle prossime lezioni che ho programmato. Poi mi aiuta a fare la doccia, mi cambia la fasciatura e, su mia insistenza, mi veste con un paio di pantaloni da yoga e una morbida maglietta.

La mia caviglia va meglio, così come il mio braccio, quindi ho intenzione di muovermi.

"Non esagerare" mi avverte, mentre zoppico con decisione nella stanza di Slava, invece di lasciarmi trasportare da lui. "Hai ancora bisogno di tempo per guarire."

"Farò con calma, non preoccuparti" dico, lasciandomi cadere sul letto di Slava—con grande gioia del ragazzino. "Leggeremo dei libri, costruiremo dei castelli... Niente di faticoso, lo prometto."

Nikolai sembra ancora preoccupato, quindi gli rivolgo un sorriso luminoso. "Sto meglio, davvero. Non ho avuto nemmeno bisogno di un antidolorifico stamattina." Quest'ultima cosa non è del tutto vera—potevo sicuramente assumere un antidolorifico per il dolore sordo e fastidioso al braccio—ma ho deciso di non prenderlo, per sondare il mio livello di resistenza.

In ogni caso, la mia rassicurazione funziona come previsto. Il volto di Nikolai si schiarisce. "Va bene, allora" dice, e dopo aver rivolto poche parole in russo a suo figlio, ci lascia alle nostre lezioni.

A metà mattinata, il braccio mi fa più male—Slava ha urtato accidentalmente l'imbracatura, mentre si arrampicava sulle mie ginocchia—quindi torno zoppicante nella mia camera per prendere l'antidolorifico, dopotutto.

Nel corridoio, incontro Lyudmila, che sta portando un enorme mazzo di fiori, che contiene di tutto, dalle rose lussureggianti ai girasoli e ai tulipani. "Alina compleanno" mi informa, quando le chiedo per chi sia. "Importante. Oggi venticinque."

Oh. Alina ha menzionato che il suo compleanno era questa settimana, quando abbiamo fumato erba insieme. Non avevo idea che fosse oggi, però.

Pensando velocemente, chiedo a Lyudmila: "Dov'è Nikolai?"

Ho bisogno di qualche tipo di regalo, e l'unica cosa che riesco a trovare è un bouquet fatto da me—fiori di campo raccolti nella foresta vicina. Durante le mie escursioni, ho individuato alcuni posti dove crescono in abbondanza.

Il problema sarà arrivare in uno di quei punti con la mia caviglia che si comporta male, ma è qui che si spera che Nikolai entri in gioco.

Lyudmila fa un cenno verso il suo ufficio. "Lavoro."

Sfiorandomi, prosegue verso la stanza di Alina, e io mi mordo il labbro, guardando la porta chiusa dell'ufficio di Nikolai. Oserei interrompere?

Delle risate femminili e animate chiacchiere in russo provenienti dalla camera di Alina decidono per me.

Non posso non regalare *qualcosa* alla sorella di Nikolai.

Zoppico nell'ufficio di Nikolai e busso piano.

"*Da*" risponde la sua voce profonda—*sì* in russo.

Faccio un respiro profondo. "Sono Chloe. Mi stavo solo chiedendo se—"

La porta si apre, e le parole muoiono sulle mie labbra, mentre i suoi meravigliosi occhi verde-oro incontrano i miei, rubandomi il respiro e aumentando il mio battito cardiaco.

Dannazione.

Il mio corpo smetterà mai di rispondere a lui così fortemente? A questo punto, abbiamo scopato e mi ha fatto il bagno più volte, eppure la sua bellezza virile mi acceca ancora ogni volta che passiamo un paio d'ore separati.

"Che cosa c'è, zaychik?" chiede, le sopracciglia scure che si uniscono, mentre mi dà una rapida, preoccupata occhiata. Prima che io possa rispondere, mi afferra le mani. "Va tutto bene?"

"Sì, va tutto bene. È solo che..." Getto una rapida occhiata alle mie spalle. Il corridoio è vuoto, ma abbasso ancora la voce, per ogni evenienza. "Ho bisogno di un regalo per Alina."

"Ah. Entra." Mi accompagna nel suo ufficio e mi guida verso una sedia, su cui sprofondo volentieri. Potrei aver esagerato nel camminare oggi—la mia caviglia sta meglio, ma sicuramente non sta completamente bene. Nemmeno il braccio.

Quell'antidolorifico sta diventando sempre più necessario di minuto in minuto.

"Tieni" dice Nikolai, aprendo un cassetto della scrivania. Tira fuori una piccola scatola nera e me la porge. "Puoi darle questo."

Confusa, la apro—e guardo a bocca aperta il braccialetto tempestato di diamanti all'interno.

Che diavolo?

Il mio sguardo balza sul suo viso. "Che cosa intendi con dargliela?"

"Può essere il tuo regalo" risponde in modo pratico. "Io le darò un altro gioiello."

Sta parlando seriamente?

"Ovviamente non può essere il mio dono" dico, quando recupero la mia capacità di parlare. "L'hai preso *tu* per lei, non io. Non posso permettermi una sola pietra in quel braccialetto, e Alina lo sa."

Alza le spalle. "E allora? Le piacerà comunque."

Dio mio. Prendo fiato e conto fino a tre. "No, non lo farà. Perché le darò qualcos'altro, qualcosa che veramente viene da me."

"Ad esempio?"

"Fiori. Vorrei mettere insieme un bouquet per lei. Ne ho visti alcuni davvero belli sbocciare non lontano da qui."

Le sue sopracciglia si uniscono di nuovo. "Non è possibile che tu vada a fare un'escursione con quella caviglia."

"Non è lontano. Posso farcela. Soprattutto se vieni con me e mi aiuti."

Uno strano bagliore appare nei suoi occhi da tigre. "Vuoi che ti porti a raccogliere fiori?"

Ora che l'ha detto, mi rendo conto di quanto possa sembrare ridicolo—e di quanto sia una domanda stupida. A che cazzo stavo pensando? Non è il mio ragazzo; è il mio rapitore, un uomo potente e pericoloso che ha cose molto più importanti—

"Va bene" dice, prima che io possa fare marcia indietro. "Dammi un minuto per finire qui e andremo."

13

NIKOLAI

Ignorando le affermazioni di Chloe secondo cui può camminare "benissimo", la porto nella sua stanza e torno per finire il messaggio che stavo scrivendo, istruendo l'ultimo arrivato di Valery su come e dove voglio che venga raccolto il campione di DNA. Non è un uomo quello che mio fratello sta mandando per questo lavoro, ma una donna—il che è anche meglio.

Questo apre alcune interessanti possibilità per quanto riguarda l'avvicinamento a Bransford.

Quindi, rispondo ad alcuni messaggi più urgenti e vado a chiamare Chloe per la nostra spedizione di raccolta dei fiori.

Il mio cuore batte per l'aspettativa, mentre mi avvicino alla sua camera. Forse sto leggendo troppo in questo, ma mi sento incoraggiato dal fatto che lei mi abbia attivamente cercato, che voglia passare del tempo con me, anche se con questo pretesto di merda.

La mia strategia di essere nient'altro che il suo

paziente, custode platonico sta funzionando. Lentamente ma inesorabilmente, la mia zaychik sta perdendo la paura di me, abbassando i suoi scudi. Ed è un bene—perché non so per quanto tempo ancora posso rimanere paziente.

Più si sente meglio, più è difficile controllare la bestia dentro di me, impedirmi di reclamarla come richiesto dal mio istinto.

Sta guardando il telegiornale, mentre entro nella sua stanza. Vedendomi, spegne la TV e si alza, un sorriso radioso sul viso. "Sono pronta."

Qualcosa nel profondo del mio petto si espande e si contrae simultaneamente. "Andiamo a prendere quei fiori, allora."

La lascio camminare verso di me da sola, solo per vedere come sta guarendo la sua caviglia. Non appena mi raggiunge, però, la prendo in braccio, ignorando ancora una volta le sue obiezioni. Non riesco a vederla zoppicare—mi fa troppo male—quindi l'unico modo in cui verrà fatta questa escursione è con lei tra le mie braccia.

"Non hai seriamente intenzione di portarmi fin lì in braccio" dice, mentre usciamo di casa.

Le sorrido. "Perché no, zaychik?"

Adoro tenerla in braccio, sentirla stretta a me. Finché la sua caviglia non sarà guarita, intendo portarla in braccio il più possibile—e forse anche dopo.

"Per cominciare, il punto che ho in mente è almeno a un chilometro di distanza" dice con la massima serietà, come se un chilometro fosse una sorta di distanza reale. "Se mi prestassi solo il gomito, potrei camminare fin lì a passo lento."

"Non succederà."

"Ma sono pesante. Non c'è modo—"

"Stai scherzando, vero?" Sorrido al suo viso piccolo e indignato. "Zaychik, ho portato zaini più pesanti di te per un giorno intero."

Sbatte le palpebre. "Vuoi dire... quando eri nell'esercito?"

"E adesso. Pavel e io ci alleniamo spesso con le guardie per mantenerci in forma."

"Oh. Ma comunque—"

"Che cosa ne pensi di questo? Prometto che ti lascerò camminare se mi stanco." O meglio, se cado morto. Questo è l'unico modo in cui camminerà attraverso questi boschi con quella sua caviglia.

Sbuffa. "Bene. Fai pure il macho; sai quanto mi importa, se le tue braccia cadranno. I fiori sono da quella parte." Indica un piccolo sentiero sterrato che conduce nel bosco a est rispetto a noi, poi appoggia la testa sulla mia spalla, come se volesse fare un pisolino.

Rido e mi dirigo lungo il sentiero che mi ha indicato, facendo attenzione a proteggerla da rami e arbusti bassi. Non ricordo l'ultima volta che mi sono sentito così leggero, sia fisicamente che mentalmente. Invece di stancarmi, il suo leggero peso tra le mie braccia mi incoraggia, la sensazione del suo corpo contro il mio che evoca non solo la solita fame carnale, ma anche qualcosa di caldo e puro... qualcosa paragonabile quasi alla gioia.

È come se le nubi scure sospese su di me negli ultimi anni si fossero sollevate per un momento, rivelàndo un frammento di cielo illuminato dal sole.

La sensazione persiste per tutto il tragitto verso la nostra destinazione, sostenuta dai suoi occasionali borbottii sugli sciocchi macho e sul loro ego. Sono sicuro che li intenda come un insulto, ma tutto quello che provo è divertimento misto a sollievo. Mi piace il suo carattere irritabile e scontroso; significa che si sente al sicuro con me, dimenticando le cose che ha sentito e visto fare.

Dimenticando che sono un mostro.

Quando arriviamo a un piccolo prato punteggiato di fiori selvatici, la metto giù per farglieli raccogliere. Nonostante l'imbracatura, è veloce ed efficiente nel suo compito, le dita agili che strappano le piante sparse e le sistemano in qualcosa di bello. Quando ha finito, devo ammettere che *è* stata una buona idea regalo—mia sorella adorerà questo insolito bouquet profumato di bosco.

"Sono pronta per il mio viaggio di ritorno a casa" dice con finta superbia, e rido mentre la sollevo, attento a non schiacciare i fiori che ha in mano. Il loro odore si mescola con il profumo fresco e inebriante dei suoi capelli, e il mio corpo si accende con un'ondata di eccitazione, il mio uccello che si indurisce, mentre lei appoggia la testa sulla mia spalla, il suo naso che mi sfiora il collo.

"Più dura in salita, non è vero?" dice allegramente, mentre inizio il sentiero che riporta a casa. Sollevando la testa, posa il palmo sul mio petto e sorride. "Il tuo cuore sta già battendo più velocemente."

È così—ma non per il motivo che pensa. Devo davvero sforzarmi per non inchiodarla contro l'albero più vicino e tuffarmi in profondità nel suo corpicino stretto. La sensazione di lei, il suo profumo, quella scintilla maliziosa nei suoi occhi—tutto aggiunge carburante al fuoco che arde dentro di me, alla fame violenta che ho cercato così duramente di reprimere.

Il mio ritmo rallenta, mentre il mio sguardo cade sulle sue labbra, così graziose e morbide, così seducenti in quel sorriso luminoso e provocante.

Non farlo.

I battiti del mio cuore si intensificano, fino a diventare un ruggito nelle orecchie.

Non farlo, cazzo.

La mia vista diventa simile a un tunnel, il mondo intorno a noi sfocato. Non vedo altro che il suo sorriso, brillante e caldo come il sole; non sento altro che il calore carnale che mi brucia le vene.

Non farlo, cazzo.

Il suo sorriso svanisce, uno sguardo diffidente che entra nei suoi morbidi occhi marroni, mentre mi fermo completamente, fissandola. "Nikolai, non intendevo—"

Le mie labbra coprono le sue, inghiottendo il resto delle sue parole. *Cazzo, ha un buon sapore.* Di mele, bacche e fiori, qualcosa di genuino, selvaggio e fresco. Il sapore inebriante nutre la fame oscura dentro di me, aggiungendosi al feroce bisogno che pulsa sotto la mia pelle.

Le sue labbra si aprono sotto la pressione delle mie, e la mia lingua invade le profondità calde e scivolose della sua bocca, cercando ogni pezzetto di quel sapore, dell'essenza dolce e pulita di lei. Avidamente, respiro i suoi espiri ansimanti, godendomi il gemito che le fa vibrare la gola, mentre le tiro il labbro inferiore con i denti, quasi rompendo la fragile pelle nel farlo.

Mia. È fottutamente mia. Voglio consumarla, divorarla, marchiarla... prenderla, fotterla, distruggerla. No, non distruggerla—possederla, anche se essendo un Molotov, è fondamentalmente la stessa cosa. Il mio bisogno di lei è ossessivo e oscuro, pericoloso per lei e per me. Ma ora mi rifiuto di pensarci, mi rifiuto di ricordare le liti dei miei genitori e gli avvertimenti di mia nonna. Il destino ha portato Chloe da me, e il destino determinerà il nostro percorso. Per ora, è mia da rivendicare, mia da possedere.

Con voracità, approfondisco il bacio, e lei risponde con lo stesso ardore, la sua lingua che duella con la mia, mentre il suo braccio sinistro mi avvolge il collo. Le mie braccia si stringono intorno a lei, schiacciandola contro il mio petto e strappandole un grido di dolore dalla gola.

Fanculo. La sua imbracatura.

Che cosa sto facendo?

Con uno sforzo sovrumano, stacco la bocca e la metto in piedi. Respirando affannosamente, indietreggio, mentre lei mi fissa, gli occhi spalancati e le labbra gonfie di baci aperte.

Scioccata. È scioccata per quello che è successo, e

anch'io lo sono. Scioccato per averla lasciata andare, per aver trovato la forza di liberarla, quando la bestia dentro di me ulula e infuria, chiedendomi di prenderla qui e ora, non importa quanto sia ferita e fragile.

"Nikolai, io..." Deglutisce a fatica, portandosi la mano sinistra al petto. Il bouquet che ha in mano è danneggiato, alcuni fiori strappati e piegati a metà. "Non credo sia una buona idea. Voglio dire, io e te—"

"So cosa vuoi dire." Il mio tono è tagliente come la bramosia simile a una lama che ruota dentro di me, riducendo in brandelli il mio autocontrollo.

Sono andato così vicino a scoparla. Un altro minuto, e sarei stato immerso nel suo calore stretto e umido, dopo aver dimenticato completamente le sue ferite.

È ufficiale. Sono un fottuto selvaggio.

Non ci sono più dubbi nella mia mente.

Si morde il labbro inferiore paffuto, facendo venire voglia di farlo anche a me. "Non sono—"

"Dovresti sistemarli." Al suo sguardo vuoto, ringhio: "I fiori. Sono schiacciati."

Sbatte le palpebre e guarda in basso, come se solo ora si rendesse conto che sono ancora nella sua mano. "Giusto." Indietreggia barcollante. "Lasciami fare."

Si inginocchia per raccogliere i pochi fiori sparsi che crescono lungo questo sentiero, e io mi volto, facendo respiri profondi. Quando poco dopo mi chiama, ho di nuovo il controllo. *Più o meno.*

Voltandomi per guardarla, ammorbidisco la mia espressione. "Andiamo."

Si avvia verso di me zoppicando, e io stringo i denti, mentre la sollevo. Problemi di autocontrollo o no, non le permetterò di tornare indietro da sola.

Tenendola stretta contro il mio petto, allungo il passo, finché non sto quasi correndo. Rimane in silenzio, anche se deve sentire il mio respiro aumentare per lo sforzo. Non ci sono più prese in giro sugli uomini macho, non ci sono più proteste su come possa camminare da sola. Non vuole attirare l'attenzione su di sé, e va bene così.

La mia moderazione è appesa a un filo.

È solo quando ci avviciniamo alla casa che lei parla. "Grazie" dice a bassa voce, costringendomi a incontrare il suo sguardo, qualcosa che ho evitato per tutto il viaggio di ritorno. "Lo apprezzo davvero."

"Ovviamente. Felice di aiutare." Il mio tono è disinvolto, calmo, come se stessimo discutendo della raccolta dei fiori. Ma sappiamo entrambi che non è così.

Ciò che apprezza è il fatto che non l'ho scopata—che per ora può mantenere alzate le sue barriere e fingere.

14

CHLOE

NON APPENA NIKOLAI MI LASCIA NELLA MIA CAMERA, vado a cercare Alina. La trovo in cucina, intenta a chiacchierare con Lyudmila, e le porgo i fiori, insieme alle congratulazioni del compleanno.

"Grazie." Accetta il bouquet con un sorriso raggiante. "Dove diavolo li hai presi? Sono così belli."

Sorrido di rimando. "Oh, proprio qui intorno."

"Davvero? Con la caviglia in quelle condizioni?"

Le mie guance si scaldano al ricordo di quello che è quasi successo nella foresta. "Nikolai potrebbe aver aiutato."

Il suo sorriso si attenua leggermente, ma non aggiunge altro. Invece, si rivolge a Lyudmila, che sta tagliando delle verdure nel lavandino, e le rivolge qualche parola in russo. La donna bionda si affretta a riempire d'acqua un bel vaso, e Alina vi sistema i fiori, prima di portarlo in sala da pranzo, dove si unisce all'altro bouquet che decora la tavola.

"Come ti senti?" le chiedo, seguendola lì. La tavola è già apparecchiata con una varietà di antipasti; sembra che oggi sarà un pranzo particolare. "Altri mal di testa?"

"Dovrei chiedertelo io." Mi guarda, i suoi occhi di giada che luccicano. "Come va il tuo braccio? La tua caviglia?"

"Va tutto meglio." La caviglia non così tanto in questo momento—ho decisamente esagerato oggi—ma non lo dico.

"Sono contenta." Esita, poi chiede a bassa voce: "Hai parlato con Nikolai?"

Il mio battito accelera. "Mi ha parlato di Slava e dei Leonov." Mi dirà di più? Dopotutto, ha deciso di rivelare l'intera storia?

Il suo viso assume un'espressione da sfinge. "Capisco."

Immagino che la risposta sia no. Sono tentata di incalzarla, ma non voglio sollevare un argomento traumatico per il suo compleanno—anche se si potrebbe sostenere che l'abbia tirato fuori lei stessa.

"Vuoi uscire stasera dopo cena?" chiedo impulsivamente. "Magari giocare a qualche gioco da tavolo, bere un paio di birre? Ovviamente, anche Lyudmila è la benvenuta."

La mia offerta è motivata solo in parte dal desiderio di sondare per ulteriori informazioni. Soprattutto, voglio solo conoscere meglio Alina, dato che sta iniziando a piacermi davvero.

Sembra sorpresa, ma si riprende rapidamente. Facendomi un sorriso caloroso, dice: "Sembra fantastico. Vediamo quanto dura la cena e poi decideremo cosa fare."

Dato che sono già al piano di sotto, mi unisco a tutti per pranzo, anziché farmi dare da mangiare da Nikolai nella mia stanza. Non solo mi sento abbastanza bene da riprendere a essere un'adulta funzionale, ma dopo quello che è quasi successo nella foresta, stare da sola con Nikolai sembra un'impresa pericolosa—specialmente accanto a un letto.

Sono certa che si sia fermato solo perché era preoccupato di farmi male al braccio, qualcosa che sarebbe stato molto meno preoccupante se fosse accaduto su un morbido materasso.

Il mio cuore batte più forte al pensiero, e gli lancio un'occhiata da sotto le ciglia. Posso ancora sentire le sue labbra divorare le mie, posso ancora assaporare il suo alito caldo e al sapore di menta. I miei capezzoli sono eccessivamente sensibili e il mio labbro inferiore pulsa, dove l'aveva morso, con le pulsazioni che riecheggiano in profondità nel mio intimo.

Lo voglio. E non in modo casuale del tipo sarebbe-bello-averlo. Anche sapendo cos'è, lo desidero così disperatamente che è come una malattia, una dipendenza malsana e pericolosa come quella di un consumatore di eroina. Non ho forza di volontà con lui, nessuna capacità di resistere al suo tocco. Dovrebbe terrorizzarmi e disgustarmi, invece, sono attratta da lui tanto quanto prima, se non di più.

È contorto. È sbagliato. Lo so, ma non posso farci niente.

Il mio corpo e il mio cuore si rifiutano di sincronizzarsi con la mia testa.

Cattura il mio sguardo su di lui, e i suoi occhi da tigre si rabbuiano, carichi di un inconfondibile calore oscuro. Le mie pulsazioni aumentano ulteriormente, il mio respiro si blocca, mentre guardo altrove. Per quanto io lo voglia, lui mi vuole ancora di più. E il suo desiderio non è della varietà morbida e dolce. Oggi ho percepito in lui l'urgenza selvaggia, il bisogno di dominare e conquistare. Se non fosse stato per le mie ferite, mi avrebbe presa lì e subito, sul terreno disseminato di foglie. E non sarebbe stato gentile.

Quando faremo di nuovo sesso, sarà devastante per me, fisicamente e mentalmente, e l'unico modo per evitare che accada è stare fuori dalla sua portata—una cosa impossibile nella mia situazione attuale. Anche se fossi disposta a rischiare un incontro con un nuovo gruppo di scagnozzi di Bransford, Nikolai non mi lascerebbe andare.

Per la prima volta mi permetto di pensare al futuro e a cosa riservi. Nikolai mi lascerà mai andare? E se lo fa, sarò mai al sicuro? Se Tom Bransford mi vuole davvero morta, che cosa gli impedisce di inseguirmi ancora e ancora? A giudicare dai sondaggi, molto probabilmente sarà il candidato del suo partito. Se poi vince le elezioni generali, non ci saranno quasi limiti al suo potere—non che ora ce ne siano.

Voci alterate mi tirano fuori dalle oscure elucubrazioni. Sono Alina e Nikolai, che stanno litigando in russo. Ero così persa nei miei pensieri che non ho notato l'atmosfera tesa al tavolo, ma ora non mi sfugge.

Fratello e sorella sono chiaramente ai ferri corti, e Slava li sta guardando, i suoi occhi dorati spalancati per la curiosità—e più che un accenno di preoccupazione.

Gli tiro la manica. "Ehi. Come lo chiamiamo in inglese?" Indico il pomodoro nel piatto.

Mi guarda sbattendo le palpebre.

"L'abbiamo imparato stamattina, ricordi?" Sembra ancora perplesso, quindi decido di dargli un suggerimento. "È un ortaggio che chiamiamo po—"

"Pomodoro!" esclama sorridendomi.

"Giusto." Sorridendo, gli accarezzo i capelli setosi. Il mio obiettivo era distrarlo dalla discussione degli adulti, ma sembra che la mia interferenza abbia posto fine alla litigata, con Alina e Nikolai che invece hanno rivolto la loro attenzione su di noi.

"Sta imparando così in fretta" dico, e Slava gonfia con orgoglio il petto, mentre Alina gli rivolge un caldo sorriso e dice qualcosa che suona come un elogio in russo.

"Dovremmo parlargli in inglese." Il tono di Nikolai è ancora amareggiato. "Almeno quando Chloe è nei paraggi. Imparerà ancora più velocemente in questo modo."

Le labbra di Alina si stringono, ma annuisce. "Come vuoi. È tuo figlio."

Sono più che curiosa di sapere su cosa vertesse la discussione, ma non credo sia una buona idea chiedere. Invece, domando ad Alina come festeggia normalmente il suo compleanno, e lei mi intrattiene con descrizioni di viaggi in luoghi esotici e feste sontuose a Mosca, a cui partecipa ogni sorta di celebrità.

"Aspetta" dico, quando accenna casualmente a come una star del cinema sia svenuta sul suo yacht durante una festa di compleanno a Mykonos. "Conosci le celebrità di Hollywood?"

Ride. "Non tutte, ovviamente, ma alcune. Anche loro sono persone, sai. Niente di speciale nel grande schema delle cose."

Niente di speciale per *lei*, forse, ma sono affascinata. Le faccio raccontare tutto dei suoi famosi amici e conoscenti e, prima che me ne renda conto, stiamo concludendo il pasto. Il che è positivo—perché nemmeno le storie degne del sito gossip *TMZ* sulle celebrità che si comportano male hanno diminuito la mia consapevolezza di Nikolai e della sua incrollabile concentrazione su di me.

Durante l'intero pasto, mi ha osservata con la pazienza letale di un predatore, uno che sa che è solo questione di tempo prima di consumare la sua preda.

I nostri occhi si incontrano, quando ci alziamo dal tavolo, e io distolgo di nuovo lo sguardo, la mia pelle che formicola, mentre il mio polso salta in modo incontrollabile.

Questo non va bene. Contavo che Nikolai si sarebbe trattenuto almeno per qualche altro giorno, ma non credo che avrò così tanto tempo. Un altro giorno, forse, se sono fortunata.

Altrimenti, stanotte finirò nel suo letto.

"Andiamo in camera tua" dico a Slava, cercando di ignorare il rossore che mi scalda tutto il corpo. "Possiamo giocare a Batman e Robin—o Batman e Superman."

Il bambino mi afferra avidamente la mano, e usciamo insieme dalla sala da pranzo, mentre Nikolai e Alina iniziano quella che sembra un'altra discussione in russo.

15

NIKOLAI

"Non puoi nasconderglielo" ripete Alina, mentre Chloe e mio figlio scompaiono dalla vista. "È suo padre. Merita di sapere cosa stai pianificando."

Fottuto Pavel. Ha detto a Lyudmila di Bransford, e lei, naturalmente, non ha potuto resistere a spargere la voce con mia sorella, che è ancora determinata ad avere voce in capitolo in una questione che non la riguarda.

La guardo di traverso. "Devi starne fuori, cazzo. Questa è una faccenda tra me e Chloe, capito?"

Gli occhi verdi di Alina mi fissano, tutta la sua innocenza ferita. "Non avrei interferito. Sto solo dicendo che se vuoi avere la possibilità di una vera relazione con lei, devi—"

Sogghigno. "Che cosa ne sai delle relazioni vere?"

Prende fiato e raddrizza le spalle. "Senti, ho sbagliato a interferire prima. Non posso scusarmi abbastanza per questo. Ma resta il fatto che Chloe non è come noi. Non importa quello che ha fatto Bransford, lui è ancora suo padre biologico—"

"È lo stupratore di sua madre, niente di più." Non riesco nemmeno a chiamarlo donatore di sperma. Questo è quello che sono stato *io* per Slava per i primi quattro anni della sua vita, ma non appena ho saputo della sua esistenza, non avrei potuto immaginare di torcergli un capello, tantomeno ordinare di ucciderlo… nemmeno se lui un giorno ordinasse di uccidere me.

Alina sussulta al mio tono tagliente. "Lo so. Non sto dicendo che lei lo veda come parte della famiglia o altro. Ma merita comunque di essere consultata."

"Perché? Per avere la sua morte sulla coscienza?"

"E se non lo volesse morto?"

"Non è una sua decisione." Non c'è modo che io lasci vivere lo stronzo, nemmeno se Chloe lo implorasse.

"Ma dovrebbe esserlo" replica Alina frustrata. "Se fossi io—"

"Non metterei questo fardello nemmeno sulle tue spalle." Lo porterei io stesso, nel modo in cui lo sto facendo ora.

I suoi occhi si rabbuiano. "Kolya…"

"No." La morte di nostro padre non è un argomento di cui voglio discutere con lei. Mai. "Stai alla larga dalla mia relazione con Chloe, chiaro?"

E prima che possa irritarmi ulteriormente, mi allontano a grandi passi.

Passo il pomeriggio a mettermi in pari con gli affari—anche con i miei fratelli che si assumono la maggior parte della responsabilità nel business della nostra famiglia, c'è molto da fare per me—e poi apro il video dalla camera di Chloe, dove dovrebbe prepararsi per la cena.

La vedo uscire dal suo guardaroba, già vestita con un abito da sera. Per un secondo, mi chiedo come sia riuscita a cambiarsi senza assistenza—avevo intenzione di andare ad aiutarla tra un minuto—ma poi, mia sorella entra nel campo visivo della telecamera.

"Ferma qui" dice a Chloe, guidandola alla finestra. "Dato che il tuo braccio è fuori uso, ti truccherò io."

Mi appoggio allo schienale della sedia, guardandola divertita, mentre inizia a dipingere il viso di Chloe con i vari tubetti e pennelli che tira fuori da una piccola borsa. Ricordo che dipingeva le sue bambole più o meno allo stesso modo quando era piccola; immagino che non sia mai diventata troppo grande. Non mi dispiace. Chloe non ha bisogno di trucco—è bellissima senza—ma questo è qualcosa che le donne fanno quando si vestono bene, e mi piace la mia zaychik vestita bene. O vestita appena. O meglio ancora, completamente nuda.

Il mio corpo si irrigidisce al pensiero, e devo fare alcuni respiri profondi per controllare il battito in accelerazione. Non posso averla. Non ancora. Non importa quanto faccia male fisicamente negarmelo.

Per ora, posso soltanto guardare e pianificare cosa le farò solo quando starà completamente bene.

16

CHLOE

CON MIO SOLLIEVO, L'ATMOSFERA A CENA NON È AFFATTO tesa, in parte perché Pavel e Lyudmila si uniscono a noi invece di restare in cucina. La loro presenza si aggiunge all'atmosfera festosa del pasto quasi quanto tutti i piatti esotici e colorati che popolano la tavola.

Pavel ha superato se stesso oggi; sembra più di stare a un matrimonio gourmet che a un compleanno in casa.

A parte il cibo delizioso e ben organizzato, c'è abbondanza di alcol, dal vino alla vodka e al cognac. Ogni pochi minuti, o Pavel, Lyudmila o Nikolai propongono un brindisi alla festeggiata e noi beviamo —o nel mio caso, bevo un sorso di vino. Non posso stare al passo con le copiose quantità di superalcolici che i russi stanno consumando. Beh, tutti tranne Slava. Sta trangugiando aranciata—una delizia per le occasioni speciali, immagino, perché è la prima volta che vedo il bambino bere qualcosa che non sia acqua.

Quando il piatto di carne esce, il volume e la frequenza dei brindisi aumentano, fino a quando sembra che qualcuno stia alzando un bicchiere per la salute, la bellezza, l'intelligenza o il successo futuro di Alina senza fine. La conversazione è un chiassoso mix di russo e inglese, quest'ultimo probabilmente solo per il mio bene. Ci sono anche molte risate, insieme a battute che non hanno sempre senso se tradotte dal russo—"aneddoti", li chiama Nikolai. Sono qualcosa sulla falsariga di "un asino e un cavallo entrano in un bar", ma molto più creativi ed elaborati. Spiega che raccontare questi divertenti aneddoti durante gli incontri sociali sia una tradizione nel suo Paese, e che quasi ogni russo che si rispetti abbia un repertorio che reintegra costantemente, setacciando Internet e acquistando libri speciali.

Quando Pavel scompare in cucina ed emerge con un vassoio da tè e una torta a tre piani, tempestata di candele, sto ridendo così forte che sono convinta di essere riuscita a ubriacarmi nonostante le precauzioni. Nikolai che si diverte non è qualcosa che ho mai visto, e non ho alcuna difesa contro il suo fascino secco e spiritoso. Nemmeno gli altri al tavolo, a quanto pare. Slava, vivace per lo zucchero e l'allegria degli adulti, si dimentica completamente di mantenere le distanze da suo padre e si arrampica sulle sue ginocchia, mentre Alina, ubriaca, avvolge il braccio intorno al collo di Nikolai e gli dà un grosso bacio, lasciando un'impronta di rossetto sulla sua guancia—la prima volta che l'ho vista comportarsi come una giocosa sorella minore.

Mi fa capire quanto siano riservati lei e tutti gli altri in questa famiglia, quanto poco di una normale dinamica familiare abbia visto tra loro.

La realizzazione mi riporta ai miei sensi, risvegliando la mia cautela, ma poi Alina spegne le candeline tra un forte applauso e io dimentico che non sono a una tipica festa di compleanno, che lo splendido uomo vestito in modo elegante che ride con la sua famiglia è sia il mio rapitore che il mio protettore.

Nikolai è pericoloso, e non solo perché l'ho visto uccidere con i miei occhi.

È perché è molto più complesso di quanto dovrebbe essere un uomo privo di coscienza.

Mentre lo osservo più da vicino, mi rendo conto che a differenza di tutti gli altri, non sembra ubriaco. C'è una certa qualità calcolata nelle sue risate e battute, nella facciata affascinante e spensierata che ha assunto. Mi fa ricordare l'affermazione di Alina che suo fratello non fa nulla per caso, che tutte le sue azioni sono pianificate.

Tuttavia, nemmeno questo può impedire al mio cuore di stringersi con tenerezza, quando noto la genuina morbidezza nei suoi occhi, mentre abbraccia con attenzione suo figlio—che ora sta ridacchiando e saltellando sulle sue ginocchia, mentre chiacchiera in russo. Catturo la parola "Papa" nel flusso veloce delle parole, e il mio petto si gonfia per un'emozione così intensa che le lacrime mi scorrono dietro le palpebre.

Papà, lo ha chiamato Slava in russo, spontaneamente.

Finalmente stanno legando come padre e figlio.

Sbattendo le palpebre per respingere l'umidità bruciante, guardo in basso il mio dessert mangiato a metà—solo per sentire la parte posteriore del collo formicolare di familiare consapevolezza. Quando alzo lo sguardo, quello di Nikolai è puntato su di me, i suoi occhi da tigre che si riempiono di un'intensità snervante.

Avevo ragione. Non è affatto ubriaco. Semmai, l'alcol lo ha reso più acuto, più concentrato.

"Non ti piace la torta, zaychik?" mormora, la sua voce troppo bassa per essere ascoltata dal resto del tavolo, dove Pavel e Lyudmila stanno brindando ad Alina ancora una volta. "O sei semplicemente troppo piena?"

La mia faccia si scalda. Perché questa semplice domanda sembra un'insinuazione sessuale? Non dovrebbe, nemmeno con quell'accenno seducente e intimo nel suo tono.

Sta tenendo suo figlio, per l'amor di Dio.

"Sono piena" dico, solo per voler rimangiarmi immediatamente le parole, mentre la sua bocca si arriccia in un mezzo sorriso malvagio.

È Slava che viene in mio soccorso. "Papà" dice ad alta voce in inglese, torcendo il suo corpicino per avvolgere le braccia intorno al collo di Nikolai. "Il *mio* papà."

Lo sguardo di Nikolai si sposta su suo figlio, e il bagliore malvagio nei suoi occhi scompare, sostituito da un'espressione così dolorosamente tenera che il mio cuore quasi si dissolve nel mio petto. Questo è molto di più di un bambino che casualmente si lascia sfuggire un "Papà."

Slava sta ufficialmente rivendicando Nikolai come suo padre, abbracciandolo con tutta la possessività nel suo piccolo cuore Molotov.

Forzo le parole fuori attraverso il nodo crescente nella mia gola. "Sì, tesoro. Quello è *tuo* padre. Ottimo lavoro." Le stupide lacrime stanno tornando a bruciarmi le palpebre, e mi rendo conto che la mia gioia nel vederlo è agrodolce, venata di invidia.

Da bambina sognavo di incontrare mio padre—e di abbracciarlo esattamente in questo modo.

Fortunatamente, Nikolai non mi sta guardando. Tutta la sua attenzione è su suo figlio. Mormorando qualcosa in russo, liscia delicatamente i capelli di Slava... e la mia gola minaccia di chiudersi completamente, mentre noto un piccolo tremore nella sua mano forte e callosa.

Quello che vedo sul volto di Nikolai è solo la punta dell'iceberg emotivo. L'uomo potente e spietato di fronte a me è completamente distrutto da suo figlio.

Deglutendo a fatica, mi costringo a distogliere lo sguardo, prima di capitolare anch'io. È già abbastanza brutto che il mio corpo si sciolga per lui; ora anche il mio cuore si sta unendo. Non c'è modo che io possa etichettarlo come uno psicopatico andando avanti, non c'è modo per me di fingere che lo spietato assassino di cui mi sono innamorata sia incapace di emozioni genuine.

Qualunque cosa Nikolai possa o non possa provare per me, è profondamente innamorato del suo giovane figlio.

17

CHLOE

La cena dura fino a tarda sera, quindi non ho la possibilità di uscire con Alina dopo. Quando Nikolai mi porta su in camera mia e mi aiuta a fare la doccia e a cambiarmi, sono così ubriaca ed esausta che quasi gli svengo tra le braccia.

È solo la mattina dopo che mi rendo conto che, contrariamente alle mie paure, non sono finita nel letto di Nikolai. Ancora una volta era stato un perfetto infermiere, prendendosi cura di me senza chiedere nulla in cambio. Nemmeno la copiosa quantità di alcol aveva minato il suo autocontrollo, anche se immagino che il fatto che fossi più o meno in coma quando mi ha portata di sopra abbia aiutato la sua decisione.

Dopo quella scena con suo figlio, mi sono rivolta al vino per gestire le mie emozioni indisciplinate, e tra quello, l'antidolorifico che ho preso all'inizio della giornata e il mio corpo ancora in via di guarigione, ero fondamentalmente un'umanoide.

Fortunatamente, non ho molti postumi di una sbornia, quindi arrivo a colazione in tempo. Con mio sollievo, e più che un leggero disappunto, Nikolai non è lì.

"In una chiamata con la Russia" spiega Alina. Come me, non sembra essere eccessivamente influenzata dai festeggiamenti fino a tarda notte e, dopo colazione, si unisce a me e Slava nelle nostre lezioni di gioco, arrivando persino a inseguire suo nipote, nonostante indossi la solita uniforme composta da un vestito elegante e tacchi alti.

"Non ho idea di come le tue dita dei piedi non cadano" dico, guardando i suoi tacchi a spillo, e lei ride, spiegando che è così abituata a indossare scarpe del genere che quelle da ginnastica le sembrano strane.

"Le donne russe sono orgogliose di essere in grado di tollerare ogni sorta di disagio in nome della bellezza" mi dice ironica. "È la nostra natura masochista. Quindi, mentre leggings e simili hanno fatto breccia nel mio Paese natale, voi dovrete strappare le nostre scarpe col tacco alto dai nostri piedi freddi e morti."

Rido e abbandono l'argomento. Mi piace davvero Alina. La sua bellezza all'inizio era così intimidatoria che ho impiegato un po' per vedere oltre. Ora che l'ho fatto, mi rendo conto che gran parte della sua riservatezza iniziale era una forma di auto-protezione. Con la sua famiglia così com'è, ha bisogno della sua facciata lucida e spinosa per nascondere la vulnerabilità e il trauma da cui si sta ancora riprendendo.

Nei giorni successivi, il mio desiderio di conoscere meglio Alina viene esaudito, in parte perché Nikolai le ha delegato gran parte delle mie cure. Adesso è lei che mi aiuta a vestirmi e a fare la doccia, anche se è sempre lui che cambia la fasciatura sul mio braccio quando necessario.

Sospetto che sia perché man mano che sto migliorando, non si fida che la sua moderazione regga.

Non mi dispiace. Non solo questo mi permette di mantenere una parvenza di equilibrio emotivo quando lo vedo, ma Alina e io stiamo sviluppando un vero rapporto. Con la mia caviglia che migliora rapidamente e il mio braccio finalmente fuori dall'imbracatura, facciamo brevi escursioni vicino alla casa—durante le quali lei sostituisce i suoi tacchi a spillo con stivali eleganti—e passiamo molto tempo con Slava, il cui inglese sta progredendo alla velocità della luce.

Penso che lo aiuti ascoltarmi mentre parlo con Alina; sta iniziando ad acquisire parole e frasi che non gli ho formalmente insegnato.

L'unico neo è il rifiuto di Alina di parlare di quello che è successo con suo padre—o in generale di esporre la sua famiglia e il suo passato. Non importa quanto indaghi, lei non rivelerà nulla, e con Nikolai che mi evita tranne durante i cambi di benda e l'ora dei pasti, non riesco più a ottenere risposte.

In un certo senso, non mi dispiace neanche questo. Per quanto muoia dalla voglia di capire come un uomo che sta diventando così apertamente affettuoso con suo figlio abbia potuto commettere il terribile crimine del parricidio, non conoscere tutti i dettagli mi aiuta a togliermelo dalla mente. Lo stesso vale per la situazione con Bransford; senza aggiornamenti in arrivo, posso andare avanti per ore, anche giorni, senza soffermarmi sul pericolo che rappresenta mio padre biologico e su ciò che il mio futuro potrebbe riservare.

Questi giorni tranquilli e facili sembrano un intermezzo fuori dal tempo, una tregua dalla terrificante realtà che è la mia vita.

Una tregua che finisce, quando arriva una misteriosa ragazza.

18

CHLOE

Slava e io siamo davanti alla casa, osservando tre scoiattoli che si rincorrono da un albero all'altro, quando il pick-up nero percorre il vialetto. I finestrini non sono oscurati come quelli del veicolo degli assassini deceduti, ma rimango immobile sul posto, presa da un flashback così intenso che esplodo in un sudore freddo.

"Chloe? Chloe, chi è? Chi è, Chloe?"

Sbatto le palpebre verso il bambino, che mi sta tirando con insistenza la manica, e mi sforzo di abbattere i raccapriccianti ricordi della mia Toyota che si schiantava contro l'albero. Pensavo di aver superato quello che era successo—anche i miei incubi si sono attenuati durante questi giorni felici—ma immagino che mi stessi prendendo in giro.

Non mi sono ripresa dal mio trauma più di quanto abbia fatto Alina col suo.

"Chi è?" ripete Slava, dondolandosi avanti e indietro

sui talloni, mentre il furgone si ferma a pochi metri da noi. Poiché sia le sue abilità in inglese che il suo rapporto con Nikolai sono migliorati, è diventato un ragazzino molto più determinato—e occasionalmente fastidioso—con mio grande piacere.

Faccio un caldo sorriso nella sua direzione. "Non lo so, tesoro. Vedremo."

Tutti e due fissiamo attentamente il pick-up, mentre il lato del guidatore si apre e una giovane donna minuta con indosso un paio di jeans, una maglietta bianca attillata e scarponi da trekking rimbalza sul sedile. Di ossatura piccola ma leggermente sinuosa, con lineamenti delicati e simmetrici e folti capelli biondi ammucchiati in uno chignon disordinato, sembra avere diciassette o diciotto anni e mi ricorda un incrocio tra Saoirse Ronan e Marilyn Monroe—se entrambe fossero state pazze per la velocità.

Come un turbine, ci raggiunge. "Ehilà! Tu devi essere Chloe." Prima che io possa rispondere, mi prende la mano e la stringe con entusiasmo. Poi, si piega sulle ginocchia e sorride a Slava. "*A ti Slavochka, da?*"

Il suo improvviso passaggio al russo mi prende alla sprovvista; mi aveva parlato in un puro inglese americano. Anche Slava sembra colto alla sprovvista. Nessuno degli adulti intorno a lui di solito è così frizzante ed energico.

"Ciao" dico, mentre lei balza di nuovo in piedi. Salta letteralmente, come una bambina. Forse è ancora più giovane di quanto pensassi? "*Sono* Chloe. E tu sei?"

Il suo ampio sorriso è increspato, i suoi occhi grigi scintillano in modo attraente. "Puoi chiamarmi Masha."

"Piacere di conoscerti, Masha. Sei—"

"Dov'è Nikolai?" interrompe. "Devo vederlo."

Qualcosa mi pizzica nel profondo, un brutto sospetto che si sta agitando nella mia mente. "Dovrebbe essere nel suo ufficio. Vuoi che ti accompagni?"

"Non ce n'è bisogno" dice con disinvoltura e corre in casa.

La sensazione di pizzicore si trasforma in un vero e proprio subbuglio nello stomaco. Questa ragazza è carina—più che carina. È stupenda, anche nei suoi abiti casual. Fatele indossare uno dei vestiti di Alina, e potrebbe pavoneggiarsi sulla passerella—o almeno sul red carpet, dato che non raggiunge nemmeno la mia altezza. E pur essendo giovane, è tutt'altro che infantile; infatti, i suoi modi sicuri di sé mi fanno pensare che potrebbe non essere affatto un'adolescente. Mentre la guardo scomparire in casa, non posso fare a meno di ricordare che prima di incontrarmi, Nikolai aveva l'abitudine di andare con tutti i tipi di belle donne—cosa che, per quanto ne so, avrebbe potuto includere questa Masha.

Altrimenti, come potrebbe sapere dove andare? O aver sentito parlare di Slava?

O di me?

Quest'ultima parte non si adatta a questa teoria, devo ammetterlo. Se è la ragazza che Nikolai scopa ora o ha scopato in passato, perché le avrebbe parlato di me? A meno che, ovviamente, non abbiano una strana relazione di amici con benefici in corso, e, a differenza mia, lei non sappia cosa sia la gelosia.

"L'hai mai vista prima?" chiedo a Slava, facendo del mio meglio per mantenere un tono disinvolto. "Voglio dire, prima di oggi?"

Il bambino mi guarda sbattendo le palpebre. Capisce qualcosa di quello che dico ora, ma non tutto.

Con un sospiro, gli afferro la mano e lo conduco in casa. Non capisco perché sono così ansiosa di scoprire chi sia questa giovane donna—se Nikolai sta perdendo interesse per me, può essere solo una cosa positiva. Eppure, qualunque cosa dica la mia mente razionale, il solo pensiero di lui con Masha mi fa venir voglia di spezzare ogni osso del suo minuscolo corpo simile a Marylin Monroe.

19

CHLOE

Lasciando Slava con Lyudmila in cucina, mi dirigo verso l'ufficio di Nikolai, la gabbia toracica stretta, mentre salgo le scale.

È stupido essere gelosi. Irrazionale. Ma non posso fare a meno del mostro verde che mi artiglia il petto. E se avessi completamente frainteso il modo in cui Nikolai mi ha evitata nelle ultime due settimane? Forse invece di combattere il suo desiderio per me, ha semplicemente smesso di volermi. Dopotutto, prendersi cura delle mie ferite avrebbe potuto fargli vedere il mio corpo sotto una luce diversa.

Non sono mai stata particolarmente insicura riguardo a quel corpo, ma non ho mai avuto una relazione con un uomo così incredibilmente bello come Nikolai.

Aspetta, no, non abbiamo una relazione. Potrebbe essere accaduto prima, quando pensavo che fosse un uomo normale, rispettoso della legge—anche se oscenamente ricco. Non so come chiamarlo adesso. Se la persona con cui hai dormito ti tiene prigioniera, proteggendoti anche da qualcuno che vuole ucciderti, questo costituisce una relazione? Almeno una varietà della sindrome di Stoccolma? Per non parlare del fatto che tecnicamente è ancora il mio datore di lavoro—le buste con i contanti sono arrivate nella mia camera ogni martedì come un orologio.

Accantonando quelle riflessioni per ora, mi avvicino alla porta del suo ufficio. È chiusa e, quando ci premo l'orecchio, sento delle voci che parlano russo. Mentre ascolto, riesco a distinguere i toni allegri e femminili della nuova arrivata, insieme a quelli profondi, morbidi e pericolosamente seducenti di Nikolai.

"Che cosa stai facendo?"

Sorpresa, mi giro di scatto per affrontare Alina, che è in piedi nel corridoio, la testa inclinata con aria inquisitoria. "Ehm..."

Il divertimento brilla nei suoi occhi. "Stai spiando mio fratello?"

"No, certo che no." Posso sentire la mia faccia che brucia, mentre mi affretto a trovare una buona spiegazione. "Stavo solo—"

"Vieni." Mi afferra per il gomito e mi trascina lungo il corridoio fino alla sua stanza, dove mi spinge dentro, prima di voltarsi a guardarmi. "Va bene, ora dimmi. Che cosa sta succedendo?"

"Niente."

Inarca un sopracciglio, assomigliando in modo sconcertante a suo fratello.

Cedo. "Okay, d'accordo. C'è questa giovane donna, che è appena arrivata, e—"

"Vuoi dire Masha?"

Il mio cuore sprofonda. "La conosci?"

"È l'ultima scoperta di Valery." Al mio sguardo incerto, spiega: "Mio fratello minore raccoglie persone con varie abilità utili. Non ho idea di quali siano le sue, ma l'ho incontrata brevemente a casa sua prima di lasciare Mosca e, a differenza degli altri animali domestici di Valery, si è presentata."

"Animali domestici?"

Annuisce. "È così che li chiamo. Lui ispira una lealtà quasi patologica in queste persone."

Uh, okay. Forse non è l'amante di Nikolai—o almeno non solo quello.

"Anche Nikolai l'ha incontrata? A Mosca? O—"

"Chloe..." Alina esita, poi dice gentilmente: "Non credo che tu debba preoccuparti di lei in quel senso."

Il mio viso si scalda di nuovo. "Non sono—"

"Lo sei, e lo capisco. È insolitamente carina. Ma lei non è qui per scaldare il letto di Nikolai."

"Allora, sai per cosa è qui?" Il mio sollievo viene rapidamente eclissato dalla curiosità venata di ansia. Per qualche ragione, l'arrivo di questa Masha sembra portentoso, come un cattivo presagio.

Alina esita di nuovo, poi scuote la testa. "Non proprio. Dovresti parlare con Nikolai di tutto questo."

"Di tutto cosa? È collegato con vostro padre?"

Il suo sussulto è quasi impercettibile, così come la sorpresa rapidamente nascosta. "Non posso dirlo" risponde, la sua espressione accuratamente velata. "Mio fratello è quello con tutte le risposte."

La fisso, la mia mente che si agita. Se non si tratta di suo padre... "Ha qualcosa a che fare con *me*?"

Sospira. "Parla con Nikolai, Chloe. Per favore."

E prima che io possa insistere ulteriormente, mi accompagna fuori dalla sua camera.

Non ho la possibilità di parlare con Nikolai fino a tarda sera. Passa l'intero pomeriggio nel suo ufficio con Masha—lo so perché passo davanti alla sua porta dozzine di volte. Ad un certo punto, Pavel si unisce a loro, e il mormorio di due voci diventano tre, con il ringhio dell'uomo-orso facilmente identificabile.

All'ora di cena, Masha se ne va—io e Slava guardiamo il suo furgone partire dalla finestra della sua camera—ma un pasto in famiglia non è un buon momento per interrogare Nikolai su un problema potenzialmente infiammabile, quindi ingoio le mie domande scottanti e aspetto.

Il mio momento arriva dopo cena, quando Lyudmila sparecchia e tutti si alzano per andare nelle proprie stanze. Per tutta la cena, ho percepito lo sguardo intenso da tigre di Nikolai su di me, vi ho percepito le illazioni.

Qualunque cosa stia succedendo riguarda me. Ne sono quasi certa adesso.

Come se volesse facilitare il mio piano, Alina afferra Slava e scompare su per le scale a velocità record, lasciando me e Nikolai soli nella sala da pranzo.

"Possiamo bere ancora qualcosa?" chiedo, mentre si gira anche lui per andarsene. La mia voce è ferma, anche se il mio cuore batte in modo irregolare. Quello che sto facendo è molto pericoloso. Non solo sto rischiando la fine della pace e della quiete che hanno regnato nella mia vita nelle ultime due settimane, ma la mia ferita da arma da fuoco è quasi completamente guarita.

Se Nikolai è ancora interessato a me in quel modo, nulla potrà impedirgli di soddisfare quel desiderio.

Si volta verso di me. La sua mascella è tesa, gli occhi luccicano come l'ambra antica. "Bere ancora qualcosa? Pensavo non fossi un'amante dei digestivi, zaychik."

Ingoio la secchezza della gola. "Avrei voglia di un po' di cognac."

Se non altro, potrei usarlo per rafforzare il mio coraggio.

La voce di Nikolai si fa ruvida. "Va bene. Dammi un minuto." Scompare in cucina ed emerge con un vassoio di caraffe di cristallo circondate da bicchieri. Pavel dev'essere fuori servizio stasera—oppure anche Nikolai vuole la privacy.

Mentre ci versa da bere, io mi siedo di nuovo, asciugandomi di nascosto i palmi umidi sulla gonna dell'abito da sera. È fatto di un tessuto di seta in una tonalità pesca-corallo che, secondo Alina, fa sembrare la mia carnagione "dorata e luminosa." Mi chiedo se lo pensi anche Nikolai, o se tutto quello che vede quando mi guarda adesso sia la tutor di suo figlio.

Il che andrebbe bene. Benissimo, in realtà. Non dovrei desiderare che un uomo così pericoloso si fissasse con me, facendo ogni sorta di affermazioni snervanti sui fili del destino e—

"Di cosa volevi discutere, zaychik?" La voce di Nikolai è di nuovo vellutata, mentre affonda nel sedile di fronte a me. Facendo roteare il cognac nel bicchiere, mi guarda oltre il bordo, le palpebre a mezz'asta. "Suppongo che tu non sia qui perché all'improvviso brami la mia compagnia."

La mia pelle arrossisce dappertutto. In realtà, desidero la sua compagnia, per quanto sia riluttante ad ammetterlo. Sin dalla nostra spedizione di raccolta dei fiori, non abbiamo trascorso molto tempo insieme— almeno non da soli. All'ora dei pasti, Alina e Slava fungono da cuscinetto, e Lyudmila e Pavel sono sempre in giro sullo sfondo. Anche i cambi di benda, l'unica volta in cui entrava nella mia stanza da solo, sono cessati, quando la mia ferita si è chiusa e non aveva più bisogno di essere coperta.

La verità è che ho interagito a malapena con lui negli ultimi giorni, e mi manca. Mi mancano le nostre conversazioni, la sua incrollabile concentrazione su di me... anche il modo in cui mi fa sentire come un topo che viene accarezzato da un gatto spaventoso e bellissimo. Ovviamente non posso farglielo sapere.

Non quando ho ancora un briciolo di speranza che un giorno la mia vita tornerà alla normalità—una normalità che non coinvolgerà uomini pericolosi che torturano e uccidono.

Prendendo fiato, mi lancio subito. "Perché era qui? Chi è lei?"

Rimane in silenzio per qualche istante, studiandomi in quel suo modo intenso, mentre il cognac gli resta intatto nella mano. "È una risorsa" dice alla fine. "Mio fratello Valery l'ha mandata, quando ho spiegato la tua situazione."

Il mio cuore sussulta, e la mia bocca si secca. Dopo la mia conversazione con Alina, mi sono chiesta se fosse così, ma sentirlo confermare così bruscamente... Tremante, prendo il cognac e bevo un sorso, lasciando che accenda un sentiero di fuoco lungo il mio esofago. "Che genere di risorsa?" chiedo, quando la voglia di tossire si attenua.

"In origine, il genere governativo. Ora il nostro."

Una spia, quindi, o qualche altro tipo di informatore—e non così giovane come pensavo, se ha questo tipo di background. Suppongo di poter capire. Se avessi incontrato Masha per strada, non avrei mai sospettato che fosse una sorta di "risorsa", ma probabilmente è questo il punto. Quell'aspetto frizzante e giovanile crea una maschera efficace.

Prima che io possa chiedere quale sia esattamente il suo ruolo nella mia situazione, Nikolai parla di nuovo. "Zaychik..." Il suo tono è ancora una volta sconcertantemente gentile. "È confermato. Bransford è tuo padre biologico."

Il mio battito cardiaco accelera ulteriormente, un brivido che mi attraversa la pelle delle braccia. "Intendi…"

"Masha ha procurato un campione di DNA di Bransford. Corrisponde al tuo."

Corrisponde al mio. Il mio stomaco si contorce in modo nauseabondo, il freddo si diffonde per inghiottire il resto del corpo. Sapevo che doveva essere così da quando Nikolai mi ha rivelato ciò che suo fratello maggiore aveva scoperto, ma una parte di me doveva ancora conservare un briciolo di speranza.

Una speranza ora schiacciata e ridotta in polvere.

"Perché hai—" Mi fermo per schiarirmi la raucedine nella gola. "Perché volevi conferma?"

Non voglio pensare a come questa Masha abbia ottenuto il campione di Bransford, o il mio. In realtà, quest'ultima parte dev'essere stata facile: il mio spazzolino da denti, alcuni capelli sul cuscino, una tazza da cui ho bevuto… Un candidato alla presidenza con tutta la sicurezza che l'accompagna, però—

"Perché avevo bisogno di esserne sicuro."

Sbatto le palpebre, realizzando che ho lasciato che i miei pensieri si allontanassero dalla domanda chiave. "Ma perché? Voglio dire, non fraintendermi, te ne sono grata." Almeno, penso di esserlo. È meglio sapere di essere la figlia di uno stupratore assassino o semplicemente sospettarlo fortemente?

Poggia il bicchiere, il liquido all'interno ancora intatto. "Ho promesso di proteggerti, zaychik."

Il freddo mi attanaglia di nuovo, e la mia mente si avventura su un sentiero dove vorrei non andasse. "L'hai fatto. Sono al sicuro qui, no?" Almeno da Bransford.

Si china in avanti, i suoi grandi e caldi palmi che coprono le mie mani congelate. "Lo sei. E sarai ancora più al sicuro una volta che non sarà più una minaccia per te."

Fisso le sue iridi ipnotiche, quell'oro ricco e profondo punteggiato di verde. "Non una minaccia in che modo?" Ho evitato di pensare al futuro proprio per questo motivo: perché non riesco a immaginarne uno in cui Bransford *non* sarà una minaccia. Come una tartaruga, mi sono accontentata di nascondermi nel mio guscio, prendendomi un giorno, un'ora alla volta, ripetendomi che alla fine l'avrei capito e avrei ottenuto giustizia per l'omicidio di mamma.

Non Nikolai, però. Non si è nascosto dalla realtà—ha pianificato. Ed è la natura di quei piani che mi provoca dei brividi lungo la schiena.

Ho la sensazione che la sua idea di giustizia differisca drasticamente dalla mia.

Sorride come se fossi una bambina ingenua. "Non devi preoccuparti, zaychik. Ci penso io."

Per un breve, vigliacco momento, sono tentata di fare proprio questo: non preoccuparmi, lasciare la questione nelle sue mani capaci e spietate... quelle che tengono le mie così possessivamente, così dolcemente.

Le stesse mani che hanno strappato due vite davanti a me senza esitazione.

È quel ricordo, quel vivido ricordo delle urla dell'assassino torturato, che decide per me. Potrei aver sviluppato una tecnica per evitare la realtà; tuttavia, posso chiudere gli occhi e fingere di essere cieca.

"Che cosa gli farai?" La mia voce è instabile come il mio battito. "Nikolai, per favore, devo saperlo. Che cosa hai intenzione di fare?"

I minuscoli muscoli intorno ai suoi occhi si irrigidiscono—l'unico cambiamento nella sua espressione. "Niente che non si meriti."

Mi tiro indietro, strappando le mie mani dalla sua presa. "Non puoi ucciderlo."

"Perché no?" La sua voce è uniforme, il suo tono blando come se stessimo parlando di andare a una festa. Appoggiandosi allo schienale, riprende il cognac, e questa volta beve un sorso tranquillamente, prima di posarlo di nuovo.

Lo fisso incredula. "Perché è una *persona*." Come può questo non essere ovvio? "Una persona malvagia, certo, ma non puoi semplicemente uccidere chiunque—"

"Chiunque cerchi di ucciderti? Posso, e lo farò."

Il mio cuore salta un battito. Dice sul serio, lo vedo, e la realizzazione mi riempie di ogni tipo di emozioni incasinate: gratitudine ricoperta di terrore, speranza bordata di terrore e, cosa più inquietante, una sorta di gioia vendicativa.

Voglio Bransford morto per quello che ha fatto a mia madre. Lo voglio così tanto che mi esalta. E lo voglio anche per me stessa. Rivoglio la mia vita, la mia libertà, la mia tranquillità. Voglio dormire tutta la notte senza incubi e camminare per strada senza paura. Voglio smettere di vedere il pericolo in ogni camioncino, in ogni volto sconosciuto.

Voglio Bransford tre metri sotto terra, e se Nikolai riuscirà a realizzarlo, sarò libera... e un'assassina tanto quanto lui.

È l'ultimo pensiero che schiaccia il mio desiderio oscuro. Per quanto io voglia libertà e vendetta, stiamo parlando di omicidio—omicidio premeditato a sangue freddo. Una cosa per Nikolai è stata eliminare i due assassini armati nei boschi; per quanto fosse stato inquietante essere testimone, quello che ha fatto alla fine non è diverso da quello che avrebbe fatto un poliziotto nella sua situazione, a parte la tortura. Quello di cui stiamo discutendo ora è un altro livello di insensatezza, e sebbene una parte di me non possa fare a meno di gioire per la volontà di Nikolai di proteggermi fino a questo punto, non posso restare a guardare e lasciare che accada.

Dal momento che fare appello alla moralità del buon senso non ha funzionato, provo un approccio diverso. "Nikolai, ti prego. Sii ragionevole. È una figura politica di spicco. Non puoi semplicemente ucciderlo. Sarebbe un assassinio, con importanti ramificazioni globali. L'FBI, la CIA, i media—"

"Lo so. Ecco perché devo essere certo della sua colpevolezza."

Un altro brivido mi attraversa la schiena. Il suo

volto è implacabile, la sua voce ancora inquietantemente uniforme. Ci ha pensato bene; questo non è un impulso da parte sua.

Per proteggermi, eliminerà un candidato alla presidenza, e non posso fare nulla per fargli cambiare idea.

Provo comunque, se non altro per *proteggerlo*. "E la tua famiglia? La vita che stai costruendo qui con Slava? Se scoprono che ci sei tu dietro—"

"Non lo scopriranno."

"Come puoi esserne così sicuro? Ci sarà una caccia all'uomo globale, del tipo che non si è più visto da—"

"Zaychik..." Sporgendosi in avanti, mi copre di nuovo le mani, facendomi capire che le stavo strizzando sul tavolo. La sua voce è dolce, il tono stranamente calmo, mentre il suo sguardo sostiene il mio. "So cosa sto facendo. Bransford morirà, e sarà per cause naturali. Il suo partito piangerà, la nazione piangerà, e poi passeranno a un'altra cosa nuova e splendente, qualche altro politico dalla lingua argentata."

"Cause naturali? A cinquantacinque anni?"

"Un difetto cardiaco, finora non diagnosticato. Sarà propriamente tragico." Si siede e prende il bicchiere. "Quando c'è la volontà di fare una cosa, si trova il modo di farla—e noi Molotov eccelliamo nel trovare quei modi."

20

NIKOLAI

SI ALZA TREMANTE, FISSANDOMI, E COMBATTO L'IMPULSO di prenderla tra le mie braccia. Lo combatto, perché al di sotto del bisogno di conforto ci sono impulsi più oscuri, più pericolosi, nati da una fame così profonda e selvaggia che spaventa anche me.

Una volta che mi arrenderò, una volta che avrò scatenato la bestia che ringhia dentro di me, non ci sarà più modo di tornare indietro.

Le ho concesso due settimane. Per due settimane lunghe un secolo, ho fatto l'impossibile e sono rimasto lontano. Beh, non del tutto. Ho passato dozzine di ore a guardarla attraverso le telecamere nella stanza di Slava e nella sua camera da letto, ma questo e le nostre brevi interazioni all'ora dei pasti non hanno fatto che aumentare il mio tormento.

Non mi sono mai ritenuto un masochista, ma devo esserlo, perché ho accettato volentieri la squisita tortura di averla a portata di mano senza permettermi di possederla.

E stasera, a quanto pare, è l'ultima prova del mio autocontrollo. Perché finalmente mi ha cercato, anche se non per i motivi che desideravo. Una parte di me sperava che le sarei mancato, che sarebbe venuta da me, perché mi vuole con la stessa disperazione con cui la voglio io.

Perché è pronta per essere mia, con tutto ciò che questo implica.

"Dovrei andare a letto" dice, la sua voce instabile, e devo reprimere un'ondata di delusione. Che cosa mi aspettavo? È scioccata, e per una buona ragione. Pochi cittadini comuni si rendono conto di quanto sia facile far sembrare un omicidio qualcos'altro—se questo è il risultato desiderato. Tutti gli omicidi di alto profilo e gli avvelenamenti da radiazioni che fanno notizia dovrebbero essere degni di nota. Sono un messaggio, un avvertimento per gli altri che potrebbero tentare di andare contro l'establishment.

Per ogni veleno esotico che urla di coinvolgimento segreto del governo, ci sono dozzine di problemi di salute e incidenti di routine, che eliminano gli ostacoli sul percorso di persone potenti e spietate... persone come la mia famiglia.

Questo non è il primo assassinio segreto che ho dovuto pianificare.

All'inizio non avevo intenzione di dirlo a Chloe. Avrebbe saputo della morte di Bransford dal telegiornale, come tutti gli altri, e qualunque sospetto avesse nutrito a quel punto non sarebbe stato neanche lontanamente gravoso come la conoscenza che sta portando con sé. Ma stasera è venuta da me in cerca di risposte, e non sono riuscito a mentirle. In un certo senso, la colpa è anche di mia sorella. Sebbene Alina abbia tenuto la bocca chiusa con Chloe, viene da me quasi ogni giorno, insistendo sul fatto che la ragazza abbia il diritto di sapere cosa sto pianificando, che dovrebbe essere una sua decisione.

Sono fortemente in disaccordo su quest'ultima idea, ma sono arrivato a vedere qualcosa di positivo nella prima. Non voglio che la mia zaychik si stressi per la sua situazione, temendo che da un momento all'altro possano comparire altri assassini alla nostra porta. Non che ce la farebbero, ma comunque deve pesare su di lei, la consapevolezza che qualcuno là fuori la vuole morta.

Che suo padre biologico la vuole morta.

No, è stato un bene averglielo detto. Masha ha bisogno di almeno alcune settimane per completare la sua missione, e in questo modo Chloe saprà che me ne sto occupando io e non si preoccuperà.

Dopo aver presentato le sue obiezioni, può rilassarsi con la coscienza pulita. È la mia decisione, il mio peccato, non il suo.

Alzandomi, le sorrido, sperando che non riesca a scorgere la bramosia contorta nei miei occhi, il bisogno oscuro che mi ribolle nelle vene come lava fresca. "Certo. Se sei stanca, vai a letto, zaychik."

Per quanto io voglia rivendicarla, stasera non è la

notte giusta. Sono troppo affamato, troppo vicino al limite, e sebbene le sue ferite siano quasi guarite, non è ancora neanche lontanamente vicina a come dev'essere per gestirmi.

Indietreggia, come se mi leggesse nel pensiero, ma poi le sue spalle si raddrizzano e il suo mento delicato si solleva. "No" dice con fermezza, girando intorno al tavolo verso di me. "Non me ne vado, finché non prometti di trovare un altro di quei 'modi'."

21

CHLOE

So che questa è una cattiva idea. So anche che non posso essere una codarda e sgattaiolare via come se non avesse appena ammesso che ha intenzione di assassinare un uomo per mio conto. Un uomo terribile, orribile, ma pur sempre un uomo... che sembra essere mio padre biologico.

Qualcosa di oscuro guizza negli occhi di Nikolai, mentre mi guarda e, tardivamente, noto la pericolosa tensione della sua mascella.

"Zaychik..." La sua voce è un lieve ringhio. "Dovresti andare. Adesso. Finché ancora puoi."

Il mio respiro si interrompe, mentre la realizzazione di ciò che significa si schianta contro di me, accelerando il mio polso e paralizzando i miei muscoli.

Mi vuole ancora, molto, ma per qualche motivo si sta trattenendo.

Dovrei ascoltarlo. Dovrei ripensarci e

indietreggiare, mentre mi dà questa possibilità. Se non lo faccio, cambierà tutto, metterà fine a questo intermezzo fuori dal tempo, colmerà la distanza tra noi che mi ha tenuta così al sicuro.

Perché il pericolo più grande per me non è là fuori.

È qui.

È sempre stato lui.

Vorrei che i miei muscoli obbedissero ai comandi frenetici del mio cervello, ma è come desiderare di sollevare una macchina. Tutto quello che posso fare è fissarlo, la bocca secca e il cuore che batte forte, mentre la tensione pulsante si accumula nel mio ventre, inturgidendo i capezzoli e provocando la mia pelle con vortici di calore.

Posso vedere la tempesta selvaggia che infuria nei suoi occhi, posso sentire il crepitio di quella carica elettrica nell'aria; eppure, rimango immobile, bloccata e muta, la preda perfetta per la cattura.

"Chloe..." La parola pronunciata con voce roca è in parti uguali avvertimento e capitolazione. Lentamente, con esagerata dolcezza, mi prende il viso con entrambe le mani, il calore dei suoi palmi larghi che mi brucia la pelle gelata. I suoi occhi sono l'oro ipnotico di un alchimista, mentre sussurra: "Mia dolce zaychik, è finita. Hai perso la tua ultima possibilità di scappare."

22

CHLOE

SONO ANCORA IMMOBILE, QUANDO LE SUE LABBRA scendono sulle mie, inevitabilmente e violentemente come un fulmine che colpisce un albero in pianura. Lo shock di ciò scuote tutto il mio corpo, bruciando ogni cellula lungo il percorso.

Non c'è finezza nel suo bacio, nessuna gentilezza. Non chiede, prende. Con la mia testa immobilizzata tra i suoi palmi, saccheggia ogni centimetro della mia bocca, risucchiandomi in un vortice di desiderio selvaggio, una lussuria così oscura e vulcanica che mi brucia dal profondo.

Ha il sapore del cognac e del pericolo, di ogni mio desiderio contorto e segreto. Il sapore accattivante mi inebria, le note sensuali della sua colonia di cedro e bergamotto mi fanno girare la testa. Qualunque pensiero di resistenza ancora intrattenessi evapora, la mia forza di volontà che si dissolve come un granello di zucchero nel tè caldo. Con un gemito impotente, mi inarco contro di lui, la mia pancia che preme contro il suo inguine, mentre le mie mani gli stringono i fianchi.

È completamente duro, la spessa protuberanza nei suoi pantaloni sporge contro la mia morbidezza, ricordandomi come ci si sente ad averlo dentro. Il ricordo evoca sia eccitazione che trepidazione—non era stato facile accettare qualcosa di quella dimensione. Ma anche quel pensiero scompare presto, bruciato dal feroce calore del desiderio, distrutto dalla brutale seduzione del suo bacio spietato.

Dimentico dove siamo. Dimentico tutto, così tanto che rimango sbalordita, quando si tira indietro per sollevarmi contro il suo petto. È solo quando inizia a salire le scale, facendo due gradini alla volta, che la mia mente si schiarisce abbastanza per un briciolo di pensiero razionale.

Che cosa diavolo sto facendo? Non è quello che intendevo. È l'esatto opposto, infatti. Il mio obiettivo era parlargli, convincerlo a non—

Con un ringhio basso, mi inchioda contro il muro nel corridoio al piano di sopra e reclama la mia bocca, come se non potesse sopportare di non assaggiarmi fino alla sua stanza, e io dimentico tutto dei miei obiettivi. Dimentico che esisto al di fuori di questo momento, che c'è qualcosa là fuori a parte lui.

Ci uniamo, o almeno è così che sembra. La sua bocca è fusa con la mia, il suo respiro è nei miei polmoni, il suo profumo è nelle mie narici. Il suo corpo potente mi circonda, tutto calore, durezza e mascolinità primordiale e cruda. Ora sono verticale, in punta di piedi, mentre mi divora le labbra, e le sue mani vagano sulla mia schiena, sui miei fianchi, sul mio sedere, stringendo e massaggiando quest'ultimo, lavorando il vestito lungo sulle mie cosce. Senza fiato, afferro le ciocche fresche e setose dei suoi capelli, mentre mi solleva fino a quando le mie gambe sono avvolte intorno ai suoi fianchi e il mio bacino sta cavalcando il suo, il mio sesso dolorante che sbatte sulla sua erezione.

Ci baciamo, le nostre lingue che duellano, finché non siamo completamente privi di aria. Poi, la sua bocca si avvicina al mio collo, dando baci caldi e pungenti sulla tenera cavità vicino al mio orecchio. Gemendo, inarco la testa all'indietro e mi strofino più forte su di lui, persa in tutto tranne che nell'oscuro, bruciante piacere. La tensione dentro di me si sta radunando e costruendo, le mie terminazioni nervose così sensibilizzate che il movimento dell'aria sembra un tocco sulla mia pelle.

Verrò dopo essere stata fatta a pezzi, mi rendo conto con lontana sorpresa.

Accadrà di nuovo.

E poi lo fa, l'orgasmo tanto sorprendente quanto gradito. Le mie dita si stringono convulsamente nei suoi capelli e i miei muscoli interni si contraggono, mentre l'estasi mi squarcia il corpo, facendomi arricciare le dita dei piedi e strappandomi un grido dalla gola. Solo che lui non si ferma; continua, dondolando i fianchi nel mio bacino, intensificando le scosse di assestamento che mi fanno esplodere l'intimo. Chiudendo gli occhi, grido di nuovo, e come un animale che reclama la sua compagna, mi morde il collo, mentre la sua grande mano callosa si addentra nel mio corpetto, stringendomi il seno nudo, mentre il suo pollice sfiora il mio—

"Chloe? Nikolai, cosa state—oh, cazzo. Non importa."

La voce di Alina mi strappa dall'acceso delirio e mi irrigidisco, spalancando gli occhi. Sopra la spalla di Nikolai, la vedo indietreggiare, il suo viso pallido insolitamente rosa. Prima che io possa dire qualcosa, o elaborare il fatto che questa è la seconda volta che ci sorprende quasi a scopare, gira sui talloni e scompare di nuovo nella sua stanza.

Che è proprio in fondo al corridoio.

Il corridoio pubblico dove chiunque avrebbe potuto vederci—e sentirmi venire.

Il mio viso, il mio corpo, persino le radici dei miei capelli sembrano andare a fuoco, mentre Nikolai si tira indietro per fissarmi. I suoi occhi dorati hanno le palpebre pesanti; i suoi capelli, con le mie mani ancora serrate, sono scompigliati; le sue labbra sensuali sono bagnate e gonfie, aperte in un'espressione di pura lussuria.

È l'aspetto che potrebbe avere un angelo caduto dopo aver commesso il suo primo peccato—solo che questo angelo non ha mai conosciuto un'esistenza innocente.

È sempre stato il diavolo.

Inumidisco le labbra. "Tua sorella—"

"Fanculo a mia sorella."

Prima che io possa affrontare quel sentimento rabbiosamente ringhiato, mi prende tra le sue braccia potenti e mi porta nella sua camera con passi lunghi e impazienti.

23

NIKOLAI

Dovrei fermarmi, o perlomeno rallentare, ma non posso. Ora che l'ho assaggiata di nuovo, la fame dentro di me è troppo forte, troppo selvaggia. Come un alcolizzato che ha bevuto il suo primo drink della serata, non riesco nemmeno a immaginare la moderazione. Il bisogno oscuro pulsa nelle mie vene, un tamburo di desiderio sessuale e una bramosia più profonda e meno definita, una voglia che sembra emanare dalla mia stessa anima.

Con i resti logori del mio autocontrollo, la distendo sul letto, facendo attenzione a non farle male al braccio. Ora c'è una crosta lì, che rovina la sua pelle setosa e dorata. La sua vista nutre la bestia selvaggia dentro di me, riempiendomi il petto di possessività e rabbia in parti uguali.

È mia, e annienterò chiunque le abbia mai fatto del male.

Nessuno metterà mai un dito su di lei... tranne me.

Senza che io lo volessi, le mie mani sono già sul suo vestito, strappando il tessuto grazioso e fragile, staccandolo via dal suo corpo in una furiosa campagna per mostrarlo al mio sguardo. I suoi seni escono per primi dal suo corpetto, due piccoli, deliziosi globi con punte di capezzoli marroni eretti, seguiti dalla sua cassa toracica stretta e dal ventre piatto, il tutto coperto da quella pelle abbronzata e luminosa che mi fa pensare alla luce del sole catturata, al calore, e alla purezza— tutte cose di cui ho fame, tutto ciò che voglio.

La sua parte inferiore del corpo è la successiva, il perizoma che si sta disintegrando nelle mie mani per esporre una figa delicata e morbida come ricordavo. Mi viene l'acquolina in bocca al ricordo del suo sapore dolce e ricco, di come quelle tenere pieghe si sentivano sulle mie labbra, sotto la lingua, serrate tra le mie dita... dita che non possono fare a meno di afferrarle le cosce, separandole.

I suoi morbidi occhi castani incontrano i miei, assopiti dal desiderio, bordati da quella provocante diffidenza, e gli ultimi brandelli del mio autocontrollo si dipanano. Come un animale affamato, cado su di lei, seppellendo il mio viso tra le sue cosce, leccando la sua lucentezza, rimpinzandomi della sua essenza di sale e bacche, del calore e della luce del sole che è lei.

Ansima e mi afferra la testa, stringendo le dita tra i miei capelli, mentre si inarca sotto di me, contorcendosi ad ogni goloso colpo della mia lingua. Presto, anche le mie dita si uniscono, giocherellando con il suo clitoride, mentre le lecco l'apertura, godendomi l'umidità che vi trovo. È deliziosa come la ricordavo, tutta seta, calore e miele fuso, e sebbene il mio cazzo sia sul punto di scoppiare, non posso staccarmi da quello che sto facendo, non posso fermarmi, finché non la sento venire di nuovo.

E viene. Con un grido soffocato, si agita sotto di me, la sua schiena si piega dal letto, mentre le sue dita si stringono nei miei capelli, strappandoli dalle radici, mentre una più deliziosa levigatezza ricopre le mie labbra e la mia lingua.

L'ondata di soddisfazione è tanto intensa quanto breve, la mia lussuria solo acuita con il suo orgasmo. Il sangue caldo mi martella le tempie, le mie palle si stringono e ogni muscolo del mio corpo si irrigidisce per il bisogno. Non c'è più gentilezza dentro di me, nessuna pazienza, solo una fame cruda e primordiale di possedere e rivendicare, di seppellire il mio uccello palpitante nel suo calore.

Spinto da un istinto puramente animalesco, la capovolgo e le faccio passare il braccio sotto i fianchi, sollevando il suo culetto ben fatto verso di me, finché non è in piedi a quattro zampe. Le sue natiche lisce sono un po' più piene, un po' più rotonde dell'ultima volta che l'ho vista nuda, il bocciolo rosa del suo sfintere un puntino minuscolo e allettante, e la mia fame si intensifica fino a diventare affilata come un coltello, il mio corpo che si stringe a un livello insopportabile. Sono a malapena consapevole delle mie azioni, mentre apro la cerniera e libero il fallo, poi lo allineo contro la sua fessura scintillante.

Devo averla. Adesso.

Il tamburo del desiderio diventa assordante, annegando tutto, offuscando il mondo che ci circonda. Non sono più un uomo; non sono altro che bramosia primordiale, un bisogno selvaggio e atavico.

Afferrandole i fianchi sottili, mi tuffo dentro, godendomi la morsa scivolosa delle sue pareti interne, la deliziosa tensione del suo stretto passaggio. Lei grida, un suono di dolore, ma non riesco a fermarmi, non posso fare altro che spingere ancora più a fondo, prendendola, reclamandola, soddisfacendo la lussuria selvaggia che mi brucia dentro.

Mia. Fottutamente mia. I miei fianchi pompano selvaggiamente, il mio cuore batte come un pugno contro il mio petto. Sono a malapena consapevole di essere troppo rude, ma non posso rallentare più di quanto possa lasciarla andare. È tutta seta e calore umido, la cosa più vicina al paradiso che un uomo possa conoscere. I suoi sussulti imploranti e le sue grida mi spingono ad andare avanti, aumentando la mia lussuria, alimentando la bestia dentro di me.

La scopo come se non ci fosse un domani, come se niente al di fuori di questo momento avesse importanza. Mantenendo la mia presa su di lei con una mano, le avvolgo l'altra tra i capelli e la tiro, facendole inarcare la schiena, mentre spingo più forte, più in profondità, imprimendo il mio marchio sulla sua carne tenera. Riesco a sentire l'orgasmo ribollire dentro di me, le mie palle che si stringono fino a diventare dure quasi quanto il mio cazzo palpitante, e mentre lei urla il mio nome e freme intorno a me, l'orgasmo si abbatte come uno tsunami, provocando un'estasi che esplode attraverso le mie terminazioni nervose e dipingendo il mondo intorno a me di un bianco brillante.

24

CHLOE

Stordita, mi lascio cadere sulla pancia non appena Nikolai mi lascia i capelli e si tira fuori dalla mia carne gonfia e contratta. Nonostante le scosse di assestamento orgasmiche che ancora mi attraversano, il mio sesso si sente malridotto, le viscere doloranti. Anche i miei pensieri sono confusi, la mente pigra come se stessi riemergendo da un sonno profondo.

Nonostante ciò, quando mi tira contro il suo fianco e inizia a mormorare cose dolci, provo di nuovo quell'insolito senso di pace, quello che ho conosciuto solo tra le sue braccia. I miei occhi si chiudono, una sensazione fluttuante ha la meglio, mentre mi accarezza e mi coccola, dando baci leggeri e rilassanti sul mio viso e sul collo e massaggiando i dolori e le contusioni dovuti al suo trattamento rude. Alla fine, i miei pensieri sconnessi si fondono in qualcosa di coerente, e apro le palpebre per trovare i suoi occhi ipnotizzanti che scrutano i miei, l'ambra color oro delle sue iridi striata del verde più scuro.

"Zaychik..." La sua voce è dolce, l'espressione difficile da leggere, mentre curva il suo grande palmo sulla mia guancia. "Non ho usato il preservativo."

Per un momento, le parole non hanno senso per me. Poi, con una scarica di adrenalina, mi rendo conto della calda umidità tra le gambe e sulle cosce.

Molta umidità. Molta più di quanto abbia mai sentito.

Il mio battito cardiaco aumenta, la sensazione fluttuante che sta scomparendo. Tirandomi indietro bruscamente, mi metto a sedere. "Che cosa intendi? Non prendo niente. Ho finito le pillole settimane fa. Pensavo—pensavo che avessi sempre messo il preservativo." Rivolgo un'occhiata al liquido denso e bianco sulle mie cosce nude, cercando di non farmi prendere dal panico, mentre conto freneticamente i giorni.

Quando ho avuto il ciclo l'ultima volta? Questa settimana o quella scorsa? Perché non mi sono presa la briga di tenerne traccia? So che sono passati diversi giorni da quando ho smesso di sanguinare, ma forse—

"È così." Anche Nikolai si siede, i potenti muscoli del torace e del braccio che si flettono, mentre si passa la mano tra i capelli, scompigliando ulteriormente le ciocche nere. "Almeno, l'ho sempre messo fino ad oggi."

Ricordo finalmente quando sono iniziate le mestruazioni: all'inizio della scorsa settimana, quasi dodici giorni fa. Lunedì scorso è stato quando ho dovuto chiedere gli assorbenti ad Alina.

Sono più o meno a metà del mio ciclo.

Devo sembrare in preda al panico come mi sento, perché Nikolai inclina la testa, guardandomi con quella stessa espressione indecifrabile. "È il periodo giusto, non è vero? O più precisamente, sbagliato?"

Annuisco, muovendo istintivamente la mano verso il mio stomaco. "Perché—" Mi fermo per stabilizzare la voce tremante. "Perché non hai usato il preservativo?"

L'enigmatico bagliore nei suoi occhi si fa più profondo, mentre si muove verso di me. "Perché non ci puliamo e poi parliamo meglio?"

Devo essere ancora scioccata, perché non do voce ad alcuna obiezione, mentre mi prende e mi porta in bagno. Invece, lascio che si prenda cura di me sotto la doccia come faceva quando ero ferita. Il suo tocco è di nuovo delicato, lenitivo e tenero, anche se il suo membro diventa più duro ad ogni colpo delle mani ruvide sul mio corpo bagnato e nudo.

Quando ha finito di lavare via le prove del nostro errore, è completamente eretto, e le sue mani si stanno muovendo su di me con intenzione crescente, prendendo a coppa i miei seni e giocando con i capezzoli, avventurandosi tra le mie cosce per trovare il clitoride. Dovrebbe essere troppo, troppo presto, ma il mio corpo risponde come se non fosse appena sopravvissuto a uno sconvolgimento catastrofico dei suoi sensi, come se il pene selvaggio che mi ha lasciata così sopraffatta non fosse stato altro che un'anteprima dell'evento principale.

Il mio respiro accelera, una tensione che si accumula nello stomaco, mentre le sue labbra si schiantano sulle mie in un bacio profondo e indagatore, poi si avventurano verso il mio orecchio, il mio collo, la mia spalla. Ansimante, mi aggrappo alle sue spalle, mentre avvolge i miei capelli bagnati intorno al pugno e mi inarca all'indietro sopra il suo braccio muscoloso e potente, sollevando i miei seni verso di lui come un'offerta sacrificale. La sua ampia schiena mi protegge dagli spruzzi d'acqua, mentre si china su di me, attaccandosi a un capezzolo, poi a un altro, l'aspirazione calda e potente della sua bocca che invia colpi di sensazione direttamente al mio intimo, aumentando la mia eccitazione crescente.

Tuttavia, sono dolorante dentro, troppo dolorante per provare piacere, mentre due delle sue dita spingono dentro di me, separando i tessuti gonfi e teneri. Cioè, fino a quando quelle dita si curvano dentro di me, trovando un punto che fa esplodere scintille dietro le mie palpebre chiuse e portandomi oltre il limite così rapidamente che riesco a malapena a pronunciare il suo nome.

Gli spasmi stanno ancora increspando il mio corpo, quando rilascia il mio capezzolo con uno schiocco umido e mi guida fino alle ginocchia, mentre ancora mi protegge dal getto della doccia con il corpo. Stordita, lo guardo sbattendo le palpebre, solo per rendermi conto di quello che vuole, mentre schiaffeggia la dura e massiccia colonna del suo membro contro la mia guancia, poi mi trascina la punta alla bocca.

D'istinto, appoggio le mie mani sulle sue cosce muscolose e apro le mie labbra, portandolo dentro fino in fondo. Ho già fatto pompini in passato, ma questo sembra diverso, niente a che vedere con quei momenti casuali e giocosi con i miei ex fidanzati. Non ho il controllo—lui ce l'ha—e non c'è niente di giocoso nel modo spietato in cui mi scopa la bocca. Le sue mani mi afferrano il cranio, tenendomi ferma per le sue profonde e lente spinte, e devo impegnarmi per non soffocare, mentre lui mi scende sempre più in gola ad ogni colpo.

Non dovrebbe essere sexy—mi sta usando solo per il suo piacere—ma qualcosa dell'essere trattata come una bambola erotica invia impulsi di calore direttamente al mio clitoride. Sta prendendo ciò che vuole dal mio corpo, ed è sia umiliante che perversamente liberatorio. Non c'è niente di complicato in questo scambio; lo accontento semplicemente esistendo, non essendo altro che una bocca calda e umida per il suo uso. I miei occhi si chiudono, le lacrime fuoriescono dai lati, mentre aumenta il ritmo, spingendo il suo grosso uccello giù per la mia gola dolorante, ma l'impulso di vomitare rimane sopito, anche se la mia bocca si riempie di saliva sufficiente a riempire un lago. Mi gocciola lungo il mento, il collo, il petto, ma niente di tutto ciò ha importanza, perché posso sentire la tensione che si accumula nel suo corpo, posso sentire la sua grossa asta gonfiarsi ancora di più nella mia bocca. Con un gemito, si spinge così in profondità che perdo la capacità di respirare, e un liquido caldo mi schizza giù per la gola, mentre le sue dita si stringono saldamente tra i miei capelli, tirando le radici abbastanza forte da farmi trasalire.

Quando si tira fuori dalla mia gola, sono così disperata per l'aria che le mie unghie stanno affondando freneticamente nelle sue cosce. Tuttavia, quando apro gli occhi lacrimosi e alzo lo sguardo per incontrare il suo, rabbrividisco di piacere per la calda possessività che riflette.

"Zaychik..." La sua voce è rauca e vellutata, mentre mette le mani sotto le mie braccia e mi solleva in piedi, poi mi sostiene, finché non riacquisto l'equilibrio. Tenendomi delicatamente la spalla con una mano, mi sciacqua via lo sperma e la saliva con l'altra, poi mi prende il mento, fissandomi con un'espressione particolarmente intensa.

Il mio battito riprende ad accelerare, una strana premonizione che mi stringe lo stomaco, mentre dice dolcemente: "Sei tutto per me, la fonte della mia più grande felicità e piacere. Ti voglio con me per il resto della nostra vita, finché il respiro rimarrà nei nostri corpi. Il destino ti ha portata alla mia porta, ti ha consegnata a me come il dono che sei, e non potrei essere più grato."

Il mio cuore ora è in gola, il respiro così veloce che la mia vista sta diventando grigia. Questo non può essere diretto dove penso che stia andando. Non è possibile che stia—

"Chloe Emmons..." Incornicia il mio viso con i suoi ampi palmi, gli occhi da tigre carichi di una luce tenera e feroce. "Voglio che mi sposi. Voglio che diventi mia moglie."

25

CHLOE

Per un momento sono convinta di aver capito male. Perché non è possibile che si proponga, soprattutto se ci conosciamo da meno di un mese. Ma non c'è dubbio sull'intensità del suo sguardo ipnotico, non posso nascondere il fatto che abbia appena usato le parole "sposare" e "moglie."

La mia mente gira freneticamente, mentre stringo i suoi potenti polsi, tirando istintivamente le sue mani giù dal mio viso. La doccia dietro di lui è ancora in funzione, riempiendo di vapore la spaziosa cabina, ma all'improvviso sento freddo, la pelle d'oca che mi increspa la pelle bagnata.

"Nikolai, io..." Non ho idea di cosa dire, di come affrontare qualcosa di così folle. Alla fine, sbotto: "Stai scherzando, vero?"

Il suo sguardo si incupisce. "Perché dovrei scherzare su questo?"

"Perché... perché ci conosciamo a malapena!"

Appoggia le sue mani sulle mie spalle e stringe leggermente, il suo tono che rimane morbido anche se la sua mascella si indurisce pericolosamente. "So tutto quello che ho bisogno di sapere su di te."

"Beh, io no. Non ti conosco, voglio dire." Mi libero della sua presa e mi asciugo il viso con una mano tremante per liberarlo dalle goccioline d'acqua. Il mio cuore batte in modo irregolare, il mio stomaco si annoda alla sua espressione che si oscura rapidamente, mentre cerco a tentoni la porta del box doccia. "Nikolai, per favore, non fraintendermi—sono molto lusingata. È solo... questa non è una buona idea in questo momento." O mai.

Potrei essermi innamorata di quest'uomo letalmente stupendo, ma non ho dimenticato chi e cosa è—o cosa sta per fare per me.

Non sono tagliata per essere una moglie mafiosa, anche se questa non è l'etichetta formale.

Osserva la mia ritirata con gli occhi socchiusi, il vapore che fluttua nell'aria dietro il suo corpo potente, e devo sforzarmi per non inciampare sul tappetino del bagno, mentre esco e prendo un asciugamano.

Non c'è bisogno che io sia così fuori di testa.

Ha chiesto e ho rifiutato.

Fine della storia.

"Che cosa hai bisogno di sapere su di me?" Mi segue, i suoi movimenti morbidi e deliberati. Un predatore che bracca la sua preda. "Che cosa ti servirebbe per dire di sì?"

"Beh..." Mi avvolgo l'asciugamano, cercando

freneticamente la risposta meno offensiva. Non ce n'è una, quindi sono costretta a optare per la verità. "Nikolai, non posso sposarti. Siamo troppo diversi. I nostri valori, il modo in cui affrontiamo le cose... La verità è che non credo—" Il mio cuore sussulta per la tempesta che si sta addensando nei suoi occhi, ma sono determinata, quindi vado avanti. "Non credo che questo possa funzionare a lungo termine."

Si ferma, la mano quasi sul suo asciugamano. Poi, lentamente e deliberatamente, lo tira fuori dalla griglia e si asciuga, i suoi occhi puntati su di me per tutto il tempo, il viso ora più cupo di una notte senza luna.

Ingoio a fatica, mentre il silenzio teso cresce. "Dovrei andare a letto. Possiamo parlare di più domani mattina."

Si muove come il grande felino che mi ricorda. Una macchia di movimento esplosivo, e lui è tra me e la porta del bagno, i muscoli scolpiti che si flettono, mentre mi fissa, gli occhi dorati nelle fessure.

"No, zaychik" dice dolcemente. "*Dovremmo* andare a letto. E domani mi sposerai. Non importa come ti senti."

26

CHLOE

MI SVEGLIO CON GLI OCCHI ANNEBBIATI, LA TESTA CHE mi martella e tutto il corpo dolorante. Sopprimendo un gemito, cerco di rotolarmi su un fianco, solo per scoprire che sono bloccata in quella posizione da un braccio pesante disteso sul mio torace.

L'adrenalina mi inonda le vene, spazzando via la nebbia del sonno, e mi rendo conto di dove sono.

A letto con Nikolai.

Mi si ferma il fiato, e giro attentamente la testa per guardarlo. L'ho visto addormentato solo una volta prima d'ora, l'altra volta in cui abbiamo passato la notte insieme, e sono di nuovo colpita da quanto sia bello e pericolosamente animalesco a riposo, con le ciglia nere che sventolano sugli zigomi affilati e la barba scura che ombreggia le linee dure della sua mascella. Il sonno non addolcisce i suoi lineamenti nettamente modellati; invece, conferisce loro un tipo selvaggio di sensualità, un fascino oscuramente primitivo.

Anche adesso c'è qualcosa di un predatore, qualcosa di malvagio nel modo in cui le sue labbra sensuali sono curve, nel modo in cui sono leggermente aperte.

Rendendomi conto che sto sprecando una preziosa opportunità fissandolo come una groupie affascinata, mi divincolo con cautela da sotto il suo braccio e mi trascino nuda verso la porta, con il cuore che mi batte forte contro la cassa toracica.

Ho bisogno di scappare, anche se solo nella mia camera.

Devo frapporre una certa distanza tra noi.

La scorsa notte, almeno la parte dopo la doccia, è un vago ricordo nella mia mente, un miscuglio di sensazioni sessuali oscure ed emozioni selvagge. Penso di essere stata così sbalordita dalla sua dichiarazione che sono andata in una specie di shock, e quando mi sono ripresa, ero già nel suo letto, con i polsi inchiodati sopra la mia testa e lui che entrava nel mio corpo dolorante ma perversamente smanioso.

Non ricordo di aver detto di no, ma devo averlo fatto. Non voglio credere di essermi lasciata scopare dopo quello che ha detto... o che sono venuta più volte, mentre mi prendeva con sfrenata ferocia ancora e ancora.

Almeno aveva usato il preservativo quelle altre volte; adesso sarei in iperventilazione, se avesse fatto senza.

Raggiungendo la porta, lancio un'occhiata dietro la spalla. Grazie a Dio sta ancora dormendo. Non so come lo affronterò o cosa farò riguardo alla sua minaccia matrimoniale. Ed è una minaccia. Non ho idea di come possa costringermi a dire di sì contro la mia volontà, ma so che è nelle sue possibilità. Quell'oscurità che ho sempre percepito in lui ora è diretta verso di me.

Come mi ha detto ieri, eccelle nel fare tutto il necessario per ottenere ciò che vuole.

Trattenendo il respiro, afferro la maniglia della porta e la giro, sussultando internamente al debole clic che fa. Con mio sollievo, lui continua a dormire, quindi metto la testa fuori nel corridoio, assicurandomi che sia libero, e poi corro giù nella mia stanza, ignorando la fitta di dolore alla caviglia appena guarita.

Entro senza incidenti e mi dirigo verso il bagno, dove salto sotto la doccia e mi strofino con il sapone nel tentativo di lavare via il ricordo del suo ruvido tocco. È inutile—i segni del suo possesso sono ovunque sul mio corpo, la mia pelle raschiata in una dozzina di punti dalla sua barba ispida, i miei capezzoli doloranti dove li aveva succhiati e li aveva sfiorati con i denti. La cosa peggiore, però, è il profondo dolore dentro di me, un promemoria della sua insaziabile fame di me e della mia totale incapacità di resistergli, anche alla luce della follia che intende.

Chiudo l'acqua ed esco dalla cabina, facendo respiri profondi per controllare il crescente panico. Forse non lo intendeva. Forse era solo sconvolto dal fatto che avessi rifiutato la sua proposta, e quando si sveglierà questa mattina, si renderà conto di quanto sia stato prematuro.

Mi ha assunta poco più di tre settimane fa, e abbiamo trascorso un totale di due notti insieme. Come può essere così sicuro di volermi per tutta la vita, che sono davvero io quella giusta?

Eppure, qualunque cosa mi ripeta, il panico si rifiuta di placarsi. Nonostante quello che ho detto ieri sera, conosco Nikolai. In fondo, lo conosco—e so che non dice cose che non intende. Ha deciso che eravamo predestinati, quando ero qui da appena una settimana, e niente di quello che è successo da allora lo ha convinto del contrario.

Ciò che è più spaventoso è che non afferma di amarmi—e non credo che lo faccia. Quello che prova per me è più un'ossessione. Con un sussulto, ricordo che Alina mi ha avvertita di questo la notte in cui abbiamo fumato erba insieme, dicendomi che suo fratello non è il mio cavaliere bianco.

"Gli uomini Molotov non amano, possiedono" ha detto. "E Nikolai non fa eccezione."

Avvolgendo un asciugamano attorno ai miei capelli bagnati, fisso il mio riflesso nello specchio, notando il gonfiore arrossato delle mie labbra, ancora livide e gonfie per i suoi baci. Vicino alla mia clavicola c'è un succhiotto e sui miei fianchi ci sono deboli segni scuri a forma di dita maschili.

No, questo non è amore. Neanche per sogno.

Nella migliore delle ipotesi, è una fissazione reciproca—perché anche adesso, mentre sono qui con l'aria di essere stata aggredita, i ricordi di come ogni segno è entrato nel mio corpo mi fanno pulsare profondamente dentro.

È mentre mi vesto che decido il miglior modo di agire.

Alina.

Mi ha aiutata una volta; forse può farlo di nuovo.

Non so nemmeno che tipo di aiuto ho in mente— dopo quello che è successo con gli assassini, l'idea di un altro tentativo di fuga ha poco fascino. Tuttavia, sento una scintilla di speranza, mentre busso alla porta della sua camera da letto e lei apre, indossando la sua vestaglia. Prima che io abbia la possibilità di scusarmi per averla svegliata, si guarda intorno nel corridoio e rapidamente mi fa entrare.

"Stai bene?" chiede, facendo un passo indietro per analizzarmi approfonditamente. Il suo sguardo si fissa sulle mie labbra gonfie, e le sue sopracciglia scure si uniscono. "Kolya—"

"No, no, sto bene." Il mio viso brucia, felice che la mia carnagione abbronzata nasconda il rossore e la mia maglietta a collo alto nasconda il succhiotto. "Non ha— Era tutto consensuale, credimi."

Emette un respiro. "Okay, bene. Lo immaginavo. È solo che... mio fratello non è del tutto sano di mente, quando si tratta di te."

"Puoi dirlo forte" mormoro sottovoce.

Mi sente comunque, e il suo cipiglio ritorna. "Che

cos'è successo?" Afferrandomi la mano, mi conduce al suo letto disfatto e mi fa sedere accanto a lei. Dato che si è appena svegliata, il suo viso è senza trucco, come quella fatidica volta in cui mi ha teso un'imboscata nella mia camera, ma i suoi occhi verde giada sono limpidi, annebbiati solo dalla preoccupazione. "Che cos'è successo? Dimmi, Chloe. Ti prego."

Faccio un respiro profondo e mi preparo per la sua reazione. "Nikolai si è proposto."

Nessuna risposta. Solo uno sfarfallio di ciglia.

Non mi ha sentita?

"Mi ha chiesto di sposarlo" preciso, nel caso non fosse chiaro. "La scorsa notte, mi ha chiesto di essere sua moglie."

Ora le sue lunghe ciglia le sfiorano gli occhi. "Capisco."

"Perché non sei sorpresa?" chiedo, stordita e più che un po' inquieta per la sua calma accettazione. "Sapevi che l'avrebbe fatto?"

"Sapevo? No. Sospettavo? Sì." Sospira, spingendosi indietro i capelli con una mano. "Dal momento in cui ho visto le tue chiavi nel suo cassetto, ho pensato che le cose sarebbero andate così. Ma ovviamente, Kolya non mi parla di queste cose, quindi non posso dire che lo sapevo con certezza."

La mia inquietudine aumenta. "Non capisco."

"Chloe..." Guardandomi dall'alto in basso, mi stringe le mani nelle sue. "Mio fratello è ossessionato da te. Ne ho visto i segni dal primo giorno in cui ti abbiamo assunta, ma pensavo—speravo—che fosse solo un'attrazione passeggera da parte sua, che tu fossi solo un'altra ragazza che avrebbe scopato e dimenticato."

"Wow, grazie."

"Non ho niente contro di te. Sarebbe stata una buona cosa, credimi." Mi stringe le mani. "Ascolta, Nikolai è... assomiglia molto a nostro padre. E a nostro nonno. E dalle storie che ho sentito, ad altri uomini Molotov prima di loro. Konstantin e Valery—loro sono un po' diversi, ma Nikola... è un maschio Molotov in tutto e per tutto."

"Che cosa significa?" chiedo frustrata. "E lui cosa? È incline a proporsi dopo aver conosciuto una donna per un mese?"

Scuote la testa. "Per quanto ne so, non si è mai proposto a nessun'altra—né è diventato così ossessionato da una donna." Prende fiato. "Sei la prima e, se dovessi indovinare, l'ultima. Ed è così che spesso accade con gli uomini della nostra famiglia. Nostro padre ha visto nostra madre a una festa, l'ha conquistata facendo un mare di regali alla sua famiglia e l'ha sposata due settimane dopo. E suo padre—nostro nonno paterno—ha letteralmente rapito nostra nonna, quando lei aveva sedici anni, strappandola dal suo villaggio, quando gli è capitato di trovarsi lì, mentre lei si occupava di un campo con altre ragazze."

"Mi stai prendendo in giro."

"Mi piacerebbe che fosse così." Il suo viso è cupo. "Nostra nonna è morta quando avevo dieci anni, ma ricordo le storie che mi ha raccontato sulla sua vita con mio nonno, il modo in cui controllava ogni sua mossa e richiedeva obbedienza assoluta. Era profondamente insoddisfatta di lui, ma era solo una povera contadina e lui era un uomo potente e ben collegato, quindi non c'era niente che potesse fare. Non le avrebbe permesso di lasciarlo."

La fisso, il mio stomaco che si ribella. "E tua madre? Anche lei era infelice?"

Tira indietro le mani, il suo viso che si rabbuia. "Non inizialmente. Non ha capito che tipo di uomo avesse sposato, per molto tempo. È stato quando ha scoperto che le cose avevano cominciato a sgretolarsi e —" Si ferma e prende un altro respiro profondo. "In ogni caso, non ha importanza. Il punto è che Nikolai possiede la stessa personalità intensa e appassionata, una tendenza ossessiva che cerca e alla fine trova qualcosa—qualcuno—a cui aggrapparsi. Come nostro padre e nostro nonno prima di lui, è risoluto quando si tratta di ottenere la donna che vuole, e vuole te, Chloe. E lui ti avrà, ad ogni costo."

Non so cosa dire. Stupita, la fisso semplicemente, mentre aggiunge dolcemente: "Inoltre, non so se l'hai notato, ma c'è una vena di misticismo dentro di lui, quella fede nel destino e nella sorte che ha ereditato da nostra nonna. Essendo cresciuta in un piccolo villaggio rurale, era religiosa e profondamente superstiziosa, e ha trascorso molto tempo con Nikolai, quando era un ragazzino. Probabilmente lo negherebbe—non si considera minimamente religioso—ma ha assorbito molte delle sue convinzioni, inclusi i suoi atteggiamenti nei confronti della nostra famiglia e di come il nostro stesso sangue porti con sé il male... come era stato inevitabile per nostro padre, suo figlio sarebbe diventato come lui."

Deglutisco forte. "Cioè come?" E, cosa più importante, Nikolai è diventato come lui?

Le labbra di Alina si appiattiscono. "Non importa. Stiamo parlando di Nikolai in questo momento."

"E di me. Alina..." Tocca a me prenderle le mani. "Che cosa faccio? Gli ho detto che non posso sposarlo, ma non ascolta. Insiste che ci sposeremo oggi."

Il suo viso mostra finalmente un lampo di sorpresa. "Oggi?"

"Sì, oggi!" Rilasciando le sue mani, modifico il mio tono. "Ascolta, forse sto impazzendo per niente. Non so come possa costringermi al matrimonio—non siamo nel Medioevo. Ma per ogni evenienza, potresti forse mettergli in testa un po' di buon senso? O aiutarmi a capire come farlo?"

Inclina la testa, i suoi occhi di giada che luccicano. "Quindi, se ho capito bene, non vuoi sposarlo?"

Sbatto le palpebre. "Ovviamente no. Voglio dire... lo conosco da meno di un mese."

"Ma tu lo vuoi, vero? La scorsa notte e quell'altra volta—"

"È diverso." La mia faccia diventa di nuovo calda. "Quello è solo un impulso biologico. È un uomo molto attraente e—"

"Quindi, è solo sesso per te?"

Apro la bocca per dire di sì, ma la parola si rifiuta di uscire.

"Capisco." Il bagliore nei suoi occhi si intensifica. "Lo ami?"

"Io..." Ingoio a causa dell'improvvisa secchezza della gola. "Non lo so. Importa? Non posso ancora sposarlo. Lui è—cioè, non è..."

"Ciò che immaginavi come marito?" ipotizza, mentre mi allontano. Un sorriso ironico le incurva le labbra. "Sai, la maggior parte delle donne coglierebbe al volo l'opportunità di sposare un uomo ricco e bello che è pazzo di loro."

"Tu lo faresti? Coglieresti l'opportunità di sposare qualcuno come tuo fratello?"

I suoi lineamenti si irrigidiscono, il sorriso svanisce dal suo viso. "Non stiamo parlando di me." Alzandosi bruscamente, si avvicina alla finestra, la schiena rigida, mentre guarda le vette lontane.

Confusa, vado a raggiungerla lì. Non ho idea di cosa l'abbia turbata, ma chiaramente qualcosa lo ha fatto. Con cautela, le tocco la spalla. "Ehi, io—"

Si volta verso di me, i suoi lineamenti che si ricompongono. "Ascoltami, Chloe. Hai ragione a dare di matto. Se mio fratello dice che lo sposerai oggi, succederà. Non so esattamente come, ma è pieno di risorse. Se davvero non lo vuoi, la soluzione migliore è ritardare il matrimonio."

"Ritardarlo? Ma—"

"Ritardarlo" replica con fermezza. "Il rifiuto

definitivo non funzionerà—lo renderà solo più determinato, quindi devi dire di sì e poi trovare un modo per imporre alcune condizioni. Forse hai sempre sognato una particolare location per il matrimonio, o un vestito speciale, o avere le tue amiche del college come damigelle d'onore. Potrebbe accettare o no. In ogni caso, vale la pena provare."

La fisso, il mio battito cardiaco accelerato. Ha ragione: ho sbagliato tutto. La scorsa notte, fino a quando non ho detto la verità a Nikolai—che non pensavo potesse funzionare tra noi a lungo termine—sembrava disposto a ragionare, più interessato a persuadermi che a piegarmi alla sua volontà.

Forse se accetto di sposarlo in futuro, possiamo tornare a una dinamica più sana, ripristinare le cose com'erano.

"Mi dispiace non poter essere più utile" dice Alina, e posso dire che è sincera. "Qualunque cosa gli dicessi, peggiorerebbe soltanto le cose. È meglio se ti avvicini a lui da sola."

"No, sei stata molto utile, grazie." Mi volto per andarmene, quando mi viene in mente un pensiero. Speranzosa, mi giro. "Non hai la pillola del giorno dopo per caso, vero? C'è stata un po' di... mancanza di memoria da parte nostra la scorsa notte."

Si ferma, sbattendo le palpebre. Quando parla, la sua voce è strana. "No, temo di non avere niente del genere. E Chloe... dovresti prendere in considerazione una tattica di ritardo davvero, davvero buona. Ricordi cosa ti ho detto su mio fratello e gli incidenti? La stessa cosa vale per i vuoti di memoria."

La fisso, il mio stomaco in subbuglio. "Intendi…"

"Sembra che sia deciso a legarti a lui—e che stia già facendo tutto il possibile."

27

NIKOLAI

MI SVEGLIO CON UN'INQUIETANTE SENSAZIONE DI DÉJÀ vu. Ancora prima di girarmi e sentire le lenzuola fresche e vuote accanto a me, so che Chloe non è lì.

Posso sentire la sua assenza nel profondo.

La logica mi dice che non sarebbe potuta scappare di nuovo—le guardie hanno l'ordine rigoroso di non permetterle di lasciare il complesso—ma il mio cuore batte ancora forte contro la cassa toracica, mentre salto giù dal letto e mi vesto con velocità militare.

Devo trovarla. Adesso.

Prima che possa uscire dalla stanza, un lampo di movimento all'esterno cattura la mia attenzione. Mi avvicino alla finestra e un'ondata di sollievo mi travolge.

Sono Chloe e Slava, insieme sul bordo del vialetto, che sbirciano tra gli alberi sul lato. Mentre osservo più da vicino, noto una palla di pelo grigio-marrone davanti a loro—un coniglio selvatico. Vedo anche una carota lunga e stretta nella mano di mio figlio.

Il sollievo si fonde con una nuova sensazione puramente incandescente, una sorta di splendente calore che ricopre ogni millimetro del mio petto. Mio figlio e la mia futura moglie—è così giusto, così perfetto.

Così completamente incasinato.

Non merito questo. In fondo, lo so. Un uomo come me non prova questo tipo di felicità, crogiolandosi per un certo periodo di tempo nella vera gioia. E Chloe, di certo, non mi merita. Il sangue che scorre nelle mie vene è puro veleno, la mia natura spietata in tutto e per tutto. Un uomo migliore l'avrebbe lasciata andare molto tempo fa, proteggendola dalle parti più oscure di se stesso, invece di cogliere questo miraggio di felicità con entrambe le mani.

Ma lo sto afferrando. Perché sono un mostro egoista. Perché quando finalmente l'ho avuta tra le braccia la scorsa notte, sapevo che era il posto che le apparteneva. E sapevo anche che non mi sarebbe bastato averla semplicemente lì.

Ho bisogno che il mondo sappia che lei è mia, che appartiene esclusivamente a me.

Osservo ancora per un po' lei e Slava, godendomi la felicità immeritata, questi momenti rubati di gioia semplice. Non so come fossi riuscito a controllarmi per tutto quel tempo, come fossi riuscito a trattenermi e concederle la tregua di due settimane. Ora che l'ho riavuta, non riesco a immaginare di passare un'altra notte senza di lei, non posso nemmeno tentare di rimettere la bestia al guinzaglio.

Non vuole sposarmi. Il bruciore di rabbia e dolore per il suo rifiuto è ancora lì, ma si è leggermente raffreddato, indurendosi in una cupa determinazione.

È ora che Chloe capisca con chi ha a che fare. In un modo o nell'altro, porterà il mio anello al dito.

Stanotte diventerà mia moglie.

28

CHLOE

Affronto la mattinata per pura forza di volontà, seguendo le mie lezioni con Slava con un sorriso, nonostante l'ansia mi faccia a pezzi i nervi. Aiuta il fatto che Nikolai non si presenti a colazione, chiudendosi invece nel suo ufficio con Pavel. In realtà, non lo vedo affatto se non brevemente nel corridoio, quando mi supera a grandi passi con nient'altro che una rapida occhiata e un mormorio: "Scusami, zaychik."

È come se la notte scorsa non fosse mai accaduta, come se il mio corpo non portasse i segni del suo possesso e il mio stomaco non fosse annodato, mentre cerco di trovare il coraggio per affrontarlo.

È solo alle undici che appare il primo segno dei cambiamenti in arrivo. A quel punto, sono speranzosa che Nikolai abbia cambiato idea e che la sua minaccia fosse vuota, dopotutto. Ma no. Entro nella mia camera e trovo Lyudmila nel mio armadio, che afferra dozzine di vestiti insieme alle grucce e li porta via senza dire una parola.

"Ehi!" Mi affretto a seguirla, mentre cammina a passo svelto lungo il corridoio. "Che cosa sta succedendo?"

Mi lancia un'occhiata di traverso, mentre la raggiungo. "Oggi tu trasferire. Nella stanza di Nikolai, no?"

"Che cosa? No! Dammi quelli." Cerco di prenderle i vestiti, ma si dimostra sorprendentemente agile. Evitando la mia mossa, si precipita nella camera di Nikolai, poi emerge trenta secondi dopo e si dirige verso la mia.

Fanculo.

Le corro dietro. "No. Lasciali e basta."

Non ascolta, afferra un'altra quantità di vestiti e mi supera, la sua faccia da matrioska priva di ogni espressione. "Se mi ostacoli, chiederò aiuto a Pavel."

Dannazione.

Traboccante di rabbia, faccio un passo indietro e le lascio fare le sue cose. L'alternativa—combattere fisicamente lei e la sua montagna di marito—sarebbe inutile e stupida. A chi importa dove sono i miei vestiti? È ciò che significa questa mossa che conta.

Nikolai sta portando via la mia stanza, il mio spazio privato... il mio unico rifugio da lui.

Non posso più resistere al confronto. Se oggi non voglio diventare sua moglie, devo agire.

Lasciando che Lyudmila faccia ciò che vuole con il

mio armadio, vado nell'ufficio di Nikolai e busso con decisione alla porta.

"Sì?"

"Sono Chloe." La mia voce è bassa e furiosa, la mia rabbia sta bruciando ogni cautela.

La porta si apre, rivelando la corporatura dalle spalle larghe di Nikolai. Appoggiando un avambraccio muscoloso sullo stipite della porta sopra la sua testa, fissa il mio corpo. Quando i suoi occhi tornano sul mio viso, sono di un brillante oro predatore. "Che cosa c'è, zaychik?"

"Dobbiamo parlare."

Fa mezzo passo indietro, le sue labbra sensuali che si incurvano con oscuro divertimento. "Avanti, allora."

È ancora parzialmente sulla soglia, quindi non ho altra scelta che spingerlo oltre. La mia spalla sfiora il suo petto muscoloso, e percepisco un lieve accenno di bergamotto e cedro, mescolato al muschio seducente della calda pelle maschile. Un calore familiare mi brucia le vene, le mie viscere diventano morbide e liquide, nonostante la furia che brucia nel mio petto.

Biologia del cazzo. Questa è l'ultima cosa di cui ho bisogno.

Stringendo i denti, mi dirigo verso il tavolo rotondo, dove mi accascio su una sedia, gli occhi fissi sul suo viso con aria di sfida. Mi rifiuto di lasciare che il mio corpo determini le mie azioni, che i bisogni sessuali decidano il mio destino.

Non sposerò questo bellissimo uomo amorale, se

posso evitarlo. Non importa come risponda a lui nel letto.

"Allora..." Si appoggia all'indietro, intrecciando le lunghe dita sulla gabbia toracica. La sua voce è di seta, mentre dice dolcemente: "Volevi parlare."

Ho avuto tutta la mattina per pensare al modo migliore per avvicinarmi a lui, eppure mi ritrovo ancora a bocca aperta, i miei pensieri in una confusione caotica. In parte, è il modo in cui mi guarda, con quel mezzo sorriso cinico e beffardo, come se avesse già guardato al futuro e sapesse esattamente cosa farò e dirò. Ma soprattutto, è la fredda determinazione che percepisco in lui. Gli argomenti che ho provato mi sembrano improvvisamente inadeguati, la stessa premessa di contrattare con lui profondamente imperfetta.

"Come pensi di farlo?" sbotto finalmente. Non è quello che avevo in mente, ma devo sapere cosa mi aspetta, se fallisco. "Come puoi farmi sposare contro la mia volontà?"

I muscoli intorno ai suoi occhi si irrigidiscono, anche se il sorriso gli resta sulle labbra. "Contro la tua volontà? È questa la bugia che ti stai raccontando, zaychik? Che sei costretta?"

Il sangue mi scorre verso il viso, rabbia mescolata a imbarazzo illogico. "Che cosa stai dicendo?"

"Sto dicendo che ti sto facendo un favore." Il suo sorriso si acuisce. "Le decisioni possono essere un pesante fardello, soprattutto quando le tue idee su ciò che è giusto sono in conflitto con i tuoi desideri reali."

Le mie unghie scavano nei palmi. "Non voglio sposarti. Me lo hai chiesto e io ho detto di no, ricordi?"

"Oh, sì." Si siede bruscamente in avanti, il sorriso che sparisce dal suo viso. "Alcune cose sono destinate ad accadere. Un giorno lo capirai e ne sarai felice, zaychik. Per ora, farò quello che devo."

"Cioè cosa? Farai venire una specie di officiante qui? E poi cosa? Come farai a farmi dire di sì?"

Non risponde; si appoggia semplicemente all'indietro con un'espressione imperscrutabile, e la mia immaginazione collega i puntini.

Fissandolo con orrore, soffoco: "Mi drogherai, non è vero? È questo il tuo piano."

29

NIKOLAI

La mia zaychik è intelligente. Mi conosce, nonostante quanto sostenga.

La fialetta è già sulla mia scrivania, il liquido dentro pronto per essere aspirato in una siringa e pompato nelle sue vene. È la forma più delicata di uno dei nostri farmaci speciali, il dosaggio appena sufficiente per offuscare i confini della realtà e ridurre le inibizioni di una persona.

Quando lo userò su Chloe, sarà consapevole di ciò che sta accadendo, ma non obietterà... perché nel profondo, anche lei vuole questo.

Ormai la conosco anch'io.

Ecco perché non sono sorpreso, quando prende fiato e raddrizza le spalle snelle, invece di implorare o piangere. "Bene" dice, la sua voce che trema solo leggermente. "Hai vinto tu. Ma solo per la cronaca, non ti perdonerò, se vai fino in fondo con questo metodo. Avvelenerà tutto tra noi... proprio come le iniziative di tuo nonno hanno rovinato qualunque possibilità che il suo matrimonio andasse per il verso giusto."

Fottuta Alina. Avrei dovuto aspettarmelo; eppure, le parole di Chloe mi colpiscono ancora come un amo da pesca, penetrando in profondità e afferrandomi direttamente al cuore.

Mi chino in avanti, il mio tono che si acuisce. "Non mi lasci scelta."

"No. Tu stai cercando di non lasciarmi scelta." Anche lei si sporge in avanti, fissandomi dall'altra parte del tavolo. "Riguardo al mancato uso del preservativo—l'hai fatto apposta, vero? In realtà, non l'hai dimenticato."

Sostengo il suo sguardo, il lampo di rabbia che si raffredda, mentre un particolare dolore mi avvolge il petto. Ha ragione? Allora, non sembrava una decisione consapevole, più simile a una direttiva primordiale, un bisogno prepotente di essere dentro di lei senza barriere di alcun tipo. Il preservativo non era nemmeno una considerazione; è come se la mia mente avesse bloccato l'esistenza di tali misure protettive, tantomeno la loro necessità.

Non voglio altri figli—o almeno, pensavo di no. Poi ho visto il mio seme sulle sue cosce, e ogni sorta di immagini allettanti mi ha invaso la mente: di Chloe che invecchiava intorno a nostro figlio, di lei che allattava un bambino paffuto... di noi che giocavamo con un bambino dagli occhi marroni, il cui sorriso radioso illuminava una stanza.

Era come il montaggio di un fottuto film di

Hallmark, tranne per il fatto che mi faceva soffrire profondamente.

Con sforzo, interrompo quella linea di pensiero. Che io abbia agito o meno consapevolmente non importa. Il risultato è lo stesso in entrambi i casi.

Costringendo le mie spalle a rilassarsi, mi siedo e studio i lineamenti tesi di Chloe. "Dimmi una cosa, zaychik... che cosa ti servirebbe per accettare il nostro matrimonio ed essere felice? Per fare in modo di evitare il destino dei miei nonni?"

È troppo intelligente, troppo cauta per venire qui solo per castigarmi. C'è qualcosa che sta cercando, una sorta di obiettivo che spera di raggiungere, e sospetto di sapere quale sia.

Mi fissa per un paio di lunghi secondi, e sento che la battaglia è in atto nella sua mente. Continuare a insistere sulla domanda del preservativo o passare al suo vero piano?

Deve decidere la combinazione dei due, perché si siede più dritta e dice: "Beh, per prima cosa, a meno che e fino a quando non accetto di avere un bambino, voglio che usiamo sempre la protezione. Anzi, voglio che mi porti subito delle pillole anticoncezionali e che oggi possa prendere una pillola del giorno dopo."

"Sarà fatto" replico, sopprimendo un'ondata irrazionale di delusione.

È davvero la cosa migliore; un altro Molotov è l'ultima cosa di cui questo mondo ha bisogno. Non so che cosa mi sia preso la scorsa notte, ma intendo controllarmi meglio in futuro. Infatti, ho usato il preservativo per il resto della notte, quindi descriverò quello che è successo come una momentanea mancanza di lucidità.

La ragazza sbatte le palpebre, chiaramente sorpresa dalla mia facile accondiscendenza. "Va bene. D'accordo. Allora, che ne dici di discutere i tempi del matrimonio? Penso che la prossima estate o l'autunno dovrebbe essere—"

"No." Non avevo intenzione di farla sposare in fretta, ma ora che abbiamo intrapreso questa strada, non riesco a immaginare di aspettare un giorno in più. Per quanto sia stato impaziente di averla nel mio letto, non è niente in confronto all'ardente bisogno di legarla a me. Avevo intenzione di farle la proposta tra qualche settimana, dopo aver sistemato le cose con Bransford, ma tutto è cambiato nel momento in cui ho visto il mio seme su di lei e ho capito che avrei potuto metterla incinta. In quel momento, metterle il mio anello al dito è diventata la mia priorità assoluta—e lo è ancora, indipendentemente dal fatto che ci sarà o meno un bambino.

La sola possibilità che ciò accada mi ha fatto capire che dovrà essere mia moglie il più presto possibile.

Fa un respiro profondo. "Ma—"

"No. La tempistica non è negoziabile." So di essere irragionevole, ma non cederò su questo. Qualcosa di irrazionale in me è convinto che se non lo faccio accadere ora, la perderò... che devo cogliere questa opportunità di felicità, per quanto possa essere illusoria.

Stringe le mani, mentre macchie di colore più scuro appaiono sulle sue guance. "Pensavo volessi che funzionasse, che fossimo davvero felici in questo matrimonio."

"È così... e lo saremo. Ma prima ci dev'essere un matrimonio. E per questo, ci sarà un matrimonio—che si terrà alle cinque di oggi."

"Questo pomeriggio?" La sua voce salta di tono. "Ti rendi conto di quanto sia folle?"

Sorrido cupamente. "La sanità mentale è sopravvalutata, zaychik. Quale persona sana di mente è mai felice? In ogni caso, non devi preoccuparti della logistica. Tutto è già stato organizzato."

Per alcuni istanti, si limita a fissarmi, respirando tremante; poi spinge indietro la sedia e si lancia in piedi. "E quello che voglio io non conta? Ciò di cui ho bisogno per accettare questo matrimonio?"

"Dimmi di cosa si tratta e farò del mio meglio per realizzarlo—a patto che non si traduca in un ritardo." Mi alzo anch'io in piedi, giro intorno al tavolo e le prendo il mento delicatamente scolpito tra le mani, inclinando il viso verso l'alto per cogliere la sua espressione ribelle. "Dimmi, zaychik. Che cosa posso fare per renderti felice? Di cosa hai bisogno?"

Mi afferra il polso, i suoi occhi scuri per le emozioni turbolente. "Ho bisogno che tu non mi costringa a farlo."

Sorrido e chino la testa per baciare il fragile lobo del suo orecchio, il mio corpo che si irrigidisce, mentre respiro il suo profumo di fiori selvatici. "No, zaychik" mormoro, quando la sento rabbrividire. "Questo è esattamente ciò di cui hai bisogno."

Qualcuno innocente come lei non abbraccerà mai un uomo come me senza preoccuparsi di come questo comprometta la sua morale imposta dalla società e provare almeno una qualche forma di colpa.

Intendevo quello che ho detto. Nel mio modo egoista, le *sto* facendo un favore. In questo modo, può fingere di non volerlo, di abbracciarmi contro la sua volontà.

La linea delicata della sua gola si increspa per una deglutizione, e lei inspira in modo irregolare, indietreggiando dalla mia presa. I suoi occhi sono ancora più scuri, quando incontrano i miei, i lineamenti delicati strettamente tesi.

"In tal caso" dice barcollante "ho altre due condizioni. Se puoi soddisfarle, ti sposerò oggi alle cinque, e non sarà necessaria la droga."

Incuriosito, inclino la testa. "Continua."

"Per prima cosa, voglio che tu mi dica cos'è successo esattamente con tuo padre. E secondo..." La sua voce vacilla. "Ho bisogno che tu mi prometta di non uccidere il mio. Voglio che Bransford paghi, ma non in quel modo."

30

CHLOE

LA MASCELLA DI NIKOLAI SI TRASFORMA IN PIETRA, NUBI vulcaniche si raccolgono nei suoi occhi. Con una voce pericolosamente equilibrata, dice: "Posso accettare la prima richiesta, ma non la seconda. Bransford è una minaccia per te, finché sarà vivo."

"Non se viene smascherato e la gente sa cosa sia veramente. Posso rendere pubblici i risultati del mio DNA; con quel tipo di prova, i media dovranno ascoltare."

Non so quando mi sia venuta l'idea di questo patto faustiano con Nikolai, ma a quel punto ho deciso che, poiché non c'è modo di evitare di perdere la battaglia matrimoniale, mi arrenderò almeno alle mie condizioni. Queste due questioni—scoprire la verità sul suo passato e convincerlo a lasciare vivo Bransford —sono ugualmente importanti per me, e ho bisogno di usare quel poco potere che ho.

Bransford deve pagare per i suoi crimini, ma non

voglio il suo sangue sulle mani di Nikolai e, di conseguenza, sulla mia coscienza.

"I media?" Le sue labbra si torcono. "Capisci cosa comporterebbe, non è vero, zaychik? Ti starebbero addosso come uno stormo di gabbiani affamati. Ogni parte della tua vita verrebbe sezionata, la morte di tua madre e tutto ciò che riguarda il suo passato sarebbero analizzati in dettagli nauseanti. Non avresti mai più un momento di pace. E sebbene lo scandalo probabilmente metterebbe fine alla carriera politica di Bransford, non c'è alcuna garanzia che andrebbe in prigione per lo stupro di tua madre; la legge sulla prescrizione potrebbe impedirlo."

"È anche colpevole di aver ordinato il suo omicidio."

"Sì, ma prova a dimostrarlo con gli assassini fuori dai giochi."

Dannazione. Ha ragione. Nella mia fretta di trovare un'alternativa all'uccisione di Bransford, non ho considerato l'ultima parte. Non ho idea di cosa abbia fatto Nikolai con i corpi degli assassini, ma in ogni caso, i morti non possono testimoniare sull'identità del loro datore di lavoro. Peggio ancora, indicare alle autorità le tombe degli assassini—o anche solo rivelare l'incidente nel bosco—potrebbe creare ogni sorta di problemi a Nikolai. L'ultima cosa che voglio è che venga arrestato per avermi protetta... o che i media gli stiano addosso, cosa che faranno se saremo sposati.

Con Slava che ha bisogno di rimanere nascosto alla famiglia di sua madre, non posso rendere pubblico il mio rapporto di parentela con Bransford. L'idea stessa è fuori discussione.

Tuttavia, non sono pronta ad arrendermi. "E se non fossi io? Scommetto che ci sono altre donne oltre a mia madre a cui ha fatto questo, altre ragazze che ha violentato a un certo punto. Uomini del genere tendono ad avere un certo modus operandi, quindi forse possiamo trovare le altre sue vittime e—"

"Trovarle come?" Il tono di Nikolai è gentile. "Capisco cosa stai cercando di fare, zaychik, credimi, ma anche se alcune vittime fossero convenientemente in agguato dietro le quinte, potrebbero volerci mesi o anni per trovarle e persuaderle a farsi avanti. A quel punto, lui potrebbe essere il presidente degli Stati Uniti e abbatterlo richiederebbe uno sforzo infinitamente maggiore. Nel frattempo, continuerà a darti la caccia... e potenzialmente farà anche altre vittime. Lo hai considerato? Se ha davvero un debole per le ragazze adolescenti riluttanti, allora ogni minuto in cui è vivo non rappresenta solo una minaccia per *te*. Eliminandolo, farò un favore al mondo."

Uh. Mi volto, massaggiandomi la fronte. Ha di nuovo ragione, ma non posso accettare che l'assassinio sia l'unica risposta. Dev'esserci qualcos'altro che possiamo fare. Sarei persino propensa ad accettare qualcosa di losco, come il ricatto o—

Mi giro. "E se non avessimo bisogno di trovarle, le vittime? E se le creassimo noi stessi?"

Le sue sopracciglia scure si inarcano, lo sguardo che si illumina di un accenno di divertimento. "Stai suggerendo di pagare alcune donne per accusarlo? Produrre false prove? Non trovi che non sia etico e sbagliato?"

"Non quando l'alternativa è ucciderlo. Inoltre, non è che sia innocente."

"No" concorda in modo piatto, tutto l'umorismo sparito. "Non lo è."

"Quindi, è un sì?" Avvicinandomi, lo guardo speranzosa. "Possiamo provare, vedere se funziona?"

Mi toglie una ciocca di capelli dal viso. "No, zaychik. Le false accuse non funzioneranno."

"Ma—"

"Se vogliamo creare vittime, devono essere reali... o almeno devono esserlo le prove."

Lo guardo, sbattendo le palpebre. "Che cosa intendi?"

"Ho un'idea, ma devo parlarne con Valery."

Una lampadina si accende nella mia testa. "Stai parlando di Masha?" Qualunque sia la vera età della "risorsa" di suo fratello, potrebbe facilmente passare per un'adolescente, quindi se la avvicinassimo a Bransford—

"Esattamente." Nikolai si avvicina alla sua scrivania e apre il suo laptop. Guardo con il fiato sospeso, mentre le sue lunghe dita danzano sulla tastiera, digitando un messaggio.

Forse sto facendo i conti senza l'oste, ma sembra che sia d'accordo. Pensa che questa sia una buona idea.

"Va bene" dice dopo un minuto, chiudendo il portatile. "Vediamo cosa ne pensa Valery, e se Masha non ha qualche modifica da apportare al piano in corso."

"Che sarebbe?"

La curva delle sue labbra racchiude un pizzico di ironia. "Diciamo solo che la prima parte non è troppo diversa."

Sbatto le palpebre. "Stava per sedurlo?"

"Quanto basta per convincerlo a mangiare con lei."

Dove gli avrebbe dato qualunque cosa avrebbe dovuto provocare quel fatale "difetto cardiaco."

Faccio del mio meglio per mantenere il tono uniforme. "Va bene, allora dovrebbe essere facile, giusto? Forse potrebbe sedurlo un po' di più e scattare qualche foto compromettente. O—"

"Non preoccuparti dei dettagli, zaychik." Gira intorno alla scrivania e si ferma davanti a me, i suoi occhi della tonalità più scura dell'ambra, mentre infila un'altra ciocca di capelli dietro il mio orecchio. "Il tuo unico lavoro oggi è scegliere l'abito."

31

CHLOE

Nikolai si sbagliava. Non è solo l'abito. Dopo pranzo, una folla di persone vestite alla moda invade la casa, portando con sé di tutto, dalle scarpe di un grande magazzino agli strumenti per l'acconciatura. Alina istruisce tutti con vivace efficienza, e prima che me ne renda conto, vengo lavata, depilata, profumata, acconciata e truccata all'ennesima potenza.

Quando arriviamo alla selezione dei vestiti, mi sento come se avessi attraversato una lieve forma di tortura, e tutto assume un'atmosfera surreale. Il giorno del mio matrimonio—già solo quelle parole sembrano qualcosa uscito da un libro o da un film, un racconto di fantasia con una ragazza che non posso essere io.

Il matrimonio non è mai stato il mio sogno. Non come lo è per alcune donne. Era solo qualcosa che immaginavo sarebbe successo in futuro, se avessi incontrato la persona giusta e tutte le stelle si fossero allineate. Diciamo, se entrambi stessimo andando bene nella nostra carriera, ci fossero piaciute le famiglie e gli amici e avessimo avuto tanti interessi in comune. Inoltre, se avessimo avuto un'età adeguata, che per me è intorno ai ventotto anni.

Non avrei mai immaginato di sposarmi a ventitré anni—e di certo non con un mafioso russo. Perché è questo che è Nikolai, che accetti o meno tale etichetta. I Molotov si mascherano con le trappole dell'alta società, ma in fondo Nikolai e i suoi fratelli sono selvaggi, violenti e amorali come qualsiasi leader del cartello.

Il pensiero di unire la mia vita a un uomo simile dovrebbe terrorizzarmi, invece mi sento insensibile, così sopraffatta che tutto sembra rumore bianco. Meno di due mesi fa, la mia unica preoccupazione era trovare un lavoro post-laurea, e poi la mia vita è andata così fuori dai binari che niente di ciò che sta accadendo oggi sembra così spaventoso o strano.

O forse, questa è una bugia che mi sto raccontando per superare questa giornata. Forse l'enormità di questo mi colpirà più tardi, quando sarò meglio equipaggiata per elaborarlo.

Gli abiti che mi vengono presentati sono stupendi, ognuno un'opera d'arte. Ce ne sono quattordici in totale, e Alina me li fa provare tutti, prima di dichiarare che il numero sette—quello a coda di sirena color avorio con una scollatura sulle spalle—è quello giusto.

Non so se sono d'accordo con lei—per me, tutti i vestiti sembrano usciti da una fiaba—ma sono grata di avere la sua guida. Qualunque cosa possa pensare degli eventi di oggi, se ne è presa l'incarico, interferendo con il branco invasore per mio conto. Grazie a lei, non devo prendere decisioni difficili, come il colore dell'ombretto da applicare; lei dice loro cosa fare con me e come, e io devo solo stare lì come una bambola zombie, mentre fanno tutte le cose, incluso tamponarmi un po' di correttore sul collo per nascondere il succhiotto e altri segni del sesso con Nikolai.

Sono quasi le cinque, quando sono completamente pronta, e mentre il gruppo se ne va, arrivano due nuove auto. Su una ci sono due persone con un'attrezzatura fotografica dall'aspetto stravagante, mentre l'altra appartiene a un uomo magro di mezza, che indossa un completo nero con un colletto bianco.

"Prete aconfessionale" spiega Alina, venendo a mettersi accanto a me vicino alla finestra. "Condurrà la cerimonia."

Cerimonia, giusto. Il mio cuore batte in preda al panico, un po' del mio torpore che svanisce. Questo è reale. Sta succedendo. Un vero matrimonio, con un abito, un prete e un team di fotografi/videografi. Non ho idea di come Nikolai sia riuscito a farcela con un preavviso così breve, ma immagino che quando hai abbastanza soldi da buttare in giro, non devi preoccuparti di cose così plebee come prenotare in anticipo professionisti molto ricercati.

"Dov'è Slava?" chiedo, realizzando tardivamente che non vedo il ragazzino dalle nostre lezioni del mattino. "Sarà anche lui alla cerimonia?"

Alina annuisce. "Lyudmila lo ha tenuto lontano

dalla vista, dal momento che meno persone sono a conoscenza della sua presenza qui, meglio è. Ma Nikolai lo vuole al matrimonio e nelle foto, quindi ha preso le dovute precauzioni con il prete e il team di fotografi."

"Precauzioni? Come in una sorta di accordo di non divulgazione? Aspetta, a pensarci bene, non voglio saperlo."

Mi rivolge un sorriso smagliante. "Intelligente da parte tua. Ma sì, è stato stipulato un accordo di riservatezza, credo. Insieme ad alcune misure più forti."

Il mio cuore salta un altro battito, poi si lancia in un galoppo a tutto campo. La realtà sta avendo la meglio su di me, velocemente, e con essa un senso di panico.

Che cosa sto facendo? Perché ho accettato questo? Come faccio a sapere che Nikolai manterrà la sua parte dell'accordo? Non mi ha ancora detto cos'è successo con suo padre—anche se, ad essere onesti, con tutti i preparativi per il matrimonio, non abbiamo avuto molto tempo per parlarne. Che è un problema in sé e per sé. Tutto sta accadendo troppo velocemente, tutte le decisioni senza interpellarmi, tutte le implicazioni enormi. Per prima cosa, mi rendo conto che sposando Nikolai, non sto solo guadagnando un marito, ma anche un figlio.

Sarò la matrigna di un bambino di quattro anni.

Devo sembrare un po' scioccata, perché Alina si allunga per stringermi le mani. "Respira. Andrà tutto bene. Un passo alla volta."

Questo è un buon consiglio. È quello che mi diceva

sempre mamma: concentrati solo sul passo successivo, sulla prossima cosa che deve accadere. Nessuno ha una sfera di cristallo, quando si tratta di un futuro lontano, quindi è inutile pensare troppo in avanti. In ogni caso, diventare la matrigna di Slava è la parte meno spaventosa di questa impresa, poiché amo già il ragazzino e non riesco a immaginare di non averlo nella mia vita.

Faccio un respiro profondo per calmare il battito cardiaco frenetico. "Grazie. Probabilmente dovremmo scendere, prima che Nikolai venga a cercarci." Facendo un passo indietro, do una rapida occhiata al suo abito color mare. "Hai un aspetto fantastico, comunque."

Il sorriso di Alina riaffiora. "Io? Tu sei la meravigliosa sposa."

Potrebbe essere vero, ma lei splende, come sempre. In una giornata normale, la sorella di Nikolai potrebbe passare per una stellina che cammina sul red carpet, ma quando si impegna di più con i capelli e il trucco, come ha fatto oggi, la sua bellezza è quasi irreale. Se vedessi una sua foto in queste condizioni, sarei sicura che sia stata photoshoppata a morte, perfezionata con tutti i tipi di filtri. Eppure, eccola qui, in piedi accanto a me, il più reale possibile.

"Hai qualcuno in Russia?" chiedo d'impulso. "Un ragazzo o qualcosa del genere?"

Nonostante la nostra crescente amicizia, è tanto chiusa su questo argomento quanto sulla sua famiglia, e non posso fare a meno di chiedermi perché. Le ho raccontato tutto dei miei ex fidanzati, ma lei non ha mai ricambiato con storie del genere.

Se fossi ingenua, penserei che non abbia frequentato molti ragazzi.

"Un ragazzo?" La sua risata suona forzata. "No. Non c'è nessuno."

E siamo tornate al punto di partenza.

"Perché no?" chiedo, incapace di trattenermi. Concentrarmi sulla vita amorosa di Alina è di gran lunga preferibile al soffermarmi su dove sta andando la mia. "Sicuramente—"

"Dovremmo scendere" dice, voltandosi. "Altrimenti arriveremo in ritardo."

32

NIKOLAI

"Slavochka..." Mi accovaccio davanti a mio figlio. "Devo parlarti di una cosa."

Mi fissa senza battere ciglio, il disagio evidente nella sua espressione. Non possono essergli sfuggite tutte le persone che entravano e uscivano di casa, e so che si è chiesto cosa stesse succedendo. Lyudmila mi ha riferito che l'ha infarcita di domande per tutto il pomeriggio—domande a cui lei non ha risposto, pensando che avrei dovuto essere io a dargli la notizia.

"Non è niente di male" dico, quando lui resta in silenzio. "In realtà, è qualcosa di veramente fantastico. Ricordi quando ti ho promesso che Chloe sarebbe rimasta con noi per sempre?"

Annuisce diffidente.

"Beh, è di questo che si tratta oggi." Sorrido ampiamente. "Ci sposeremo. Chloe non sarà più solo la tua tutor, ma la tua nuova mamma."

I suoi occhi si spalancano, e il piccolo mento trema. "Mia mamma?"

"Tecnicamente, matrigna, ma sono sicuro che a Chloe piacerebbe se arrivassi a pensare a lei come a tua madre nel tempo."

Mi aspetto che Slava reagisca con gioia, dal momento che adora Chloe. Invece, il suo mento trema più forte e le lacrime gli sgorgano dagli occhi. "Significa che—" La sua voce infantile si incrina. "Significa che morirà?"

Fanculo. Di nuovo. Mi sento come se qualcuno mi avesse fracassato il petto con un martello.

Se Ksenia non fosse già morta, la ucciderei per essere deceduta in quell'incidente automobilistico e per aver instillato questa paura in nostro figlio.

Gli stringo forte le braccia. "No, Slavochka. Non morirà. Infatti, la sto sposando per assicurarmi che non le accada mai niente di male. Sarà al sicuro qui con noi."

Il suo mento smette di tremare, anche se le gocce di umidità si attaccano alle ciglia inferiori, facendole brillare. "Prometti?"

"Prometto."

"Rimarrà sempre con noi?"

"Sempre." O almeno finché c'è respiro nel mio corpo, ma non lo dirò, per timore che inizi a preoccuparsi anche per la mia morte.

Mi premia con un sorriso raggiante, e il martello colpisce di nuovo il mio petto, il dolore che riverbera in profondità. Solo che questa volta è un dolore diverso, che ho imparato ad accogliere. È difficile esprimere il modo in cui mi fa sentire mio figlio; tutto quello che so è che non posso più immaginare una vita senza di lui, senza queste potenti emozioni che spesso sento come se mi stessero facendo a pezzi.

Nelle ultime due settimane, il rapporto che abbiamo stabilito grazie a Chloe si è approfondito, la nostra relazione si è trasformata in qualcosa che non avrei mai pensato di avere... qualcosa che mi fa chiedere se un altro bambino, uno con Chloe, sarebbe una così brutta idea, dopotutto.

Ma no. Ho promesso che sarebbe stata una sua decisione—e così deve essere, se vogliamo che nostro figlio possa avere qualche probabilità di vincere la maledizione Molotov. Non voglio che sia cresciuto da una madre risentita per la sua stessa esistenza e che gli dica di essere disgustato di se stesso, che il male fa parte di lui e lo farà sempre.

Non voglio che finisca come mio padre.

Respingendo quel pensiero cupo, sorrido a Slava. "Ti preparo. È quasi l'ora del matrimonio."

Alzandomi in piedi, tendo la mia mano verso di lui, e mentre le sue piccole dita si chiudono fiduciosamente intorno al mio palmo, mi sento più sicuro che mai che sto facendo la cosa giusta... per me stesso, per Chloe e per mio figlio.

33

CHLOE

CI SCAMBIAMO LE PROMESSE SULLA TERRAZZA CON pareti di vetro che si affaccia sul dirupo, dove i panorami delle montagne offrono uno sfondo degno di Instagram e il sole del tardo pomeriggio ravviva tutto con la sua calda luce dorata.

Per un estraneo, sembrerebbe una perfetta immagine matrimoniale, con musica che filtra attraverso gli altoparlanti sul soffitto e l'adorabile bambino vestito in smoking, che sorride eccitato alla nostra destra.

"Vuoi tu, Chloe Emmons, prendere Nikolai Molotov... come tuo sposo... finché morte non vi separi..." Le parole del prete si dissolvono dentro e fuori, come una trasmissione radiofonica difettosa, l'effetto rumore bianco che torna a creare un ronzio costante nelle mie orecchie. Sono vagamente consapevole di Alina in piedi accanto a me, che interpreta ufficiosamente la damigella d'onore, e della struttura da orso di Pavel accanto a Nikolai. È il suo testimone? Esiste una cosa del genere in Russia?

"Sì" dico, quando mi rendo conto che il prete tace da un po'. Nikolai ha già recitato la sua parte, quindi dipende solo da me.

Lyudmila, che tiene la mano di Slava, dice qualcosa al ragazzino in russo, mentre il prete sorride e dice: "Ora potete scambiarvi gli anelli."

Abbiamo degli anelli?

Le dita forti di Nikolai stanno già afferrando il mio polso destro. Sollevando il palmo della mano, mette al centro una semplice fascia d'oro, poi prende la mia mano sinistra e fa scivolare un delicato cerchio d'oro tempestato di diamanti sul mio anulare.

Uh. Immagino che abbiamo degli anelli.

Goffamente, faccio scivolare la semplice fascia sull'anulare di Nikolai e alzo lo sguardo. I suoi occhi corrispondono al colore del metallo prezioso sulla sua mano, il calore bruciante in essi che scaccia il rumore bianco nelle mie orecchie e mi riporta alla cerimonia.

Santo cielo.

Ci siamo appena sposati.

L'uomo di fronte a me ora è mio marito.

"Congratulazioni. Puoi baciare la sposa" dice il prete, e il mio cuore sussulta, quando Nikolai solleva il mio viso e china la testa, un sorriso cupamente soddisfatto sulle sue labbra, mentre scendono sulle mie.

È un bacio breve, quasi platonico, ma non c'è dubbio sulla cruda possessività in esso, o sul modo in cui mi stringe la mano in seguito, mentre si gira per affrontare il flusso di applausi e congratulazioni che ci avvolge. Anche se tutti ci abbracciano, si aggrappa a me, rifiutandosi di lasciarmi andare.

Alla fine, gli adulti indietreggiano e Nikolai si inginocchia davanti a Slava, la mia mano ancora saldamente nella sua presa.

"Slavochka..." Il suo tono è solenne, le parole inglesi enunciate con cura. "Adesso siamo una famiglia. Chloe è mia moglie—e la tua nuova mamma."

Okay, wow. Non me lo aspettavo. Non dovremmo andarci piano con questo? Non voglio che Slava si arrabbi con me per aver preso il posto di sua madre morta. Certo, tecnicamente sono la sua matrigna, ma questo non significa che non possa continuare a pensare a me come Chloe per ora, e poi, quando sarà il momento giusto, possiamo—

I miei pensieri si interrompono bruscamente, mentre Slava mi rivolge il sorriso più grande e luminoso e getta le sue braccia corte intorno alla mia gonna, abbracciandomi le gambe con tutta la sua forza.

"Mamma Chloe" esclama, guardandomi con un sorriso ancora più grande, e devo davvero impegnarmi per nascondere lo shock per la sua facile accettazione di questo cambiamento nella nostra dinamica. Dov'è il risentimento? La diffidenza per il cambiamento improvviso nella sua vita? Non che io non sia felice che sia così d'accordo. Nikolai deve avergli parlato a un certo punto oggi, avvertendolo di quello che stava per succedere. Tuttavia, mi sarei aspettata almeno un breve periodo di adattamento. A meno che, naturalmente—

Mi fermo. Niente di tutto ciò è importante in questo momento. Incorniciando il volto di Slava con il palmo della mano, gli rivolgo il sorriso più luminoso che riesco a trovare. "Sì, tesoro. Siamo una famiglia adesso. Puoi chiamarmi mamma o qualsiasi altra cosa tu voglia."

Per quanto sia strano trovarmi improvvisamente nei panni di genitrice, ho la sensazione che Slava sarà la parte meno complicata di questo matrimonio, e non solo perché non provo vergogna nell'ammettere che il bambino ha già il mio cuore.

Quando guardo Nikolai, la sua espressione è calorosamente di approvazione. Sorridendo, porta la mano che tiene alle sue labbra e mi bacia le nocche una per una, provocandomi un formicolio lungo la schiena e facendo ridere Slava.

"Mamma Chloe" ripete eccitato e si avvicina ad Alina, parlandole in russo.

"Congratulazioni di nuovo" dice lei, mentre catturo il suo sguardo. Con calma, aggiunge: "Sono contenta di averti come sorella."

Sorella. Giusto. Perché è questo che significa sposarsi. Non si guadagna solo un marito, ma una famiglia. Come un figlio, una sorella, due fratelli e comunque tanti cugini... tutti i fratelli e i parenti che non ho mai avuto.

Per la prima volta, realizzo quanto sta cambiando la mia vita.

Non sono più un'orfana, che si fa strada da sola nel mondo.

La consapevolezza si sta ancora espandendo dentro di me, mentre il fotografo ci guida fuori per scattare un milione di foto sul dirupo, dove la brezza estiva bacia i nostri volti con una freschezza profumata di pino.

Non un'orfana.

Non la figlia unica di una madre single, che non aveva una famiglia propria.

Da quanto tempo desideravo segretamente qualcosa di simile? Nella mia immaginazione, era mio padre che sarebbe entrato nella mia vita e mi avrebbe presentata a tutti i cugini, zie e zii che non avevo mai saputo di avere, ma che si rivelavano meravigliosi. Ora, sapendo quello che so di Bransford, non riesco a immaginarlo. Il solo pensiero di incontrare qualche parente dell'uomo che sta cercando di uccidermi è disgustoso. Grazie a Dio, non ha altri figli biologici—almeno nessuno di cui i media siano a conoscenza. Da quel poco che mi sono permessa di leggere su di lui, so che è un vedovo che si è risposato da poco—la sua prima moglie ha combattuto una rara forma di cancro per un decennio, prima di morire qualche anno fa, e la sua nuova moglie ha due figli piccoli dal precedente matrimonio (una bambina e un bambino, che sfilano regolarmente davanti alle telecamere)—interpretando il ruolo di marito e padre perbene tutto americano alla perfezione.

Se solo sapessero.

Persa nei miei pensieri, obbedisco automaticamente alle istruzioni del fotografo, e la volta successiva in cui mi guardo intorno, il sole sta tramontando dietro le cime delle montagne, immergendo ogni cosa in un bagliore rosso-arancio.

"Dovrebbe bastare" dice Nikolai, e torniamo a casa, dove le delizie sparse sul tavolo da pranzo fanno impallidire la festa di compleanno di Alina. C'è di tutto, dai frutti di mare ai piatti tradizionali russi a un'enorme varietà di sushi e prelibatezze internazionali come le lumache.

Devono aver ordinato la maggior parte di questo; è impossibile che Pavel abbia avuto il tempo di preparare anche solo una frazione di ciò che abbiamo di fronte.

Il mio stomaco emette un ringhio, e all'improvviso mi rendo conto di essere famelica. Fare tutte quelle foto dev'essere stato più dispendioso in termini di energia di quanto sembrasse. O forse è lo stress. In ogni caso, non appena ci sediamo e Pavel fa il primo brindisi alla nostra salute, carico il mio piatto con cinque diversi tipi di panini al caviale, seguiti da blintz, sfogliatine, un'enorme varietà di frutta e verdura in salamoia, code di aragosta, salumi, formaggi gourmet e insalate di ogni tipo. Tutto è delizioso come sembra, e il mio vestito sta scoppiando, quando finalmente mi fermo per prendere fiato.

Alzo gli occhi dal piatto e vedo Nikolai che mi guarda con un sorriso indulgente.

"Che cosa c'è?" chiedo imbarazzata, posando la forchetta.

"Niente. Solo che mi piace vederti mangiare."

Più che altro vedermi rimpinzare. Mi bruciano le orecchie, ma afferro un'altra coda di aragosta. Questo cibo è semplicemente troppo buono, e se c'è qualcosa che ho imparato durante il mio mese in fuga, è non dare per scontato il buon cibo—o qualsiasi altro cibo.

Due brindisi dopo, tuttavia, devo ammettere la sconfitta. Non posso mangiare altro, e il piatto principale non è ancora uscito. Per distrarmi dalla sensazione di pienezza, guardo Nikolai, che sta spiegando qualcosa a Pavel in russo.

Aspetto che finisca, e quando mi guarda, gli dico: "I tuoi fratelli... Hai detto loro del matrimonio?" Mi è appena venuto in mente che non ho ancora conosciuto i miei nuovi cognati, e potrebbero non avere la più pallida idea che ora faccia parte della famiglia.

Nikolai fa un gesto verso il videografo, che gira discretamente intorno al tavolo con la sua macchina fotografica. "Valery e Konstantin stanno ricevendo il video dal vivo e tra un po' si connetteranno in videochiamata per congratularsi con noi."

Ovviamente. Ha pensato a tutto. Perché sono sorpresa? Organizzare un matrimonio in poche ore dev'essere un gioco da ragazzi rispetto alla pianificazione di un assassinio di alto profilo. Non che questo succederà più—almeno se manterrà la parola data.

Con sforzo, mi concentro sul festeggiamento, che mi ricorda molto il compleanno di Alina, solo che tutti i brindisi sono diretti a me e Nikolai. La maggior parte arriva da Pavel e Lyudmila, che sembrano determinati a superarsi a vicenda nel fare i migliori auguri, ma anche Alina alza il bicchiere un paio di volte, prima per augurarci un matrimonio lungo e felice e poi per brindare a me come "alla sorella che ha sempre desiderato avere."

A questo punto, ha bevuto almeno quattro bicchierini di vodka, ma le sue parole mi toccano ugualmente, sfiorando la piccola parte segreta di me che ha sempre sognato una sorella.

Forse essere una Molotov non sarà poi così male. Avere una famiglia—anche una famiglia mafiosa— potrebbe valerne la pena.

Il mio timido entusiasmo dura per tutto il piatto principale e il dessert, alimentato da diversi bicchieri di vino e due shottini di vodka. Anche gli altri intorno a me sono felici e contenti, ad eccezione di Slava e Nikolai.

Come al compleanno di Alina, ho la sensazione che l'alcol non faccia altro che acuire le facoltà del mio nuovo marito, che la vodka sia più simile alla Red Bull o al caffè per lui. O forse è semplicemente che gli strappa via un po' della facciata lucida ed elegante, quella che usa per velare la potente forza della sua personalità, quell'intensità oscura che ribolle dentro di lui e cerca di piegare tutto e tutti alla sua volontà.

Di piegare *me*, plasmandomi in quello che vuole che io sia.

Sua moglie. Il suo oggetto. Sua in tutto e per tutto... perché l'anello al mio dito è una gabbia, da cui non ci sarà scampo.

La realizzazione dovrebbe spaventarmi—e normalmente lo farebbe—ma l'alcol non si comporta come la Red Bull per me. Invece, dipinge il mio mondo con sfumature calde e sfocate, come l'acquerello di un tramonto—motivo per cui non mi oppongo, quando Nikolai mi tira in grembo, dove mi nutre con fragole ricoperte di cioccolato, mentre parliamo con i suoi fratelli su un laptop, che Pavel porta in tavola.

Konstantin chiama per primo, il suo viso magro che ricorda così tanto quello di Nikolai che il mio cuore salta un battito, quando appare per la prima volta sullo schermo. Ad un esame più attento, tuttavia, le differenze diventano evidenti. Il naso di Konstantin è leggermente più grande e più adunco, il suo mento forte presenta una fossetta e i suoi occhi sono più profondi nelle orbite, il loro colore sorprendente nascosto dietro gli occhiali cerchiati di nero. Ancora più importante, le sue labbra mancano della curva cinica e malvagia di Nikolai, sebbene siano altrettanto belle nel loro modo austero.

Per qualche ragione, è facile immaginare il fratello maggiore di Nikolai come un monaco guerriero, che trascrive a mano antiche pergamene tra orde decimanti di barbari invasori.

"Congratulazioni per il vostro matrimonio" ci dice. La sua voce è profonda, come quella di Nikolai, il suo accento perfettamente americano. Chissà se ha studiato anche lui qui negli Stati Uniti. "Sono felice per entrambi." Il suo sguardo si posa su di me. "Benvenuta in famiglia, Chloe."

"Grazie. È così bello conoscerti."

Ci scambiamo qualche altro convenevole, mentre Nikolai mi dà da mangiare le fragole, il suo braccio avvolto possessivamente intorno alla mia cassa toracica, e solo quando Konstantin riattacca, mi rendo conto che non ha reagito in alcun modo alla vista di me tenuta in braccio a suo fratello e nutrita come una bambina. Non c'era alcun sorriso provocatorio, niente che potesse indicare che ne fosse stato consapevole.

È come se avessimo appena parlato con un'intelligenza artificiale invece che con un essere umano—il che, dato quello che ho sentito sul QI di Konstantin e sul genio tecnologico, non è fuori dal regno delle possibilità.

Valery è il successivo, e la sensazione che ricevo da lui è completamente diversa. Se possibile, il fratello minore di Nikolai somiglia ancora di più al suo gemello—o meglio, al suo clone, data la differenza di età di quattro anni tra loro. Ma è qui che finiscono le somiglianze. C'è qualcosa di freddo e calcolato in Valery. Il sorriso sulle sue labbra sensuali non raggiunge del tutto i suoi occhi, che scrutano il mio viso con un'inquietante mancanza di emozione.

Un burattinaio—questo è quello che mi ricorda, mi rendo conto, mentre si congratula con noi con un tono freddo e uniforme, la sua voce profonda non accentata come quella dei suoi fratelli.

Come con Konstantin, la nostra chiamata con lui è breve, solo un semplice incontro. Alla fine, non ho idea di cosa pensi di me, del nostro matrimonio frettoloso o di qualsiasi altra cosa.

"I tuoi fratelli sono... interessanti" dico a Nikolai, quando ci disconnettiamo. "Eravate legati, crescendo?"

Mi porta un'altra fragola alle labbra. "Non esattamente." Prima che io possa chiedergli di elaborare, mi spinge in bocca la bacca dolce, poi prende un bicchiere di champagne e me lo porge.

Ingoio la bacca e bevo un sorso della bevanda frizzante e leggermente dolce, mentre Nikolai prende un altro bicchiere di champagne e aspetta che gli occhi di tutti siano su di noi.

"Alla mia bellissima sposa" dice, fissandomi con il suo intenso sguardo da tigre. "Zaychik... non potrei essere più felice di averti nella mia vita, e farò tutto ciò che è in mio potere per assicurarmi la tua felicità."

E ancora, sento le parole non dette "anche se ti opponi."

34

NIKOLAI

ALTRI DUE BRINDISI DA PAVEL E LYUDMILA, E LA CENA È
finita. Prendendo Chloe tra le mie braccia, la porto di
sopra nella mia camera.

No, nella *nostra* camera. Ora che è mia moglie,
dormirà tra le mie braccia ogni notte.

Il mio cuore batte forte, mentre spingo la porta con
la spalla e la porto dentro, dove la metto con cura in
piedi davanti al letto. Oscilla leggermente e ridacchia;
chiaramente, tutto quel vino e lo champagne le hanno
dato alla testa.

Anche la mia è annebbiata, ma non per l'alcol. È la
lussuria che aggroviglia i miei pensieri e mi riempie le
vene di lava, che si muove lentamente. Il lungo
festeggiamento è stato un'altra prova del mio
autocontrollo, che ho superato a malapena.

Volevo afferrare Chloe e portarla a letto subito
dopo aver pronunciato le nostre promesse, per
suggellare il nostro legame nel modo più semplice

possibile. L'unico motivo per cui ho resistito è stato per i ricordi.

Quando saremo vecchi e grigi, voglio guardare indietro alle foto e ai video e ricordare ogni dettaglio di questa giornata.

Chloe barcolla di nuovo, sbattendo le palpebre verso di me con aria civettuola, e le afferro le spalle per impedirle di cadere. Poi, ignorando la fame che mi avvolge, la guardo, imprimendomi ogni tratto, ogni battito di ciglia nella mente. Perché le immagini e i video non saranno sufficienti. Voglio ricordare tutte le sensazioni, dal calore setoso della sua pelle alla dolcezza di champagne e fragole del suo respiro.

La mia sposa.

Mia moglie.

Nessuna parola è mai sembrata così giusta, così appagante.

È particolarmente bella oggi, in questo abito bianco ed etereo, che mi fa venire voglia di strapparglielo di dosso, mettendo ancora più a nudo la sua splendida carnagione luminosa. I suoi capelli striati d'oro sono disposti in un'abile acconciatura, le labbra carnose tinte di un ricco colore di bacche, gli occhi castani resi ancora più grandi e morbidi dal trucco smoky. Eppure, tutto quello a cui riesco a pensare è quanto voglio vederla con il viso struccato e gonfio per il sonno, i capelli arruffati dalle mie dita.

Voglio vederla svegliarsi nel mio abbraccio domani mattina, e ogni mattina per il resto della nostra vita.

Ignorando il desiderio che mi brucia le viscere, le

prendo a coppa la guancia e chino la testa, trascinando il suo profumo fresco e frizzante nei miei polmoni, mentre bacio il tenero lobo del suo orecchio. Per quanto io sia affamato di lei, stanotte sarò delicato, compensando la mia ferocia di ieri sera.

Non importa quanto mi costi, renderò la nostra prima notte di nozze tutto ciò che la mia zaychik abbia mai sognato.

35

CHLOE

Mi aspetto che Nikolai si abbatta su di me selvaggiamente come al solito, ma è terribilmente tenero, sbottonandomi lentamente il vestito e dandomi morbidi baci sul collo e sulla gola, finché tutta la tensione anticipatoria non si esaurisce dal mio corpo, lasciando dietro una calda stanchezza. Quando sono nuda, le mie ossa sembrano gelatina, anche se un diverso tipo di tensione si accumula nel mio intimo, il mio corpo che si riscalda dall'interno verso l'esterno.

Adagiandomi sul materasso, fa un passo indietro per spogliarsi, e io lo guardo con un battito cardiaco accelerato, mentre si toglie la giacca nera dello smoking e il papillon. Sotto, indossa un gilè sopra una fresca camicia bianca, che abbraccia il suo torso muscoloso e dalle spalle larghe, in un modo che non lascia dubbi che siano stati fatti su misura per lui.

Rapidamente, si spoglia di entrambi gli indumenti,

seguiti dai pantaloni e dagli slip. A differenza del modo in cui ha tolto il mio abito, noto degli scatti e impazienza nei suoi movimenti, che mi fanno capire che non è così in controllo come vuole far credere. La sua erezione, dura e massiccia, si curva verso lo stomaco increspato, tradendo la fame di me.

Tuttavia, quando si arrampica sul letto, è altrettanto attento e tenero, sollevando un mio piede per dare piccoli baci sulla parte superiore dell'arco, prima di spostarsi più in alto sulla mia gamba. Il mio respiro si blocca, quando la sua bocca si avvicina alla V tra le mie cosce, ma lui la ignora, baciando e accarezzando il basso ventre, poi il mio torace ansimante e il seno.

La stanza delicatamente illuminata gira intorno a me, il soffitto diventa sfocato nella mia vista, mentre lui si aggancia al mio capezzolo sinistro, passandoci amorevolmente la lingua, prima di spostare la sua attenzione sull'altro seno, mentre gemo, le mie mani che cadono sui suoi freschi capelli setosi. È l'alcol, lo so, ma mi sento come se stessi fluttuando nello spazio, ancorata solo dal calore umido della sua bocca sui miei seni e dal dolce accarezzare delle sue mani callose sulla mia pelle in fiamme.

La nostra prima notte di nozze.

Sembra surreale.

I miei occhi si chiudono, mentre le labbra di Nikolai si muovono più in alto, baciandomi la clavicola e il collo, prima di reclamare le mie labbra in un bacio profondo e dolcemente lusinghiero. È come una droga, quel bacio, un afrodisiaco del tipo più potente. Il suo profumo sensuale mi riempie le narici, mescolandosi al debole aroma della vodka nel suo alito, e la mia eccitazione cresce, mentre la sua lingua accarezza i recessi della mia bocca, banchettando con tenera abilità.

Continuando a baciarmi, fa scivolare la sua mano tra i nostri corpi per trovare il mio clitoride dolorante, e io gemo nella sua bocca, mentre le sue dita premono proprio nel punto giusto, quello che intensifica il dolore, aggiungendosi alla tensione che cresce dentro di me. Una tensione che rapidamente diventa insopportabile, mentre le sue dita intraprendono un ritmo di sfregamento esasperante e irregolare con le sue labbra che tornano al mio collo, dove il calore umido del suo respiro invia brividi di piacere lungo il mio braccio.

Sono così eccitata che potrei esplodere, ma l'orgasmo è ancora in qualche modo fuori portata.

Ansimando, mi piego contro la sua mano, alla disperata ricerca di un ritmo più regolare e più duro, e i suoi denti mi sfiorano il lobo dell'orecchio in segno di avvertimento. "No, zaychik" sussurra, e sento la curva malvagia della sua bocca contro la mia gola. "Non sei ancora pronta."

Non sono pronta? Sono pronta a implorare, supplicare e pagare qualunque prezzo. Ad ogni leggero movimento circolare delle sue dita, mi avvicino sempre più al limite, ma non riesco a superarlo, non importa quanto ci provi.

"Per favore..." Scuoto i fianchi in preda alla disperazione, e le mie mani gli stringono a pugno i capelli. "Per favore, ho bisogno di..."

Mi lecca tranquillamente la parte inferiore dell'orecchio. "Di cosa? Di cosa hai bisogno?"

"Di venire" ansimo, dimenandomi contro la sua mano. "Ti prego, Nikolai, devo venire."

"Risposta sbagliata." Le sue dita smettono di muoversi del tutto. Leggermente, mi morde il lobo dell'orecchio e solleva la testa, i suoi occhi che brillano cupi. "Dimmi la verità, zaychik. Di cosa hai bisogno?"

"Di te" sussurro, fissandolo. "Ho bisogno di te."

Ed è vero. Non riesco a immaginare di essere da nessun'altra parte, con nessun altro, mai. Ho bisogno di lui non solo per questo orgasmo, ma di lui per tutto ciò che è, buono e cattivo, sublime e terrificante.

Dev'essere la risposta giusta, perché mi bacia di nuovo e le sue dita tornano sul mio clitoride, riportandomi al limite, a quell'inafferrabile, esasperante cuspide di estasi. Ma sadico com'è, mi mantiene a quel punto culminante, prolungando lo squisito tormento, fino a quando non ansimo e gli artiglio la schiena. Allora e solo allora, quando sono pronta a urlare per la frustrazione, mi lascia venire.

L'ondata di piacere è così intensa che è come una bomba di endorfina che esplode nel mio cervello. Ogni terminazione nervosa nel mio corpo si accende con la sua potente forza, la mia vista che va e viene, mentre i muscoli interni fremono. Le sensazioni sono così travolgenti che mi perdo in esse, e quando torno sulla terra, lui sta già spingendo dentro di me, il suo grosso pene che separa i miei tessuti teneri. Il suo viso è teso, la mascella contratta per lo sforzo di trattenersi e, sebbene stia ancora facendo attenzione e sia delicato, sono così dolorante per la scorsa notte che non posso fare a meno di sussultare.

Si ferma, lasciandomi abituare, distraendomi con altri di quei baci appassionati e dolcemente allettanti, e quando sono un mucchio tremante di bisogno, il mio corpo bagnato e flessibile, lui inizia a spingere. All'inizio il suo ritmo è lento, controllato, ma quando avvolgo le gambe attorno al suo sedere muscoloso, spingendolo più a fondo dentro di me, il suo controllo scatta e mi prende con tutta la forza del suo corpo duro.

Vengo di nuovo, gridando il suo nome, mentre rabbrividisce su di me, e solo quando si ritira alcuni minuti dopo mi rendo conto che ha mantenuto la sua parola e ha indossato un preservativo. Un preservativo di cui si sbarazza, prima di portarmi in bagno, dove mi deposita in una vasca già preparata.

"Grazie" mormoro, incontrando il suo sguardo, mentre si unisce a me nell'acqua calda e coperta di bolle, e lui sorride, lo sguardo nei suoi occhi da tigre così dolorosamente tenero che il mio cuore si stringe nel petto.

"Per cosa, zaychik?"

Per te. Devo mettercela tutta per trattenere quelle parole, parole che sono troppo vicine all'ammissione dei miei sentimenti. Invece, appoggio il palmo della mano lungo il contorno duro della sua mascella e premo le labbra sulle sue, esprimendo con il mio corpo quello che non oso dire ad alta voce.

Non ancora, almeno.

36

CHLOE

Mɪ sveglio, sentendo ancora quel caldo fervore, uno sballo che si intensifica, quando apro gli occhi e lo trovo sdraiato appoggiato su un gomito accanto a me, che mi guarda con un sorriso teneramente possessivo.

"Buongiorno" mormoro, scostandomi i capelli dal viso e combattendo l'impulso di cancellare il sonno dagli occhi.

Da quanto tempo è sveglio e mi fissa in questo modo? Ancora più importante, quanto è disastrato il mio viso questa mattina? Ho fatto del mio meglio per rimuovere il trucco nella vasca da bagno la scorsa notte, ma sono sicura che tracce di ombretto e mascara mi imbrattino ancora gli occhi, stile procione, e il mio alito non sia il più fresco dopo tutto quell'alcol.

Non gli deve importare, poiché si china in avanti e mi bacia con una tale fame che sono certa mi scoperà lì e subito. Ma si tira indietro e mi sorride, cullandomi il viso nel suo grande palmo. "Buongiorno, zaychik. Come ti senti?"

Come se questa cosa del matrimonio potrebbe non essere così male. "Sto bene" dico, sorridendo di rimando. È passato solo un giorno, ma è già difficile ricordare perché fossi così spaventata, quando si è proposto. Come ha detto Alina, questo è più o meno il sogno raccontato in ogni fiaba: un marito splendido e ricco che è pazzo di te.

Certo, Nikolai è più vicino al Principe delle Tenebre che al Principe Azzurro, ma praticamente tutte le cose terribili che ha fatto—o ha pianificato di fare—erano per proteggermi.

Tranne la parte con suo padre.

Le parole inquietanti bisbigliano nella mia mente, ma le respingo. Non voglio pensarci questa mattina. Sono sicura che ci sia una spiegazione ragionevole per tutto, e presto scoprirò di cosa si tratta.

Per ora, voglio godermi la prima mattina di matrimonio della mia vita con l'uomo che mi guarda come se fossi fatta di cioccolato e luce di stelle.

E mi diverto. Facciamo la doccia insieme, un'attività che si traduce in una sessione di sesso prolungata, fumante—letteralmente, perché il box è appannato—durante la quale Nikolai mi divora come se fossi la sua colazione e mi fa venire tre volte di seguito, prima di inchiodarmi contro il vetro e scoparmi così forte che grido il suo nome.

Immagino abbia deciso che prendermi solo una volta la scorsa notte sia stato sufficiente per curare il mio dolore—e ha ragione. Ovviamente sono un po' indolenzita dopo questa sessione, ma ne è valsa la pena.

Poi, decide che abbiamo bisogno della colazione vera e propria, quindi Lyudmila ci porta un vassoio di frutta e quel che è rimasto della serata scorsa, insieme a tè e caffè, e ci nutriamo a vicenda a letto. O meglio, Nikolai mi dà da mangiare e io cerco di ricambiare—solo che mi prende la forchetta e mi bacia, finché non dimentico tutto di quello che stavo per fare. Entra in gioco anche un po' di miele, e la cosa successiva che so, è che ho bisogno di un'altra doccia e sono decisamente più dolorante.

Quando finalmente usciamo dalla nostra camera, è quasi ora di pranzo, e mentre ci dirigiamo verso le scale, Slava corre fuori dalla sua stanza, Lyudmila alle calcagna.

"Mamma Chloe!" I suoi occhi da cucciolo di tigre brillano, mentre getta le braccia corte intorno alle mie gambe e stringe forte, prima di spostare la sua attenzione su Nikolai. Abbracciandogli le gambe, lo guarda. "Papà! Mi mancavate tu e Chloe!"

Allo sguardo sul viso di Nikolai, mi sciolgo. Non ci sono altre parole per definirlo. Invece di un muscolo con funzioni di sostegno vitale, il mio cuore si trasforma in una pozzanghera appiccicosa, e il resto di me segue l'esempio.

Chinandosi, mio marito prende suo figlio e lo accoccola sul fianco con apparente naturalezza. "Slavochka..." La sua voce è tesa, mentre guarda il viso del bambino. "Ci sei mancato anche tu."

Gli occhi di Lyudmila incontrano i miei, e vedo i miei sentimenti riflessi sul suo viso normalmente impassibile. Schiarendosi la gola, dice con un accento più pesante del solito: "Vado aiutare Pavel, okay?" e si precipita al piano di sotto.

La seguiamo a passo lento, con Nikolai che porta Slava sul fianco come se fosse un neonato. Il ragazzino sembra contento di essere lì, però, e non posso biasimarlo.

Gli è mancato questo per i primi quattro anni della sua vita.

Mentre ci uniamo ad Alina al tavolo, non riesco a smettere di sorridere—e lei se ne accorge.

"Serata divertente?" sussurra maliziosamente, mentre mio marito è impegnato a riempire il piatto di Slava.

Annuisco, arrossendo, e lei ride, facendo sì che Slava e Nikolai ci guardino di traverso.

Il mio umore gioioso deve essere contagioso— oppure sono ancora tutti in modalità celebrativa— perché il pranzo procede senza la solita tensione tra i fratelli. Invece, Nikolai e Alina collaborano per raccontarmi storie divertenti sulla Russia, da come sono visti gli americani laggiù alla tradizione della loro famiglia dei tuffi invernali nei laghi ghiacciati.

"È orribile" esclamo, quando Alina descrive come ha

quasi perso un dito del piede a causa del congelamento, camminando a piedi nudi sul ghiaccio, quando aveva sette anni. "A cosa stavano pensando i tuoi genitori?"

Mi rendo conto del mio errore non appena le parole escono—l'ultima cosa che voglio è ricordare loro del padre—ma con mio sollievo, non batte ciglio. "Oh, non era un'idea dei nostri genitori. Nostra nonna era quella che credeva che l'esposizione al freddo facesse bene al corpo e all'anima. E lo sai cosa? La scienza lo conferma. Lo stesso vale per le saune, un'altra tradizione russa. Hanno effetti benefici e le proteine da shock termico rilasciate durante quelle sessioni di sudorazione provocano una reazione positiva su tutto, dal miglioramento della salute del cuore alla prevenzione del cancro. Quindi, se vuoi vivere una vita lunga e sana, dovresti prendere parte a bagni di ghiaccio e saune—e, idealmente, entrambi contemporaneamente."

"No, grazie" replico con un brivido, ma Nikolai ride e dice che mi farà provare il regime estremo quest'inverno.

"Ti renderemo dipendente da questo, lo prometto" aggiunge con un sorriso, mentre elaboro la sorprendente consapevolezza che sarò con lui quest'inverno e ogni altro inverno nel prossimo futuro.

Perché questo è il significato del matrimonio.

Staremo insieme per il resto della nostra vita.

Un'eco del mio precedente panico ritorna, ma la sopprimo. Non lascerò che le mie paure irrazionali gettino un'ombra su quella che promette di essere una bellissima giornata insieme—la prima di tante, si spera.

Dopotutto, la felicità è una scelta, e preferirei di gran lunga essere felice in questo matrimonio forzato.

37

CHLOE

I GIORNI SUCCESSIVI TRASCORRONO IN MODO altrettanto idilliaco. Anche se non siamo andati da nessuna parte, sembra di essere in luna di miele. Facciamo l'amore più volte per notte (e spesso al giorno), dormiamo fino a tardi, facciamo colazione a letto e facciamo lunghe passeggiate ed escursioni, sia da soli che con Slava. Una volta, anche Alina si unisce a noi, e tutti insieme finiamo per nuotare in un lago nei paraggi, dove tutti e tre i russi prendono in giro la mia riluttanza a entrare nell'acqua gelida alimentata da sorgenti.

Scopro che Slava è a suo agio nell'avere freddo come gli adulti, rendendomi l'unica debole.

Finisco per nuotare, però, e dopo, Nikolai mi riscalda, strofinandomi dappertutto con i suoi grandi e ruvidi palmi, quando inizio a tremare. Se fossimo stati soli, senza dubbio avrebbe fatto di più, ma, ahimè, anche lui si deve fermare davanti al figlio e alla sorella.

Tuttavia, non rinuncia su tutta la linea. Ci impegniamo in effusioni tutto il tempo. Mio marito non ha nessuna vergogna quando si tratta di baciarmi, massaggiarmi il collo e le spalle e tirarmi in grembo ogni volta che l'umore lo richiede. È come se fossi un animale domestico che gli piace coccolare. Non posso dire di odiarlo; anzi, segretamente, mi beo della sua attenzione.

Sarebbe diverso se qualcuno in famiglia ci prendesse in giro o mi mettesse in imbarazzo. Ma nessuno lo fa. Persino Alina, con le sue occasionali frecciatine gentili, dà per scontato che suo fratello non possa fare a meno di tenermi le mani addosso, al punto che devo chiedermi se sia una di quelle leggendarie caratteristiche degli "uomini Molotov."

Vorrei chiedere, ma temo che potrebbe essere troppo vicino all'argomento che sto aggirando, le risposte che mi sono detta di volere, ma non riesco a chiedere. È così bello non pensare all'oscurità di Nikolai e alle cose terrificanti di cui è capace. Non ho nemmeno chiesto di Masha e del nuovo piano per abbattere Bransford; ogni volta che penso a mio padre biologico, le mie pulsazioni aumentano e il mio stomaco si contrae in un nodo duro e stretto.

Domani mattina, mi ripeto ogni sera. *Parlerò con Nikolai di questo come prima cosa domattina.* Ma poi la mattina, mi sveglio nel suo abbraccio, sentendomi al caldo e al sicuro, adorata e viziata, e non posso permettermi di rischiare la pace, quindi mi dico che parleremo la sera.

So che succederà qualcosa che perforerà la nostra bolla felice, ma non voglio che quel qualcosa sia io.

Andiamo avanti così per altre tre settimane, durante le quali mi crogiolo nelle attenzioni che mi dispensa, godendo sia della sua tenerezza che della sua rudezza. Entrambe le versioni di Nikolai—l'amante gentile e il feroce selvaggio—mi emozionano, il che è un bene, perché quando si tratta di mio marito, non posso mai prevedere cosa riceverò. Nella stessa notte, potrebbe adorare il mio corpo come se fossi di cristallo e scoparmi, finché riesco a camminare a malapena il giorno successivo. A volte, ho la sensazione che desideri ancora di più, che un giorno, potrebbe spingermi oltre, provare a possedermi ancora più completamente, ma che sia riluttante a fare qualsiasi cosa porti conflitti e tensioni nella nostra vita, ponendo fine a questa nostra luna di miele.

Invece, mi inonda di regali, di tutto, dai gioielli costosi agli accessori e ai vestiti. Sembra che ogni giorno nel mio armadio appaiano un vestito, un paio di scarpe, una sciarpa nuovi o *qualcos'altro*. È veramente troppo per me—molti degli orecchini e dei braccialetti che ora possiedo costano più delle case di alcune persone—ma insiste sul fatto che gli dà piacere comprarmi delle cose, quindi alla fine smetto di obiettare... perché averle dà piacere anche a me.

Non ho mai conosciuto la vera povertà, grazie a mia

madre che lavorava incessantemente per sostenerci, ma non riesco nemmeno a ricordare un momento della mia vita, in cui non dovessi contare ogni centesimo e controllare il budget attentamente per ogni spesa. La maggior parte dei vestiti della mia infanzia era stato acquistato di seconda mano, e gli unici gioielli che possedevo erano del tipo da quattro soldi. Ora, il mio armadio è pieno come i grandi magazzini Saks a Fifth Avenue, e sebbene possa sembrare superficiale da parte mia, lo adoro. I ricchi sanno cosa stanno facendo quando comprano tutti quei lussi—possono davvero migliorare la propria vita.

A migliorare la mia vita sono anche le lezioni di russo che Nikolai ha iniziato a darmi—con l'aiuto di Slava, ovviamente. Il bambino si compiace molto della mia incapacità di pronunciare le frasi russe che dice così facilmente, mentre Nikolai si diletta in una cosa completamente diversa: farmi dire parole d'amore e di sesso a letto con lui.

"Dimmi *Ya hochu tebya*'" mi istruisce, mantenendomi sull'orlo di un orgasmo. E quando obbedisco, alla disperata ricerca di sollievo, ordina senza pietà: "Ora di' *'Ya lyublyu tebya'*."

Così, lo faccio. Dico quello che vuole, comprese frasi così sporche che mi fanno arrossire, quando le cerco più tardi. Ma sporche o pulite, la mia conoscenza del russo cresce di giorno in giorno, il che diverte molto Alina e Lyudmila—quest'ultima che trova le mie pronunce decisamente comiche.

"Sei così americana" dice la moglie di Pavel,

ridendo, mentre cerco di chiederle lo *zavtrak*—la colazione, nella sua lingua madre. "Perché ci provi? Tutti qui parlano inglese, compresa io."

Potrei offendermi, ma ha ragione. Anche il suo inglese, per quanto imperfetto, è mille volte migliore del mio russo. Mi sono offerta di darle alcune lezioni per migliorarlo ulteriormente, ma finora non ha accettato—perché spera di tornare in Russia e non ne ha bisogno, secondo Alina.

"Le manca davvero Mosca" mi informa. "È annoiata qui, senza niente da fare e nessuno da vedere."

Posso simpatizzare con questo. Nonostante tutto il lusso moderno e la bellezza naturale che ci circonda, il complesso è una sorta di prigione, o per dare una svolta più positiva, un rifugio dal mondo. Anche a me mancano i miei amici, e spesso setaccio i social media per intravedere le loro vite post-laurea. Vorrei contattarli così tanto, rispondere a tutti i loro messaggi che chiedono dove sono, perché non pubblico sui miei profili da mesi, ma non oso farlo nel caso in cui ciò in qualche modo porti Bransford da me, a questa tenuta e alla mia nuova famiglia.

Non posso metterli in pericolo, nemmeno per placare le preoccupazioni dei miei amici su di me.

Soprattutto mi sentirei malissimo, se facessi qualcosa per mettere in pericolo Slava. Ogni giorno che passa, il mio attaccamento al figlio di Nikolai cresce, e mi sento sempre più a mio agio nel ruolo di sua madre. Sostituendoci ad Alina o Lyudmila nel fargli il bagno e metterlo a letto, Nikolai e io lo facciamo spesso insieme adesso, raccontandogli storie di supereroi e leggendo i suoi libri preferiti, fino a quando non si addormenta.

Noi tre stiamo diventando una vera famiglia, e la consapevolezza mi riempie di un tenero calore, un appagamento che non dovrebbe essere possibile con un uomo pericoloso e volubile come Nikolai.

Non che tutto sia perfetto, ovviamente. Per prima cosa, noi due non siamo d'accordo, quando si tratta di ciò che un bambino di meno di cinque anni dovrebbe essere autorizzato a fare. A quanto pare, Nikolai e i suoi fratelli—e in misura minore Alina—erano ragazzini lasciati a se stessi, autorizzati e persino incoraggiati a giocare all'aperto da soli e nel complesso ad essere pericolosamente indipendenti. Così, mentre io vado nel panico ogni volta che vedo un coltello da bistecca nella mano di Slava o lo trovo ad arrampicarsi su un albero più alto di due metri, Nikolai è fastidiosamente calmo su queste cose.

"Non ti importa che possa cadere e rompersi le ossa?" chiedo frustrata, quando andiamo a fare un'escursione e lascia che Slava si arrampichi su una vecchia quercia, finché la sua minuscola figura è appena visibile attraverso il fogliame. "O peggio, che cada a testa in giù e si spezzi il collo?"

"Certo che sì." I suoi occhi dorati si stringono pericolosamente su di me. "Pensi che non mi preoccupi di tutte le cose terribili che possono accadergli in un dato giorno? Le scale su cui può cadere, le malattie che può contrarre, le bacche velenose che potrebbe trovare e mangiare? A volte è tutto ciò a cui riesco a pensare, così tanto che sono convinto di impazzire. Ma proprio come non possiamo essere lì per tenergli la mano ogni volta che fa le scale, non possiamo aspettarci di essere lì per ogni albero che incontra o per ogni coltello che afferra per tutta la sua vita. In realtà, non c'è alcuna garanzia che saremo lì per lui domani. La vita può essere imprevedibile e brutale, e più è preparato ad affrontarla, maggiori sono le probabilità che sopravvviva."

"Ma è ancora un bambino. Devi *insegnargli* come sopravvivere."

"Gli sto insegnando—permettendogli di affrontare da solo il maggior numero di pericoli possibile. I bambini della sua età non sono stupidi; sono caduti abbastanza volte da sapere che fa male. Non salirebbe così in alto, se non si sentisse sicuro della sua forza, e l'unico modo per crescere e testare quella forza è sfidare se stessi quando è importante... quando non c'è un tappetino di gomma sotto. Inoltre" aggiunge, quando sto per iniziare a litigare "lo tengo d'occhio. Se dovesse iniziare a cadere, lo afferrerei."

A quel punto taccio, perché sono molte le probabilità che lo farà. Quell'uomo ha i riflessi di un gatto. L'altro giorno, ho accidentalmente fatto cadere un bicchiere d'acqua dal tavolo con il gomito, e Nikolai lo ha preso a mezz'aria senza interrompere la conversazione. Un'altra volta, sono inciampata in uno dei pezzi LEGO di Slava e sarei caduta a faccia in giù, ma Nikolai mi ha abbracciata prima che cadessi a terra, sebbene fosse dall'altra parte della stanza un secondo prima.

Se non sapessi la verità, penserei che fosse uno dei supereroi dei fumetti di Slava—o, più probabilmente, dei supercriminali.

Quell'etichetta gli si adatta benissimo.

———

Più tardi quella notte, mentre entriamo nella nostra camera, mi viene in mente qualcosa riguardo alla nostra precedente conversazione.

"Se sei così determinato a coltivare l'indipendenza di Slava, perché sei così determinato a proteggermi da ogni pericolo?" chiedo, sedendomi sul letto a guardare Nikolai che si toglie giacca e cravatta. Indossiamo ancora l'abbigliamento formale a cena, e devo ammettere che comincia a piacermi. Non solo posso indossare abiti splendidi ogni giorno, ma mio marito è incredibilmente bello con quei completi dal taglio netto che predilige.

È come se alternassimo due regni: quello diurno, in cui facciamo escursioni nella natura selvaggia e ci sporchiamo, e quello serale, dove il glamour e lo sfarzo regnano sovrani.

"Perché tu non sei una bambina e non sei stata cresciuta come sto crescendo Slava" risponde con disinvoltura, slacciandosi i gemelli. "Tua madre, meravigliosa com'era, non ti ha preparata per affrontare assassini, zaychik... o uomini come me."

Deglutisco a fatica, il mio sangue che si surriscalda, mentre posa lo sguardo sul mio corpo ancora completamente vestito. Fin dal nostro matrimonio, sono migliorata nel leggere gli stati d'animo sessuali di Nikolai e nel capire che tipo di notte mi aspetta. E stasera promette di essere una delle più selvagge, di quelle in cui non sono mai abbastanza sicura fino a che punto si spingerà.

Quando riesco a percepire l'oscurità in lui, la sento salire vicino alla superficie.

Non che io abbia paura di lui. Non proprio. So che non mi farà del male, almeno non in modo pericoloso. A volte ho la sensazione che quello che abbiamo non sia abbastanza per lui, che la sua vorace fame di me rimanga insoddisfatta.

A volte, sembra che voglia consumarmi, tutta, e niente di meno andrà bene.

Si toglie la camicia, rivelando muscoli perfettamente definiti, e viene verso di me, i suoi movimenti che mi ricordano ancora una volta il vago passo aggraziato, morbido e letalmente armonioso di un grosso gatto.

Forse *era* una tigre in un'altra vita.

Forse ero la sua preda.

Istintivamente, mi precipito all'indietro sul letto e le sue labbra assumono una curva malvagia. Come sempre, sa cosa sto pensando e provando—e gli piace quello che provo adesso.

Gli piace rendermi un po' nervosa.

Muovendosi con la stessa intenzione predatoria, si

arrampica sul letto e sopra di me, spingendomi giù, prima di afferrarmi i polsi e bloccarli sopra la mia testa con una mano.

La mia bocca si secca allo sguardo nei suoi occhi, all'intensità che scorgo al loro interno. Inumidisco le labbra e il suo sguardo segue il percorso della mia lingua, il suo viso che si irrigidisce. Quando i suoi occhi incontrano di nuovo i miei, sono carichi di un calore così torrido che mi sento come se potessi bruciare sul posto. Il mio cuore batte all'impazzata, la mia pelle arrossisce, mentre abbassa la testa e inspira in modo udibile, come se avesse fame dell'odore dei miei capelli.

"Ehm, Nikolai..." Mi dimeno sotto di lui, il mio battito cardiaco che aumenta, quando sento il rigonfiamento che preme contro le mie cosce. Anche con gli strati dei suoi pantaloni e il mio vestito che ci separano, posso sentire quanto sia calda e dura la sua erezione, quanto sia massiccia. Deglutisco di nuovo. "Quando hai detto 'uomini come me', che cosa intendevi esattamente?"

Le sue labbra mi sfiorano l'orecchio, il calore del suo respiro mi fa rabbrividire, mentre sussurra: "Oh, mia dolce e curiosa zaychik... stai per scoprirlo."

38

CHLOE

Un brivido mi attraversa il corpo e lui alza la testa per guardarmi, un sorriso cupo che gli solleva gli angoli delle labbra. Riesco quasi a sentirlo bearsi della mia trepidazione, prolungando sadicamente l'attesa.

Provo a muovere le mani, a liberarmi della sua presa, ma è inutile. Le sue dita sono un anello di ferro intorno ai miei polsi, e li blocca in posizione sopra la mia testa. Il suo sorriso si fa più profondo, il bagliore dorato nei suoi occhi si intensifica mentre lotto, e capisco che anche a lui piace questo, vedermi impotente nelle sue mani.

Abbassando la testa, fa un'altra affamata inalazione, poi finalmente mi lascia andare i polsi. Prima che possa emettere un respiro di sollievo, mi fa capovolgere sullo stomaco e, tenendomi giù con una grossa mano, abbassa la cerniera del mio vestito. Quando è aperto fino al mio coccige, fa scorrere un palmo caldo lungo la mia spina dorsale nuda, la ruvidità dei suoi calli che mi graffia piacevolmente la pelle.

"Ti ho mai detto quanto amo la tua schiena?" Il timbro morbido e scuro della sua voce è rilassante, ma snervante. "Così tonica e aggraziata, come quella di una ballerina. La mia parte preferita di te, però, è questo culo." Il suo palmo si curva sulla mia natica e stringe leggermente. "Così stretto e rotondo e perfetto... così scopabile."

Il mio cuore sobbalza di nuovo, mentre lui mi tira su in posizione seduta e mi appoggia la schiena contro il suo petto, avvolgendo un braccio potente intorno al mio torace per tenermi in posizione, mentre trascina il vestito lungo il mio busto. Mi sta gestendo come una bambola a misura d'uomo, e c'è qualcosa di perversamente erotico in questo, qualcosa che attrae una parte di me a cui cerco di non pensare... quella che non è scoraggiata dall'oscurità in lui, ma attratta da essa.

Non indosso un reggiseno, e mentre mi tira il vestito fino alla vita, i miei seni nudi si liberano, si riversano sul suo avambraccio, i miei capezzoli già turgidi e doloranti. Un basso ringhio gli rimbomba nel petto e mi piega all'indietro sul suo braccio in quel modo che gli piace fare, quello che mi fa sentire come un sacrificio umano, un'offerta a un dio feroce e primordiale.

La sua bocca calda e umida si chiude intorno al mio capezzolo, e ansimo, afferrando la sua testa, mentre lui morde, inviando il fuoco direttamente al mio clitoride.

Le mie terminazioni nervose si ribellano per la confusione, il dolore e il piacere si mescolano, finché non ho un disperato bisogno di altro. E mi dà di più, ripetendo il trattamento con l'altro mio seno, alternando la suzione del capezzolo all'uso dei suoi denti su di esso. Quando alza la testa per incontrare il mio sguardo, sto ansimando, bruciando per l'eccitazione.

Ho bisogno di lui. Ho così tanto bisogno di lui, cazzo.

Dimenticando tutte le mie paure, avvicino la sua testa alla mia, e le nostre labbra si fondono in un bacio duro e profondamente carnale, le nostre lingue che si aggrovigliano, mentre rispondo alla violenza del suo bisogno, replicando colpo su colpo, morso su morso. Non mi interessa cosa mi farà stasera, purché possa avere più di questo piacere oscuro e vertiginoso, più di ciò che bramo.

Stiamo entrambi respirando affannosamente, quando interrompe il bacio e mi distende per trascinare il vestito lungo i miei fianchi. Si rifiuta di staccarsi facilmente, quindi lui lo strappa dalle cuciture, troppo impaziente per preoccuparsi di rovinare l'ennesimo abito costoso. E non mi interessa nemmeno, non con la tensione che cresce rapidamente dentro di me, non quando ogni parte di me brucia per lui.

Quando non indosso altro che un perizoma, mi gira di nuovo sullo stomaco e infila due cuscini sotto i fianchi, prima di far scivolare il pezzo di stoffa lungo le mie gambe. Poi, si allunga verso destra e sento un cassetto aprirsi.

La mia trepidazione ritorna, annullando brevemente l'eccitazione. Sospetto fortemente di sapere cosa intende fare, e ho ragione, quando mi guardo alle spalle e vedo la bottiglietta di lubrificante e un piccolo plug anale nelle sue mani. Tuttavia, il mio cuore si infila nella gola, la gabbia toracica si stringe intorno ai polmoni. "Nikolai, io..." ingoio aria. "Non ho mai... cioè—"

"Non sei mai stata scopata nel culo?"

Il mio viso si scalda in modo insopportabile, le sue parole volgari che mi mettono ulteriormente a disagio. In qualche modo, riesco a fare un piccolo cenno col capo, e le sue labbra si incurvano con primordiale soddisfazione maschile, mentre dice dolcemente: "Bene" e fa gocciolare il lubrificante freddo tra le mie natiche.

Ansimo, stringendo istintivamente, mentre preme il plug sulla mia apertura, e mi spinge la testa sul letto. "Rilassati, zaychik." La sua voce è vellutata e scura. "Prometto che ti piacerà."

Vorrei obiettare—l'unica volta in cui il mio ex ragazzo ha provato a metterci un dito, ho odiato ogni secondo—ma questo è Nikolai, la cui padronanza del mio corpo è spaventosamente totale. Nel suo abbraccio, perdo ogni senso di me stessa, persino quel poco di sanità mentale che ancora possiedo. Quindi, rimango in silenzio e faccio del mio meglio per respirare attraverso il naso, mentre la punta affusolata e gommosa del dispositivo anale preme, spingendo oltre l'anello stretto del mio sfintere.

Lentamente, scivola più in profondità, e soffoco il mio gemito contro il materasso, sopraffatta dalle strane sensazioni. Come quell'altra volta, provo una pienezza quasi nauseante, una sensazione di essere distesa e penetrata, invasa in modo innaturale, scomodo. Ma c'è anche qualcosa di più, un tipo così particolare di pressione che mi si stringe l'intimo—una sensazione che si amplifica, quando Nikolai si china su di me, coprendomi con il suo corpo grande e duro, avvolgendomi nel suo sensuale profumo maschile.

Il suo respiro mi scalda l'orecchio, mentre bacia la curva sensibile del mio collo, provocandomi brividi di piacere lungo il braccio. Allo stesso tempo, incunea una mano sotto il mio stomaco e trova il clitoride, mentre inizia a scoparmi lentamente con il giocattolo. Immediatamente, la pressione si intensifica, trasformandosi in una tensione erotica, un piacere oscuro e acceso, che si scontra con il disagio e in qualche modo cresce da esso. Le sue dita sul mio clitoride, il giocattolo nel mio sedere, le sue labbra sul mio collo—è un sovraccarico sensoriale, un'altalena di piacere e dolore che oscilla avanti e indietro, ogni volta che sale più in alto.

Con un grido soffocato, mi sciolgo, tremando, ma lui non ha finito con me. Tirando fuori il giocattolo dal mio sedere con uno schiocco scivoloso, mi penetra prima con un dito, poi con due insieme, la puntura sopportabile solo a causa della malvagia magia che l'altra mano sta eseguendo sul mio clitoride. Fa male, brucia, eppure il dolore si alterna ancora una volta a un potente piacere, accentuandolo in qualche modo peculiare. Ansimando, raggiungo di nuovo l'orgasmo, il mio culo che si stringe sulle sue grandi dita dai bordi ruvidi, la mia vista che si screzia di macchie bianche e nere, mentre un grido ansimante mi sfugge dalla gola.

Prima che possa riprendermi, tira fuori le dita dal mio corpo ancora in preda agli spasmi, e invece sento la punta ampia e liscia del suo uccello sulla mia apertura. Mi irrigidisco, il battito cardiaco che sale di nuovo alle stelle, e mi fa scorrere una mano rassicurante lungo la schiena.

"Respira, zaychik. Puoi prendermi." Le parole sono un mormorio morbido e profondo, confortante come il dolce accarezzare la mia schiena. Eppure, nel momento in cui mi afferra i fianchi e spinge contro lo stretto anello di muscoli, l'altalena si inclina fino al dolore, e capisco che si sbaglia.

Non posso farlo.

È troppo grande per me.

"Nikolai, per favore—" ansimo, la supplica che mi si blocca in gola, mentre il mio sfintere cede sotto la pressione e la massiccia punta del suo membro entra. Tutta l'aria esce dai miei polmoni, la mia vista diventa completamente nera per un momento vertiginoso. È così grosso e spesso che mi sento come se fossi divisa in due, e mentre spinge lentamente il suo fallo più in profondità dentro di me, sono certa che sto per svenire.

Ma non svengo. Invece, sento ogni centimetro lungo e duro di lui, provo ogni minima parte dell'invasione atrocemente attenta. Il mio stomaco si contorce e si agita, la mia pelle diventa umida per il sudore freddo, eppure non riesco a trovare le parole per porre fine a tutto questo, il mio cervello sopraffatto come il mio corpo.

Non aiuta il fatto che si sia piegato di nuovo su di me, baciandomi il collo e mormorando affettuose dolcezze nel mio orecchio, la sua voce liscia, ruvida per il bisogno. Né che le sue dita esperte stiano ancora una volta giocando con il mio clitoride, provocando sensazioni che non possono—non dovrebbero—coesistere con questo tipo di dolore. Non è esattamente piacere, ma qualcosa di simile, un mix di agonia ed estasi che mi avvolgono di nuovo, strappando un climax tormentato dal mio corpo.

Allora svengo, almeno per un momento, perché la cosa successiva che registro è che lui scivola dolcemente dentro e fuori dal mio culo, ogni spinta che genera una sensazione propria, l'altalena che ancora una volta dondola avanti e indietro, costruendo la potente tensione erotica. Il mio corpo si inonda di calore, il mio cuore infuria dentro la cassa toracica, e quando vengo per la quarta volta con un urlo irregolare, lui geme e rabbrividisce su di me, caldi getti di sperma che bagnano le mie viscere doloranti.

Scossa e sconvolta, giaccio lì, troppo debole per muovermi, mentre si allontana da me e lascia il letto, tornando un minuto dopo con un asciugamano caldo e umido. Mi pulisce, poi mi gira e mi prende in grembo. Mi sforzo di aprire le palpebre pesanti per trovare i suoi occhi da tigre sul mio viso, studiandomi con la sua intensità.

Delicatamente, con riverenza, mi prende a coppa la guancia, la sua voce roca, mentre mormora: "Non ti lascerò mai andare, sai. Nemmeno se implori."

Sostengo il suo sguardo. "Lo so."

"Mi odi per questo?"

Dovrei. Per quanto bella sia stata questa luna di miele, la verità è che mi ha costretta al matrimonio, mi ha portato via la libertà, le mie scelte. In quasi tutti i modi che contano, sono sua prigioniera, in balia dei suoi capricci e delle sue passioni più oscure. Eppure, la bugia si rifiuta di lasciare le mie labbra. Invece, gli dico la verità. "Ti amo."

Perché è vero. Per quanto sia sbagliato, amo quest'uomo bellissimo, terrificante e complicato. Lo amo, anche se temo la sua implacabile ossessione per me.

So che nella luce splendente di domani, mi pentirò di questa confessione, che penserò di aver commesso un errore. In questo momento, però, in questa stanza delicatamente illuminata, con le sue braccia forti intorno a me e il mio corpo ancora pulsante per gli echi dell'agonia e dell'estasi che mi ha fatto passare, non mi sembra tale—soprattutto perché il tenero sorriso che sboccia sul suo viso è la cosa più bella che abbia mai visto.

39

NIKOLAI

MI SVEGLIO CON IL PICCOLO CORPO DI CHLOE AVVOLTO tra le mie braccia e il mio cervello surriscaldato dalla fiamma della felicità. Il tipo luminoso e incandescente che sembra tremolante e fugace come lo stoppino acceso di una candela.

Come ho fatto nell'ultima settimana da quando abbiamo ammesso i nostri sentimenti, assorbo la sensazione di lei, la sensazione della sua pelle calda che preme contro la mia, delle sue curve delicate che si modellano contro i piani duri del mio corpo, del suo respiro che aleggia sul mio avambraccio. E come è successo nell'ultima settimana, combatto l'impulso di svegliarla e chiederle di nuovo le parole, per sentire la sua voce dolce e roca che mi dice che mi ama.

È già abbastanza brutto che la costringa a ripetermelo ogni notte, ogni volta che la prendo.

Seppellendo il viso tra i suoi capelli, respiro il suo profumo, la dolce freschezza dei fiori soffusa sulla pelle femminile riscaldata dal sonno. E come ho fatto negli ultimi due mesi, combatto un'ondata di paura straziante.

Paura di perderla. Angoscia che lo stoppino si consumi, lasciando nient'altro che cenere.

È irrazionale, illogico, ma non posso farci niente. Pensavo che estrarre le parole da lei avrebbe frenato questa paura, permettendomi di passare la giornata tranquillo nella consapevolezza che lei è mia, ma semmai la preoccupazione è diventata più forte, più pervasiva. A volte è tutto ciò a cui riesco a pensare: quanto è fragile questa felicità, quanto è illusoria.

Dopotutto, all'inizio, anche mia madre amava mio padre. C'era stato un tempo in cui anche loro avevano assaporato la felicità.

Cerco di non pensare a come tutto sia andato in pezzi per loro, ma ci sono volte in cui guardo Chloe, e vedo il viso di mia madre. Non brillante e in salute, com'era quando ero bambino, ma tirata e pallida, profondamente infelice—lo sguardo che aveva sfoggiato negli ultimi anni.

In parte, è che non ho ancora detto a Chloe cosa accadde quella notte d'inverno—e lei non l'ha chiesto. Nonostante lo abbia imposto come condizione per il nostro matrimonio, sembra riluttante ad ascoltare la storia completa. Penso che sia perché ha paura della verità, paura di scoprire quanto sia orribile il mostro che ha sposato. Quindi, ignora l'argomento, e anch'io.

Ci sono tutte le possibilità che mi odierà per quello che ho fatto, che mi guarderà con terrore e repulsione.

Non aiuta il fatto che io sia consapevole di tenerla come una principessa prigioniera in un'alta torre, completamente isolata da tutti e da tutto. Non lasciamo il complesso; non andiamo da nessuna parte. Esistiamo nel nostro piccolo mondo, quello in cui lei non ha altra scelta che essere mia. È per la sua sicurezza, è vero, ma è anche per la mia tranquillità.

Se le fosse data l'opportunità, fuggirebbe di nuovo?

Se il pericolo per lei fosse eliminato, vorrebbe andarsene?

Non conosco le risposte, e le domande mi tormentano, tanto che sono diventato ancora più ossessivo nel tenerla sotto controllo. So che non può andarsene—e con Bransford che le dà la caccia, probabilmente non vuole farlo—ma mi sento ancora obbligato a sapere dove si trova ogni momento in cui siamo lontani. A tal fine, ho installato telecamere nella nostra camera e in ogni angolo della casa, ad eccezione della stanza di mia sorella e degli alloggi privati di Pavel e Lyudmila, e controllo il video sul mio telefono con la frequenza insensata di un fanatico dei social media.

"Che cosa guardi sempre?" chiede Alina, venendomi incontro in sala da pranzo un giorno, mentre aspetto che Chloe concluda la lezione con Slava e scenda a pranzo. "Sta succedendo qualcosa?"

Metto via il telefono. "Succede sempre qualcosa."

Non è una bugia. Non solo Masha sta lavorando per avvicinarsi a Bransford e inviarmi aggiornamenti quotidiani sui suoi progressi, ma ho anche uomini che tengono d'occhio Alexei Leonov. È ancora qui negli Stati Uniti, negli ultimi giorni a Chicago. Sembra che sia lì per incontri di lavoro, ma non posso fare a meno di sentirmi a disagio.

Chicago è molto più vicina all'Idaho, alla mia tenuta e a mio figlio.

Alina mi guarda pensierosa. "Si tratta di Volkov? Konstantin ha detto che ha chiesto di investire nella sua impresa nucleare."

"Anche quello." Non sono sorpreso che ne abbia sentito parlare. Un oligarca autodidatta, Alexander Volkov è uno degli uomini più ricchi e pericolosi della Russia. Un'alleanza con lui sarebbe sia vantaggiosa che rischiosa, soprattutto data la sua propensione a pratiche commerciali spietate come le nostre.

Se le cose andranno male per qualsiasi motivo, avremo un altro potente nemico, ma se tutto andrà bene, potrebbe aiutare ad accelerare il processo di approvazione per la nuova tecnologia, velocizzandone l'adozione in tutto il mondo.

Alina sospira. "Vorrei che non trattasse con lui, ma Konstantin ascolta raramente. Forse puoi parlargli—a meno che non pensi che sia una buona idea essere coinvolti con Volkov?"

Alzo le spalle e cambio argomento. La verità è che Volkov e la potenziale joint venture sono in fondo alla mia lista di preoccupazioni, quindi sono contento di lasciare che Konstantin se ne occupi. Il nostro geniale fratello può essere troppo intellettuale per il suo bene a volte, ma è ancora un Molotov, e quindi perfettamente in grado di valutare i rischi da solo.

Le mie priorità in questi giorni sono Slava e Chloe, e intendo fare tutto il necessario per mantenerli al sicuro e proteggere entrambi.

Quella notte, una delle mie peggiori paure si avvera. Poco dopo mezzanotte, la porta della nostra stanza si spalanca e Lyudmila corre dentro, urlando il mio nome.

Sono in piedi e armato della pistola che tengo sotto il materasso, prima che possa spiegare, e quando lo fa, appoggio l'arma e mi precipito verso il nostro armadio.

"Che cos'è successo?" chiede Chloe, correndomi dietro, mentre Lyudmila si precipita fuori dalla camera. Vedendomi vestirmi, inizia a tirare su anche i suoi indumenti. "Che cosa ha detto?"

Rendendomi conto che Lyudmila aveva parlato in russo, spiego subito che Slava si è ammalato. "Vomita in modo incontrollabile e ha la febbre alta" dico, mentre mi metto in fretta una maglietta. "Dobbiamo portarlo subito in ospedale."

Gli occhi di Chloe si spalancano. "Oh, no. Vengo con te."

"Cazzo, no." Il mio tono è troppo duro, ma non mi importa. La paura, acuta e metallica, ricopre la mia lingua. Mio figlio è malato. Così malato che non ho altra scelta che rischiare di far scoprire il suo rifugio.

L'ultima cosa di cui ho bisogno è che anche Chloe sia in pericolo. "Tu resti qui, dove sei al sicuro."

Mi guarda sbattendo le palpebre. "Ma—"

"Ti chiamerò lungo la strada." Afferrandole il mento, le do un bacio breve e duro, e poi corro nella stanza di Slava, la mia mente concentrata esclusivamente su mio figlio e sul modo più veloce per portarlo in ospedale.

40

CHLOE

"ALTRO CAFFÈ?" CHIEDE ALINA, E IO ANNUISCO, saltando giù dallo sgabello per andare alla finestra della cucina. Fuori è buio pesto, senza nemmeno un filo di luna visibile dietro le spesse nuvole.

Promettono temporali—non una buona cosa, vista la velocità con cui Nikolai, Pavel e quattro delle guardie stanno percorrendo quelle tortuose strade di montagna con i loro SUV. Lyudmila è andata con loro per aiutare a prendersi cura di Slava, quindi Alina e io siamo le uniche rimaste in casa.

Le uniche *non autorizzate* a lasciare la casa.

Secondo Alina, Nikolai ha messo in allerta tutte le guardie rimanenti, quindi cinque di loro controllano la dimora stessa, mentre le altre stanno pattugliando il perimetro del complesso in caso di attacco.

"Quale attacco?" ho chiesto, quando me l'ha detto. "Slava è solo malato."

Mi ha lanciato un'occhiata suggerendomi che sono

un'idiota ingenua. "C'è malattia e malattia—e non sappiamo quale sia."

"Pensi che potrebbe essere stato *avvelenato?*"

"Non possiamo escludere nulla" ha risposto, facendomi capire ancora una volta quanto l'educazione di lei e dei suoi fratelli fosse stata diversa dalla mia.

Nel mio mondo, nessuno farebbe deliberatamente del male a un bambino.

Mi allontano dalla finestra e torno al bancone della cucina. "Altri aggiornamenti da Pavel o Lyudmila?"

"No." Alina mi porge una tazza di caffè. I suoi occhi sono stanchi come i miei, ma il trucco e il vestito sono impeccabili—immagino nella remota possibilità che potremmo essere invitate a un ricevimento nel cuore della notte. "Non credo che siano ancora arrivati all'ospedale" continua, mentre bevo un bel sorso di caffè. "Lyudmila ha detto che mi manderà un messaggio, quando saranno lì."

Il liquido caldo mi brucia il palato, ma bevo comunque il resto della tazza, assaporando masochisticamente il dolore. Questo mi impedisce di soffermarmi sulle possibilità più terrificanti—come il fatto che Slava sia stato avvelenato per attirare lui e Nikolai fuori dalla sicurezza della tenuta, o la loro macchina che precipita da un dirupo su una strada buia e scivolosa per la pioggia.

A peggiorare le cose, non posso nemmeno chiamare o inviare messaggi a Nikolai per essere rassicurata, poiché ha dimenticato qui il telefono.

"Non è da lui" mormoro, guardando di nuovo il

dispositivo che ho portato con me dopo averlo trovato nella nostra camera. "Non dimentica mai nulla."

Alina annuisce cupamente. "Lo so. Non l'ho mai visto così preoccupato. Beh, tranne quella volta con te."

Giusto. Quando sono scappata, e lui ha dovuto salvarmi dagli assassini—un incidente che ora sembra una vita fa.

Posando la tazza vuota, torno alla finestra, il petto stretto e lo stomaco in fiamme per i nervi e l'eccesso di caffeina. Non mi sono mai sentita così inutile e impotente—o come una prigioniera. Anche se ho sempre saputo che Nikolai non mi avrebbe permesso di lasciare il complesso, in qualche modo non l'avevo realizzato completamente fino a stasera, quando si è rifiutato apertamente di portarmi con lui.

Logicamente, capisco perché—non ha bisogno di preoccuparsi per me e per Slava—ma questo non cambia il fatto che non posso stare con le due persone a cui tengo di più... che sono bloccata qui, in ogni caso.

"Torno subito" dice Alina, e sgattaiola fuori dalla cucina—presumibilmente per andare in bagno. Considero di versarmi un'altra tazza di caffè mentre aspetto, ma decido che tre tazze dovrebbero essere sufficienti per ora. Invece, prendo il telefono di Nikolai e scorro sullo schermo nella remota possibilità che sia sbloccato.

Non lo è, ovviamente. Mio marito ossessionato dalla sicurezza non sarebbe mai stato così sbadato da lasciare un telefono sbloccato in giro. Il dispositivo richiede un'impronta digitale o una password, e io non le ho.

Sospirando, appoggio il telefono sul bancone e comincio a camminare. Questa è una tortura nel vero senso della parola. Sono così preoccupata per Slava e Nikolai che mi sento fisicamente male, una sensazione aggravata da occasionali bagliori lontani di fulmini e tuoni.

La tempesta non è ancora arrivata qui, ma potrebbe già essere dove sono loro.

Dio, e se non raggiungessero l'ospedale in tempo? Un ago gelido mi trafigge il cuore. *E se Slava fosse così malato da morire?* È un pensiero che non mi ero posta prima, ma ora che si è insinuato, non posso scacciarlo, e l'ansia nauseante si espande, facendo uscire l'aria nei miei polmoni.

Dovrei essere lì con loro.

Dovrei essere in quella macchina.

"Dovresti essere nella tua camera da letto, cercando di riposarti un po'" dice Alina a bassa voce, e io mi giro, sorpresa di trovarla di nuovo sullo sgabello.

Quando è tornata? Inoltre, stavo parlando ad alta voce?

Devo averlo fatto, perché mi guarda con stanca comprensione, mentre culla un'altra tazza di caffè tra le mani. Anche se normalmente è una bevitrice di tè, stasera sta trangugiando la roba vera, come me.

"Pensi davvero che saremo attaccate?" chiedo, ignorando il suo insensato suggerimento. "E se è così, da chi? Mio padre?"

Alina sospira e appoggia il mento sulla mano. "O uno dei nostri nemici. Dio sa che ce ne sono in abbondanza, non che Nikolai o Valery mi dicano qualcosa."

"Ma Konstantin sì?" Da quello che ho raccolto nelle ultime settimane, ha un rapporto molto più stretto con il loro fratello maggiore, il genio della tecnologia. I due parlano almeno un paio di volte a settimana.

"A volte. Quando pensa che non mi turberà." La sua bella bocca si attorciglia. "Pensa che sono così fragile che cadrò a pezzi al minimo accenno di cattive notizie. Soprattutto qualsiasi cosa abbia a che fare con—" Si ferma. "Non importa. Il punto è che non sono esattamente nel giro."

Nemmeno io—e non ho la scusa del mal di testa di Alina, che Nikolai mi ha detto derivi quasi interamente dal suo stato mentale.

"Alcune persone hanno il mal di pancia quando sono stressate, lei ha il mal di testa. Quelli brutti" ha spiegato, quando un giorno lei non è scesa a cena a causa di un'emicrania. "A volte durano diversi giorni e sono così dolorosi che deve mandare giù un intero cocktail di merda che crea dipendenza. Spero che questo non sia uno di quelli."

Non lo era, per fortuna, e Alina è tornata alla sua vita normale il giorno successivo. Ma posso capire perché Konstantin si preoccupa—non dimenticherò mai il pasticcio drogato che era quella mattina nella mia stanza.

Se non ha già un problema di antidolorifico su prescrizione, non vi è lontana.

"Pensi che potrebbe trarre beneficio da qualcosa come la riabilitazione?" avevo chiesto a Nikolai più tardi quel giorno. "O almeno dalla terapia?"

"Lei detesta gli strizzacervelli e si rifiuta di parlare con loro" mi ha detto. "Per quanto riguarda la riabilitazione, l'abbiamo presa in considerazione, ma non è chiaro se sia effettivamente dipendente. Il suo uso di farmaci è sporadico, incentrato su periodi di stress extra. Inizia con mal di testa più frequenti, quindi si sviluppa fino a quando i mal di testa non sono più il problema principale. Tuttavia, è sempre riuscita a interrompere le pillole dopo un po', motivo per cui le permetto di continuare a usarle. Sono l'unico modo in cui può sfuggire al dolore paralizzante, quando colpisce."

"E l'erba?" ho chiesto con attenzione, non volendo irritare Alina, nel caso in cui Nikolai non fosse a conoscenza delle sue occasionali sessioni di fumo con Lyudmila. "Forse potrebbe aiutare?"

La sua bocca si è increspata. "Certo. Ed è per questo che non dico niente, quando lei entra profumando come una caffetteria di Amsterdam."

Quindi, lo sapeva. Non ero sorpresa. Vede tutto quello che succede qui—comprese le intricate contraddizioni nella mia testa.

Lo amo. Non ho problemi ad ammetterlo ora, a me stessa e a lui. E lui dice che mi ama. Dovrebbe essere sufficiente, più che sufficiente, ma non lo è. Anche quando giaccio tra le sue braccia dopo il sesso strabiliante, percepisco una distanza inspiegabile tra noi, parole non dette e paure inespresse.

È soprattutto colpa mia, credo. Per prima cosa, non sono ancora riuscita a chiedere di suo padre. Ogni volta che si presenta un'opportunità, vado nel panico. L'oscurità in Nikolai è come una calamita a doppia faccia, che mi attira e mi respinge allo stesso tempo. Voglio conoscerlo fino in fondo, comprendere il suo passato così come lui capisce il mio, eppure ho paura di approfondire la parte di lui che ho visto quel giorno nel bosco, quando ha affrontato gli assassini.

A volte, quando mi sveglio nel cuore della notte accoccolata contro di lui, posso sentire le urla dell'assassino torturato, e anch'io voglio gridare.

Inoltre, non posso dimenticare la minaccia di Nikolai di drogarmi per costringermi a sposarlo. Non siamo arrivati a questo, ma so che sarebbe successo. Perché per mio marito amore e possesso sono la stessa cosa.

Farebbe qualsiasi cosa per avermi.

Ovviamente, pasticcio contraddittorio quale sono, non mi importa sempre della sua spietatezza. Ci sono volte in cui sono contenta che abbia forzato la questione, scavalcando le normali fasi di una relazione a favore del matrimonio. E ci sono sicuramente delle volte in cui mi godo il suo lato oscuro a letto— praticamente tutte le volte che lo tira fuori. La nostra vita sessuale è tanto calda quanto varia, e per quanto possa essere opprimente la sua fame di me, non rimango mai insoddisfatta, al punto che devo chiedermi se ci sia forse qualcosa che non va in me... se sia salutare perdermi nel suo abbraccio così completamente.

Nell'abbraccio di un uomo che è, per molti versi, ancora il mio rapitore.

Mi siedo su uno sgabello da bar accanto ad Alina, afferro il telefono di Nikolai e scorro di nuovo distrattamente sullo schermo.

Sì, ecco, è richiesta la password.

Come non detto. Non so nemmeno perché voglio entrarci. Quello di cui ho davvero bisogno è parlare con Nikolai, ma sono sicura che abbia le mani impegnate con Slava e stia percorrendo quelle strade difficili.

"Perché continui a farlo?" chiede Alina, mentre scorro di nuovo sullo schermo. "Vuoi leggere i suoi messaggi o qualcosa del genere?"

Spingo via il telefono. "No. Può essere. Non lo so." Quello che voglio è Nikolai a letto accanto a me e Slava che dorme profondamente in fondo al corridoio, ma nessuna delle due è una possibilità in questo momento.

"Prova 785418" dice. Al mio sguardo sorpreso, spiega: "Ho una buona memoria per i numeri, e ho visto Nikolai inserirla un paio di settimane fa. Potrebbe averla cambiata ormai, però."

Le mie dita stanno già volando sul touchscreen. "Sono entrata!" Le sorrido trionfante. "*Siamo* entrate."

Poi, le implicazioni mi colpiscono.

Alina mi ha appena aiutata a invadere la privacy di Nikolai in modo sostanziale.

All'improvviso, non mi sembra una cosa giusta da fare.

Deve leggermelo in faccia. "È stato incollato a quel coso nell'ultima settimana" dice, e sento la frustrazione nella sua voce. "Non mi ha detto perché, ma potrebbe avere qualcosa a che fare con tutte le guardie che sono state messe in codice rosso—e non so te, ma se c'è una minaccia specifica là fuori, voglio sapere qual è. Sono stanca di essere tenuta all'oscuro."

E io mi sono tenuta volentieri all'oscuro per settimane, ancora una volta senza nemmeno indagare sull'andamento dei nostri piani per Bransford.

Il disagio si trasforma in vergogna per la mia codardia. Facendomi forza, le passo il telefono. "Ecco. Sapresti meglio dove cercare." Chiederò scusa a Nikolai per aver invaso la sua privacy una volta che questa crisi sarà passata.

Annuisce, e io mi precipito verso di lei, mentre le sue dita dalla punta rossa volano sullo schermo. Il primo posto in cui vanno è la posta in arrivo, dove scorre rapidamente le righe dell'oggetto, molte delle quali sono in russo. Aprendo un messaggio, lo sfoglia, un minuscolo cipiglio che divide lo spazio tra le sue sopracciglia scure, mentre gli occhi si spostano sul testo russo.

"Beh?" chiedo, quando chiude l'e-mail e riprende a scorrere la posta in arrivo. "Niente?"

Solleva lo sguardo dallo schermo e sbatte le

palpebre, come se si fosse dimenticata che sono lì. "Non proprio." La sua voce è strana, però, tesa e un po' soffocata. Così è il sorriso che mi rivolge, mentre aggiunge: "Solo le solite stronzate."

"Posso?" Non aspettando la sua risposta, riprendo il telefono e scorro io stessa le righe dell'oggetto. La mia incapacità di leggere il russo è un serio ostacolo, quindi esco dalla casella di posta e controllo i messaggi. Nikolai utilizza un'app che non ho mai visto per quello—crittografata, molto probabilmente —e la maggior parte di quei messaggi è anch'essa in russo.

Fine del mio grosso tentativo di hackeraggio.

Sto per abbassare il telefono, quando un'icona nell'angolo in alto a sinistra dello schermo attira la mia attenzione. È una delle poche app su questo telefono, e la sua posizione privilegiata mi dice che dev'essere qualcosa che Nikolai usa molto.

Incuriosita, clicco sull'icona—una casetta—e una serie di immagini, o meglio video, riempie lo schermo. Ognuno è troppo piccolo per vedere qualcosa in dettaglio, quindi clicco su quello in cui noto un movimento.

Alina scruta lo schermo sopra la mia spalla. "È—"

"Questa cucina, sì." In effetti, sto guardando noi due sedute rannicchiate sul telefono. Accigliandomi, guardo il soffitto e gli armadietti. L'angolazione del video suggerisce che le telecamere sono in alto e alla nostra sinistra, ma per quanto guardi attentamente, non le vedo.

Chiudo il video della cucina e ingrandisco un'altra immagine, poi tutto il resto a turno.

Soggiorno.

Sala da pranzo.

Terrazza con pareti in vetro.

Lavanderia.

Corridoio al piano di sopra.

Scala.

La camera di Slava.

La mia vecchia stanza.

Il mio cuore batte più forte, uno spiacevole senso di oppressione che mi avvolge il petto.

Eccola lì, la nostra camera da letto.

"C'è anche la mia camera?" chiede Alina, il suo tono accuratamente livellato. Neanche lei doveva sapere delle telecamere—e pensare che solo un momento fa mi sono sentita male per aver invaso la privacy di Nikolai.

Torno alla schermata iniziale dell'app ed esamino attentamente la raccolta di minuscole vedute della fotocamera. "Non la vedo" le dico. "Ecco, dai un'occhiata tu."

Analizza metodicamente ogni video. "Nessuno della mia stanza" conclude, sembrando sollevata. "Né di quella di Pavel e di Lyudmila. Il che ha senso— probabilmente è Pavel che ha installato le telecamere. È bravo con la tecnologia di sicurezza."

"Installato quando?" La mia ipotesi migliore è che questa sia una versione avanzata di una telecamera per tate, qualcosa che Nikolai ha implementato, quando ha deciso di inserire l'annuncio per un tutor. In tal caso, le telecamere sarebbero state installate poco prima o subito dopo il mio arrivo, quando ero ancora un'estranea e quindi non ci si poteva fidare di me con Slava. Anche se il motivo per cui anche la nostra camera da letto, originariamente la camera di Nikolai, dovrebbe essere sorvegliata è un mis—

"Sembra che l'app sia stata installata qualche mese fa" dice Alina, navigando tra le impostazioni. "Ma da allora ci sono stati due aggiornamenti: uno a luglio, subito dopo il tuo arrivo, e un altro, molto più grande, più di recente. Una settimana fa, in realtà." I suoi occhi incontrano i miei. "Proprio nel periodo in cui ho iniziato a vedere Kolya incollato a questo schermo."

Inoltre, proprio nel periodo in cui gli ho detto che lo amavo.

Forse è tutta una coincidenza. Forse non ha niente a che fare con me e ha tutto a che fare con l'e-mail a cui Alina ha reagito in modo così strano, ma il mio istinto mi dice il contrario.

Le telecamere sono lì per me. Per guardarmi.

L'ossessione di mio marito per me sta crescendo, in modo spaventoso—e poiché ho tenuto la testa sotto la sabbia come uno struzzo, non so ancora di cosa sia veramente capace.

41

NIKOLAI

"I RISULTATI DEI TEST SONO APPENA ARRIVATI" mi informa il medico, quando torno nella stanza di Slava dopo una breve pausa in bagno. "Infezione da salmonella."

Il respiro mi sfugge dalla gola serrata, mentre un'ondata di sollievo si abbatte su di me. Hanno già fermato il vomito del bambino e gli hanno fatto assumere liquidi per via endovenosa, ma fino a quel momento non avevamo idea di cosa lo avesse fatto star male.

Salmonella.

Non un veleno esotico per il quale potrebbe non esserci alcuna cura.

La fottuta salmonella.

Mi giro verso Lyudmila, che ha la sfortuna di essere l'unica altra persona nella stanza. "Gli hai lasciato toccare carne cruda o uova?"

Lei sbianca. "No, lo giuro! Oggi non ha nemmeno

mangiato le uova, a meno che—" I suoi occhi si spalancano e si preme la mano sulla bocca. "Oh, no."

"Che cosa? Sputa il rospo."

"Impasto per biscotti" sussurra, la sua faccia tonda pallida. "Potrebbe aver provato la pasta per biscotti cruda. Pavel stava preparando quei biscotti con gocce di cioccolato per cena, e io e Slava siamo andati a prendere un po' di frutta per uno spuntino..."

Fanculo. Che terribile sfortuna. Dev'esserci stato un uovo che conteneva i batteri, e ovviamente Slava doveva assaggiare quella pasta per biscotti. Col senno di poi, dev'essere successo qualcosa del genere; ho controllato personalmente ogni singola guardia, e con la nostra sicurezza così stretta, le probabilità che qualche assassino fosse in grado di introdurre del veleno nel complesso erano vicine allo zero. Tuttavia, non potevo escluderlo del tutto—non fino a quando non fossero arrivati i risultati dei test.

"Queste infezioni sono molto più comuni di quanto si pensi, specialmente tra gli anziani e i giovani" interviene il dottore, discernendo il succo della mia conversazione con Lyudmila, nonostante sia in russo. "La salmonella è notoriamente resistente, se è contenuta nel tuorlo. Dovreste far bollire l'uovo per più di otto minuti per assicurarvi che sia sicuro, e quasi nessuno lo fa." Sospira. "Non credereste al numero di persone che arrivano al pronto soccorso dopo un'omelette o uova strapazzate standard, per non parlare delle uova all'occhio di bue o della salsa olandese e quant'altro. Sono praticamente una roulette russa... senza offesa."

Sono troppo sollevato per essere infastidito. "Quali sono i prossimi passi?" Lancio un'occhiata preoccupata al letto da adulto in cui Slava sta dormendo, il suo faccino pallido e tirato da tutto il vomito e la diarrea. Ha già un aspetto migliore grazie a tutti i liquidi, ma rabbrividisco ancora al ricordo del nostro viaggio frenetico fin qui, durante il quale tutto quello a cui riuscivo a pensare era se ce l'avrebbe fatta o no.

"Normalmente, avremmo lasciato che la malattia facesse il suo corso, ma ha la febbre, quindi gli stiamo somministrando degli antibiotici per ogni evenienza. Tra quelli e i liquidi, dovrebbe sentirsi presto molto meglio. Mi piacerebbe tenerlo in osservazione per un altro giorno o giù di lì, però."

"Certo." Se avessi saputo che si trattava di salmonella, avrei organizzato un team medico per prendersi cura di Slava a casa, come ho fatto per Chloe, ma ero così terrorizzato che mio figlio fosse stato avvelenato o esposto a qualche neurotossina esotica che non potevo rischiare di non avere gli specialisti o le attrezzature giuste a portata di mano. E ora che siamo in ospedale, non ha senso sganciare mio figlio da tutte le macchine e tornare indietro nella tempesta. Per una guarigione più rapida, ha bisogno di riposare e lasciare che gli antibiotici facciano il loro lavoro.

Devo solo sperare che i Leonov non vengano a sapere della nostra presenza qui—o che se ne accorgano quando saremo già lontani.

Il dottore se ne va e Lyudmila dall'aria contrita si scusa anche lei per una pausa in bagno. Noi due stavamo aspettando al capezzale di Slava, mentre Pavel e le guardie pattugliavano il corridoio. Non che mi aspetti un attacco in un ospedale americano—almeno non ora che so che mio figlio non è stato avvelenato deliberatamente. Probabilmente, neanche la tenuta è in grave pericolo, anche se non chiederò alle guardie di ridurre il codice rosso, fino a quando non saremo di ritorno.

Ho dimenticato il mio fottuto telefono, e sebbene Lyudmila stia scambiando messaggi con Alina e sappia che va tutto bene a casa, non essere in grado di guardare Chloe attraverso le telecamere mi mette profondamente a disagio.

È come se qualcuno mi avesse bendato—o strappato via gli occhi.

"Fammi usare un momento il tuo telefono" dico a Lyudmila quando torna, e lei me lo porge, prima di scomparire discretamente dalla stanza.

Non appena se n'è andata, telefono a mia sorella e le chiedo di chiamare Chloe, se è ancora sveglia.

Se non posso vedere la mia zaychik, almeno sentirò la sua voce.

"Prima dimmi come sta Slava" dice Alina.

La informo rapidamente sulle sue condizioni— Lyudmila l'ha già informata della diagnosi di salmonella—e chiedo di nuovo di parlare con Chloe.

"Dammi un minuto." La sua voce contiene una nota particolare. Spero che non abbia un'altra emicrania, anche se non sarei sorpreso se l'avesse, visti gli eventi della notte.

Non sono incline al mal di testa, ma sembra che qualcuno stia martellando le mie tempie.

Aspetto con impazienza che Chloe raggiunga il telefono. Probabilmente avrei dovuto chiamare prima invece di lasciare che Lyudmila le tenesse informate sulla situazione, ma prima dovevo sapere cosa stava succedendo con Slava. La paura era come un macigno sul mio petto, ma ora posso finalmente respirare e parlare come un essere umano razionale.

Un'ora fa, stavo per strappare la gola al personale medico a denti nudi per i loro tentativi di farci aspettare il nostro turno per l'accettazione.

Fortunatamente, i soldi parlano più forte delle parole anche in questo angolo di mondo, quindi non appena ho detto alla receptionist del pronto soccorso che avrei fatto una donazione di un milione di dollari al dipartimento dei loro figli se mio figlio fosse stato curato *immediatamente*, le cose sono diventate molto più agevoli, e non ho avuto bisogno di ricorrere a misure più estreme—come, ad esempio, piantare proiettili in alcune delle teste più ottuse.

"Nikolai, ciao." La voce dolce di Chloe è come una coperta calda che mi avvolge, diminuendo il pulsare nella mia testa e sbloccando la tensione nel collo e nelle spalle. Fino a questo momento, non mi ero reso conto di quanto fossero tesi.

Allontanandomi dal letto di Slava, mi avvicino alla

finestra per assicurarmi di non svegliarlo. "Ciao, zaychik. Come stai?"

"Meglio ora che so che tu e Slava siete al sicuro" dice a bassa voce, e sento un piccolo intoppo nel suo respiro. "Ero così preoccupata, per la tempesta e tutto il resto."

Il mio petto si stringe per la tenerezza. "Stiamo bene. Ce l'abbiamo fatta." Tenendo la voce bassa, le racconto tutto del viaggio orribile—di quanto Slava fosse stato malato durante tutto il tempo e di come avevamo dovuto fermarci una dozzina di volte, perché lui vomitasse e andasse in bagno sotto la pioggia battente. Di come continuavo a desiderare di essere quello le cui interiora venivano strizzate, e di quanto ero terrorizzato dal fatto che saremmo arrivati all'ospedale troppo tardi.

"Sapevo che i bambini si ammalano" dico in modo irregolare. "E sapevo che Slava avrebbe potuto contrarre qualcosa un giorno, anche se è forte e in salute. Quello che non sapevo era che sarebbe stato così... come se qualcuno mi avesse segato il cuore con un coltello smussato, aprendolo una cellula alla volta."

"Certo." Il tono di Chloe è morbido, dolcemente comprensivo. "I genitori si sentono sempre così, quando qualcosa non va bene con i loro figli. Mamma una volta mi ha detto che non sapeva cosa significasse la preoccupazione, fino a quando non mi ha avuta—e poi non sapeva più come fosse esistere *senza* preoccupazioni."

Mi pizzico il ponte del naso. "Fantastico. Semplicemente fantastico."

"Mi ha anche detto che non avrebbe scambiato l'essere mia madre con niente al mondo." Si ferma, poi chiede a bassa voce: "Tu lo faresti? Scambiare l'essere il padre di Slava con la tranquillità?"

"Cazzo, no." Guardo la minuscola figura sul letto, e la sensazione di tensione e di disagio che ho cercato di evitare all'inizio mi invade di nuovo il petto. Questa volta, però, la riconosco come preoccupazione. Preoccupazione e amore profondo e divorante. Un amore diverso dalla passione ossessiva che Chloe risveglia in me, ma non per questo meno potente.

Ucciderei per entrambi.

Morirei per entrambi.

Se perdessi uno dei due, non so come farei ad andare avanti.

"Allora, quando pensi di tornare a casa?" chiede Chloe, e come con Alina, colgo una strana inflessione nella sua voce. Non qualcosa di grave, appunto, ma qualcosa di leggermente strano.

"Dovremmo essere di ritorno prima di sera" rispondo, guardando un orologio. Sono le cinque, è quasi mattina, anche se fuori è ancora buio. "Zaychik... va tutto bene?"

Il suo tono è ora notevolmente teso. "Certo. Perché non dovrebbe?"

"Dimmelo tu. Qualcosa non va?"

"No, niente. Solo... torna a casa e parliamo."

"Parlare? Di cosa? È successo qualcosa mentre ero via?"

"No, certo che no." Prende fiato. "Va tutto bene. Sono solo stanca per essere stata sveglia tutta la notte, ecco tutto."

Sta mentendo. Sono certo che sia così, e sto per insistere per chiederle risposte, quando Pavel entra nella stanza.

"Masha è al telefono" dice seccamente, porgendomi il suo dispositivo. "L'operazione è finalmente iniziata. Bransford sarà a casa sua tra quindici minuti."

Fanculo. "Zaychik, devo andare. Dormi un po' e ti chiamo più tardi oggi, okay?"

Senza aspettare la risposta di Chloe, riattacco e porto il telefono di Pavel all'orecchio. "Hai tutte le telecamere a posto? E il feed dal vivo?"

La voce di Masha è più allegra che mai. "Certamente."

"Invia la registrazione a Konstantin per le modifiche e per il live streaming, indirizzala a questo telefono. Non ho il mio con me."

"Nessun problema. Ora, riguardo al piano B—"

"Concentrati solo sul piano A." Ho bisogno che Bransford sia compromesso, non morto, come da patto con Chloe.

Masha emette un sospiro esasperato. "Lo farò, ovviamente. Ma se qualcosa va storto e non riesco a contenerlo, vuoi comunque che lo elimini oggi, giusto? Non sarò più in grado di avvicinarmi di nuovo."

Mi strofino il sopracciglio sinistro, dietro il quale

tornano al lavoro i martelli del cranio. La risorsa di Valery è stata chiarissima su ciò che farà e non farà in questo lavoro, e sebbene non sia contraria al fatto che Bransford la maltratti un po' per il bene di un video convincente, non si lascerà scopare da lui.

"Fa' del tuo meglio per assicurarti che non si arrivi a questo" dico alla fine. "E se devi passare al piano B, usa il farmaco."

Anche se sarà difficile spiegare la morte di Bransford a Chloe, farò tutto il necessario per proteggerla.

Persino rimangiarmi la parola data.

42

CHLOE

MI SVEGLIO CON LA BOCCA SECCA E GLI OCCHI RUVIDI come se fossero stati riempiti di sabbia. Sbattendo le palpebre a causa della luce intensa che invade la stanza, scruto un orologio—e mi alzo di scatto sul letto.

Cinque del pomeriggio.

Che cazzo?

Prima che possa raccogliere i miei pensieri, bussano piano alla porta della camera e Alina ficca dentro la testa. "Ah, bene. Finalmente sei sveglia."

Prendo una bottiglia d'acqua dal comodino e la bevo per alleviare la sensazione di secchezza in gola. "Che cos'è successo?" gracchio, quando ogni preziosa goccia di liquido è sparita. Mi sento stordita e intontita, come se fossi stata drogata.

Alina entra, con un'aria fresca e affascinante, come se fosse appena uscita da un salone spa a servizio completo. Io, invece, mi sento—e probabilmente sembro—qualcosa che i procioni non pescherebbero da un bidone della spazzatura.

"Non sei riuscita a dormire per tutta la notte, quindi sei andata a fare un pisolino a metà mattina, ricordi?" dice, appollaiandosi con grazia sul bordo del letto.

Guardo di nuovo l'orologio, come se così facendo cambiasse l'ora visualizzata su di esso. "Ma sono già le cinque. Come possono essere le cinque, se sono scesa a fare un pisolino la mattina?"

Sorride. "Che cosa posso dire? Quando dormi, lo fai pesantemente." Incrocia le lunghe gambe. "Mio fratello ha chiamato una decina di volte finora, chiedendo di parlare con te. Gli ho detto che ti avrei lasciata dormire."

Il mio battito cardiaco aumenta. "Qualcosa non va? Slava—"

"No, no, va tutto bene. In realtà, stanno già tornando a casa in macchina, dovrebbero arrivare qui tra meno di un'ora."

"Oh. Slava—"

"Sta molto meglio" mi assicura. "Il dottore lo avrebbe tenuto in osservazione fino a stasera, ma non ha vomitato nemmeno una volta dal mattino ed è riuscito a mangiare un po' di zuppa di pollo e gelatina per pranzo, quindi l'hanno dimesso presto."

"Oh, grazie a Dio." Non vedo l'ora di abbracciare il bambino e baciarlo all'infinito. L'ho visto di sfuggita la scorsa notte, mentre Nikolai correva fuori di casa con il piccolo in braccio, ma il suo aspetto pallido mi ha perseguitata, facendomi sentire esattamente come Nikolai ha descritto: come se una lama smussata mi stesse segando il cuore.

Immagino che mio marito non sia l'unico che si sente come un genitore in questi giorni. Ogni settimana che passa, suo figlio si insinua sempre più nel mio cuore, e ora sono al punto in cui lo amo come se fosse uscito dal mio corpo—e sarei devastata se gli succedesse qualcosa.

"Hai il tuo telefono?" chiedo ad Alina. "Voglio richiamare Nikolai."

Voglio parlare personalmente con Slava e assicurarmi che si senta davvero meglio, e muoio dalla voglia di sentire la voce di Nikolai.

Per quanto trovi agghiaccianti quelle telecamere, non posso fare a meno di sentirne la mancanza, desiderandolo nel modo più viscerale possibile— motivo per cui il pensiero della nostra imminente conversazione mi ha impedito di addormentarmi la scorsa notte anche dopo che erano arrivati all'ospedale e ho saputo che Slava sarebbe stato bene.

"Non ce l'ho con me, ma posso prenderlo" dice Alina, alzandosi. "Non so se dovresti chiamarlo a questo punto, però. Saranno qui abbastanza presto, e poi potrete parlare."

Esito, poi annuisco. "Va bene."

Ha ragione. Ora che sono quasi qui, tanto vale aspettare. Per quanto breve fosse stata la nostra conversazione la scorsa notte, Nikolai in qualche modo ha percepito che ero turbata, e se non fosse stato per quello che lo aveva distratto, sono sicura che mi avrebbe fatto pressioni per avere risposte. Questo dev'essere il motivo per cui ha continuato a chiamare per tutto il giorno, e perché è meglio se gli parlo di persona.

È ora che smetta di essere uno struzzo e conosca la verità—ed entrambi mettiamo le carte in tavola.

Sono passati quaranta minuti ed è quasi ora di cena, quando il loro SUV si ferma davanti casa. Ho passato questi quaranta minuti a prepararmi, sia mentalmente che fisicamente. I miei capelli sono spazzolati e acconciati in uno chignon, il mio trucco è quasi perfetto come quello di Alina, e indosso un abito bianco scintillante con due spacchi laterali, che mettono in risalto le mie gambe, e i tacchi con gli strap dorati. Alle mie orecchie ci sono un paio di orecchini con diamanti che Nikolai mi ha regalato, e intorno al mio collo c'è la collana a forma di cuore che Alina mi ha prestato una volta, per la mia prima cena qui. Avrei indossato una delle mie, ma lei ha insistito sul fatto che la sua collana era ciò che il vestito richiedeva.

"Fidati di me" ha detto misteriosamente. "Questo è esattamente ciò che Nikolai ha bisogno di vedere stasera."

Ho deciso di fare esattamente questo e per ora mi fido di lei, anche se sono più che curiosa di sapere cosa intendesse. Se stasera non ricevo tutte le risposte da Nikolai, le tirerò fuori da *lei*.

Non seppellirò più la testa nella sabbia.

Ho smesso di essere una codarda.

Nonostante la determinazione, il mio cuore batte in modo irregolare, mentre corro al piano di sotto per salutare mio marito e nostro figlio.

Slava arriva per primo—o meglio si lancia dentro come la pallina di energia che può essere un ragazzino della sua età.

"Mamma Chloe!" Corre dritto verso di me, e lo prendo a metà balzo, barcollando all'indietro sotto il peso del suo corpo piccolo ma robusto, mentre la mia caviglia precedentemente ferita oscilla nel suo tacco. Odora di medicina e shampoo per bambini, e sono così felice di sentire le sue braccia corte che mi stringono il collo che non mi importa del potenziale nuovo infortunio—o del mio trucco che si spalma, mentre mi dà baci umidi sulle guance.

"Vomitato tanto" annuncia trionfante dopo che finalmente l'ho messo a terra, e non posso fare a meno di ridere, mentre si lancia in un racconto sulle sue avventure in ospedale in un intricato mix di inglese e russo, con il succo della storia che si riassume con quanto fosse disgustoso tutto il vomito.

"Che cos'è questo? Non dovresti essere debole e malato?" chiede Alina divertita, e mi rendo conto che è venuta a stare accanto a me. Sorridendo enormemente, si inginocchia e afferra Slava in un grande abbraccio, mentre gli sussurra in russo.

"Sì, sono Superman" dichiara, quando lei ha finito, e io rido di nuovo, felicissima di vederlo così bene.

"Ha dormito per la maggior parte del tempo durante il viaggio e si è svegliato con tutta questa energia" dice Nikolai, la sua voce profonda che mi fa sobbalzare così tanto che ruoto bruscamente—e per poco non cado, mentre la stupida caviglia si piega sotto di me, provocandomi dolore alla gamba.

Dico "per poco" perché, come sempre, Nikolai mi prende, le sue braccia potenti che si chiudono intorno a me, prima che tocchi il pavimento.

"Tranquilla, zaychik" mormora, i suoi occhi di una tonalità più verde dell'oro, mentre mi sostiene contro il suo corpo grande e caldo e mi guarda, tenendomi per la parte superiore delle braccia. "Un viaggio in ospedale è più che sufficiente."

Il mio cuore si trasferisce nella gola, mentre il pieno impatto della sua vicinanza mi colpisce come una palla da demolizione. Le mie ginocchia si uniscono alla caviglia in flessione e la mia pelle si accende di sensazioni, ogni cellula che si bea del calore che emana dalle sue dita, la deliziosa forza e ruvidezza dei suoi palmi callosi. Come Slava, profuma di ospedale, ma sotto percepisco un seducente accenno di bergamotto e una traccia ancora più tenue di cedro, mescolato con quell'aroma caldo e maschile tipico di lui.

"Sei qui." È un commento stupido, ma tutti i miei neuroni sembrano essere usciti per un'escursione. Tutto quello che posso fare è fissare il suo viso con gli zigomi alti e larghi e la mascella fiera, paralizzata dalla giustapposizione di natura selvaggia ed eleganza che lo rende una contraddizione così pericolosamente allettante.

Mio marito.

Il mio protettore.

Il mio osservatore segreto.

Il suo amore è qualcosa da desiderare o temere?

Mi prende a coppa la guancia, i suoi occhi che si scuriscono, mentre il suo sguardo scende sulle mie labbra. "Sono qui, zaychik." Ignorando il nostro pubblico, abbassa la testa e inclina la bocca sulla mia, reclamandola per un bacio profondo e bruciante.

Il mio cuore sta correndo nel petto, la mia pelle eccessivamente calda, quando si allontana. Come al solito, tutti ignorano le nostre oltraggiose effusioni. Anche Pavel e Lyudmila sono entrati e stanno parlando con Alina in russo, mentre Slava interrompe con le sue storie.

Guardo Nikolai—solo per bloccarmi davanti all'espressione agghiacciante sul suo viso. Il suo sguardo è incollato alla mia gola, un muscolo che ticchetta violentemente nella sua mascella. Che diavolo—?

E poi mi rendo conto di cosa sta guardando.

Non la mia gola.

La collana che mi ha dato Alina, quella che ha detto che lui aveva bisogno di vedere stasera.

Con improvvisa chiarezza, ricordo i suoi borbottii drogati quella orribile mattina in cui sono fuggita. Come con tante altre cose relative alla mia situazione, non mi sono permessa di pensare alle sue vere parole nelle ultime settimane, di soffermarmici per un certo periodo di tempo. Ma ora riaffiorano, insieme a tutto ciò che ho sentito su questa famiglia, su come Nikolai sia così simile a suo padre.

Se avessi ancora dei dubbi sul fatto che io e mio marito abbiamo bisogno di questa conversazione, svaniscono proprio in questo momento—perché se il sospetto che si forma nella mia mente è giusto, Alina non è l'unica che sta affrontando un trauma grave.

Fingendo che tutto sia normale, mi allontano da Nikolai e mi avvicino per prendere la mano di Slava. "Vieni, tesoro, ti metto a letto, prima che crolli. Ti daremo da mangiare lì."

"Lo faccio io" si offre Lyudmila, ma scuoto la testa con un sorriso.

"Lasciami fare. Mi è mancato."

"Mi unirò a te" dice Nikolai, il suo sguardo cupo, e il mio battito cardiaco accelera ulteriormente, mentre prende Slava e lo porta di sopra davanti a me.

———

Noi due facciamo il bagno a Slava e lo mettiamo a letto, dove mangia un po' di zuppa e si addormenta subito, la sua esplosione di energia che si esaurisce rapidamente.

"È sempre così con i bambini?" chiede Nikolai in tono sommesso, lisciando il suo ampio palmo sulla fronte di Slava. Il suo sguardo perplesso si sposta su di me. "Quando si ammalano, intendo? Da zero a sessanta e poi di nuovo?"

Sorrido nonostante il tumulto nel petto. "No, non sempre. Slava è Superman. Non hai sentito?"

Il suo sorriso di risposta scatena un'esplosione di endorfine nel mio cervello. "Oh, sì, circolano voci."

E per un paio di secondi, è sufficiente—questo semplice momento di gioia condivisa, di sollievo che il bambino che amiamo starà bene. Ma poi il sorriso di Nikolai svanisce e il mio battito cardiaco aumenta, mentre lo spazio tra di noi si riempie di consapevolezza ribollente, con quella chimica bruciante che sembra un filo carico che danza sulla mia pelle. Siamo seduti a solo un metro di distanza, ma anche quella piccola distanza improvvisamente sembra troppa... troppa e non abbastanza allo stesso tempo.

Deglutisco, mentre lui alza la mano e la curva intorno alla mia guancia, il suo pollice dai bordi irregolari che mi accarezza il labbro inferiore, facendolo formicolare.

"Zaychik..." La sua voce è di velluto scuro. "Mi sei mancata."

Mi sei mancato anche tu. Così tanto. Le parole piroettano sulla punta della mia lingua, pronte a spiccare il volo. Sarebbe così facile ricadere nel suo abbraccio, dimenticare quello che ho visto sul suo telefono e non agitare le acque. Immergersi nella nostra routine della finta luna di miele e fingere che non ci sia nulla di spaventoso in un marito che mi controlla ossessivamente, quando siamo lontani... un assassino il cui passato complicato è ancora un mistero terrificante.

"Nikolai, io..." Faccio un respiro e mi sforzo di far uscire le parole, quelle che stavo evitando. "Dobbiamo parlare. È ora che tu mi dica esattamente cos'è successo con tuo padre."

43

CHLOE

È COME SE UNA PERSIANA SCURA CADESSE SUL VISO DI Nikolai, trasformandolo in quello di uno sconosciuto. Tutto il calore lascia la sua voce, mentre ritrae la mano e si alza. "Andiamo, allora. Parleremo nel mio ufficio."

Il mio cuore martella, mentre lo seguo fuori dalla stanza di Slava e lungo il corridoio. Mentre camminiamo, il telefono vibra nella sua tasca, così lo tira fuori e guarda lo schermo. Deve aver recuperato il dispositivo immediatamente all'arrivo.

Qualunque cosa veda lì, la sua mascella si irrigidisce, e quando il suo sguardo torna su di me, i suoi occhi si riempiono di una luce particolare.

Una terribile premonizione mi stringe lo stomaco. "Che cos'è successo? Che cosa c'è che non va?"

"C'è qualcosa che dovresti vedere" dice, e non appena entriamo nel suo ufficio, va dritto verso il suo laptop e lo apre, chinandosi sulla scrivania. Le sue dita volano sulla tastiera per un secondo, poi gira lo schermo verso di me.

Il mio cuore sussulta, e le mie ginocchia si trasformano in gomma.

Sullo schermo è visualizzato un popolare sito di notizie, in cui il titolo principale è tutto in maiuscolo: "IL CANDIDATO ALLA PRESIDENZA AGGREDISCE UNA DONNA IN UN VIDEO SHOCK."

Aghi gelidi danzano sulla mia pelle, mentre prendo il portatile e lo porto al tavolino rotondo, dove sprofondo su una sedia e leggo l'articolo per intero.

La storia è ancora in fase di sviluppo, ma sembra che poco meno di un'ora fa, un video di Bransford che aggredisce una giovane donna sia apparso su Twitter e sia diventato immediatamente virale. Secondo il sito di notizie, il filmato "dettagliato e inquietante" mostra che lui la colpisce in faccia e le strappa la camicetta, mentre lei combatte disperatamente. Dopo un paio di minuti di violenta lotta, lei scappa, dandogli una ginocchiata all'inguine e correndo fuori dalla porta, mentre lui le urla oscenità.

"Puoi guardare il video se vuoi" dice piano Nikolai, e mi rendo conto che è venuto a stare accanto a me, lo sguardo incollato allo schermo dall'alto. "La squadra di Konstantin ha lavorato a meraviglia con il materiale che gli ha mandato Masha."

La mia voce è sottile. "Questo è stato girato oggi?"

Annuisce, la sua espressione illeggibile. "Stamattina

presto, una ventina di minuti dopo che io e te abbiamo parlato. Lo ha fatto passare nel suo "dormitorio" prima del lavoro per firmare i suoi documenti di tirocinio, in modo da poter fare volontariato nella sua campagna e ottenere crediti dal governo americano per il corso avanzato."

"Corso avanzato?" Provo un'ondata di nausea. "Cioè un corso avanzato di tirocinio al liceo?"

"Esattamente. Pensa che lei abbia diciassette anni, una studentessa in un collegio nella zona di Washington DC." Fa una pausa, poi aggiunge dolcemente: "Un'orfana i cui genitori sono morti in un incidente d'auto, lasciandola alle cure di uno zio indifferente che non vuole avere niente a che fare con lei."

"L'esca perfetta per un predatore" sussurro, con gli occhi in fiamme. "Il tipo di vittima più vulnerabile... come mia madre."

"Sì. Questo sembra essere il suo modus operandi. Abbiamo individuato altre due donne a cui ha fatto questo nel corso degli anni." La mascella di Nikolai si flette. "Gli piacciono intelligenti, carine e fin troppo giovani—e senza nessuno a cui rivolgersi."

Faccio un respiro, gli aghi gelidi che penetrano più in profondità. "Le hai trovate? Si faranno avanti?"

"Adesso lo faranno."

Deglutisco per trattenere il contenuto del mio stomaco, mentre riporto la mia attenzione sullo schermo. Per quanto possa essere disgustoso, ho bisogno di vedere questo video con i miei occhi, per sapere esattamente quale tipo di mostro ha ferito mia madre, quando *lei* era un'adolescente vulnerabile.

Ho finito di nascondermi dalla realtà.

Quando trovo il video, clicco su "Riproduci"—e la mia nausea si intensifica, il mio stomaco che ha i crampi per la consapevolezza di condividere i geni di quest'uomo.

La registrazione inizia con un breve ma violento inseguimento, con un uomo di una certa età, alto, in forma e bello—l'inconfondibile Tom Bransford—che si lancia contro una bionda minuta, che indossa un paio di pantaloncini minuscoli e un top corto. La telecamera è a un'angolazione tale da mostrare solo una parte del viso di Masha, ma non c'è dubbio sulla linea giovanile della sua mascella, né sul terrore nei suoi movimenti frenetici.

Fa quasi tutto il percorso attraverso la stanza stretta, prima che lui la affronti da dietro, sbattendola contro un muro accanto a un poster, quindi la fa girare per affrontarlo. Singhiozzando in preda al panico, lei attacca, artigliandolo con piccole dita sottili, ma lui la schiaffeggia brutalmente sul viso e la colpisce con un pugno nello stomaco.

Mi irrigidisco, sentendo il colpo come se si fosse abbattuto su di me, ma il peggio è solo iniziato. Mentre Masha è china, ansimando, lui le strappa la camicetta, aprendola sulla spalla.

Una spalla delicata, morbidamente arrotondata, che

potrebbe appartenere a una giovane adolescente o una bambina.

So che non è così—so che con il suo background governativo, Masha deve avere almeno vent'anni—ma è facile dimenticare che non sto assistendo a una vera e propria aggressione di una vittima adolescente innocente.

O meglio, che l'aggressione è probabilmente reale, ma non la vittima.

Ad ogni modo, non posso fare a meno di rilasciare un sospiro di sollievo quando, dopo qualche altro momento di lotta angosciante, Masha fa un movimento di torsione che sembra portare accidentalmente il suo ginocchio a contatto con l'inguine dell'aggressore. Lui barcolla indietro con un urlo acuto, le mani a coppa sopra il suo inguine, e lei fa di nuovo una pausa, questa volta raggiungendo la porta e scomparendo, mentre Bransford urla: "Fottuta puttana! Torna qui, cazzo, o ti ammazzo!"

Il video si interrompe, quindi, ma non prima che la telecamera zoomi sul viso di Bransford, i bei lineamenti contorti in una maschera rossa di furia, un viso con gli occhi sporgenti mostruoso quanto l'uomo stesso.

Tremando, spengo il portatile e faccio piccoli respiri nel tentativo di portare ossigeno nella mia gabbia toracica strettamente fasciata ed evitare di vomitare.

Parafrasando Nikolai, una persona che vomita da queste parti per questa settimana è sufficiente.

Quando sono sicura che il mio stomaco non espellerà il contenuto, mi volto a guardare Nikolai. "Come hai fatto?" La mia voce è solo marginalmente instabile. "Come ha fatto Masha a convincerlo a... lo sai?"

"Ad aggredirla?" Al mio cenno col capo, lui spiega: "Non conosco tutti i particolari, ma sospetto che sia accaduto esattamente ciò di cui l'ha accusata alla fine."

"Provocandolo?"

"In qualunque modo tu definisca incoraggiare fortemente le sue attenzioni, ritirandosi poi deliberatamente—quello che uomini del genere pensano che tutte le donne facciano. Solo che in questo caso, Masha lo stava facendo intenzionalmente, solo con un obiettivo diverso da quello che lui pensava." Il labbro superiore si arriccia. "Ha indubbiamente pensato che sarebbe stata così ansiosa di ottenere crediti scolastici per il volontariato alla sua campagna che si sarebbe lasciata scopare, e quando si è rifiutata, le cose sono peggiorate rapidamente... come immaginavamo accadesse, data la sua storia."

Ingoio un'altra ondata di nausea. "Quindi, tutto quello che è successo nel video è accaduto davvero? Nessuno dei filmati è stato costruito?"

"È stato pesantemente modificato, ma non costruito, no."

"Che cosa avete modificato?"

Nikolai si siede di fronte a me. "Abbiamo nascosto il viso di Masha e messo in risalto quello di lui, per prima cosa. Il suo anonimato è importante per lei."

Rivivo mentalmente il video e mi rendo conto che ha ragione: il volto di Masha non appare mai realmente. L'angolazione è sempre sbagliata. Anche quando Bransford la tiene inchiodata al muro e la telecamera guarda direttamente il suo viso, la sua spalla o qualcosa lo blocca, permettendo all'osservatore di intravederne solo la guancia, l'orecchio o la mascella, abbastanza da avere l'impressione di giovinezza e bellezza, ma non da catturare una fotografia stampabile.

"Quindi, non si farà avanti per testimoniare?" chiedo, e Nikolai scuote la testa.

"Troppo rischioso. Abbiamo creato una falsa identità per lei, ma non reggerebbe un vero interrogatorio. Il video è stato caricato su Internet in modo anonimo, da un server non rintracciabile—ma ovviamente daranno la colpa agli hacker russi, come tante altre cose in questi tempi."

"Solo che in questo caso avranno ragione."

Le sue labbra si piegano sarcasticamente. "Hanno ragione nella maggior parte dei casi, zaychik. Konstantin e la sua gente sono una minaccia, specialmente per i vostri sfortunati politici. In ogni caso, non importa cosa dicono sulla fonte del video—o se lo giudicano falso. Il danno alla carriera di Bransford è fatto, le sue due vere vittime sono state incoraggiate. Una volta che si faranno avanti... beh, diciamo solo che il caro paparino sarà bello che finito."

Caro paparino. Il mio stomaco si contorce così violentemente che dopotutto mi viene quasi da vomitare. "Non è affatto mio padre." Mi alzo di scatto, improvvisamente arrabbiata in modo accecante. "Lui è solamente—"

"Lo stupratore e assassino di tua madre, lo so" dice piano Nikolai, alzandosi a sua volta. "È tutto quello che è, zaychik. Niente di più, non ha niente a che fare con te."

La rabbia svanisce con la stessa rapidità con cui è venuta, e io sprofondo di nuovo sulla sedia, lasciando cadere la testa tra le mani. Il mio cranio sembra inspiegabilmente teso e pesante, come se il cervello si fosse trasformato in piombo.

Mani grandi e calde si posano sulla mia nuca e sulle spalle, dita forti che scavano nei miei muscoli tesi con la giusta pressione. "Mi dispiace, zaychik." La sua voce è ancora una volta morbida e calda. "So che è molto dura da accettare, ma ho pensato che avessi bisogno di vedere questo video... per sapere che tua madre è stata vendicata."

Voglio sciogliermi nel seducente comfort di quelle dita che massaggiano, perdermi nel loro tocco abile e rilassante. Rimandare ancora una volta di sapere ciò che temo e invece godermi la sventura di Bransford, crogiolarmi nella schadenfreude di tutto ciò. Il danno che abbiamo inflitto alla sua carriera non si avvicina a quello che ha fatto a mia madre o a quelle altre donne, ma è un inizio e, si spera, ora che il fulgore sta abbandonando la sua immagine patinata, gli ingranaggi della giustizia lo inchioderanno per sempre, distruggendolo.

Raccogliendo ogni grammo delle mie forze, alzo la mia testa di piombo e copro le mani di Nikolai con le mie, mentre mi giro per incontrare il suo sguardo.

"E tua madre?" chiedo dolcemente. "È mai stata vendicata?"

44

NIKOLAI

LE MIE MANI SI STRINGONO SULLE SPALLE DI CHLOE, LA sua domanda che mi colpisce come un pugno sotto la cintura. La collana che le luccicava alla gola avrebbe dovuto indicarmi la direzione del suo imminente interrogatorio, ma davvero non mi aspettavo che scegliesse questo momento esatto... per sapere quello che è successo.

"Immagino che Alina ti abbia parlato di nuovo." La mia voce si fa più dura, mentre indietreggio. Il mio sguardo cade sul suo ciondolo, il diamante a forma di cuore che mi prende in giro, ricordandomi cose che stavo cercando di dimenticare. Con sforzo, distacco gli occhi da esso e mi concentro sul viso di Chloe. "Che cosa ti ha detto esattamente?"

Mordendosi il labbro, si alza. "Non molto. Non mi ha più parlato—è stato solo quella mattina, proprio prima che fuggissi. Ha detto qualcosa del tipo: 'L'ha uccisa. E poi Kolya ha ucciso lui'. Non ero sicura a chi si riferisse in quel momento, ma ci ho riflettuto di recente e penso... penso che si trattasse di tua madre." Alza la mano per toccare il ciondolo, i suoi occhi castani morbidi e scuri. "Questo apparteneva a lei? È per questo che Alina ha voluto che lo indossassi stasera e quell'altra sera? Come una specie di promemoria per te?"

Mi si stringe la gola e mi volto, bruscamente inondato dai ricordi—e dalla rabbia e il dolore ardenti che ne derivano. E sotto tutto si cela il senso di colpa più orribile, la consapevolezza che quello che ho fatto è in definitiva imperdonabile. Il cocktail tossico è così vicino all'ebollizione che non sono sicuro di poter mantenere la mia parola e raccontare a Chloe tutta la storia, ma poi la sua piccola mano sfiora la mia e le sue dita si arricciano intorno al mio palmo, dandomi un silenzioso supporto.

"Dimmi" mormora, girandosi per mettersi di fronte a me. Alzando lo sguardo verso di me, solleva le nostre mani unite per premerle sul petto. "Per favore, Nikolai. Ho bisogno di sapere."

Ed è vero. Le devo la verità, non importa quanto sia brutta.

Guardando il suo viso, prendo fiato e comincio.

45

NIKOLAI

"QUANDO AVEVO PIÙ O MENO L'ETÀ DI SLAVA, PENSAVO che mia madre fosse una principessa" dico, il mio tono freddo e costante, nonostante la rabbia che mi ribolle nelle vene. "Alta, snella, sempre profumata e truccata, indossava bei vestiti, gioielli scintillanti e tacchi alti, anche in casa, e insisteva che tutto intorno a lei fosse il più bello possibile—specialmente noi." I ricordi premono su di me, facendomi sentire come se l'aria stesse scomparendo dalla stanza, ma continuo. "Valery era solo un bambino all'epoca e Alina non era ancora nata, quindi Konstantin e io siamo gli unici a ricordare quegli anni... quelli in cui nostra madre era ancora abbastanza felice."

"Abbastanza?" La faccia rivolta verso l'alto di Chloe riflette sia la comprensione che la cauta curiosità, mentre tiene il mio palmo premuto contro il suo petto. "Non è mai stata completamente felice?"

"No, che io ricordi no." Strappo la mano dalla sua

presa e vado a sedermi dietro la scrivania. Mi sento leggermente più in controllo in questo modo, meno propenso a cedere all'impulso di afferrarla e scoparla, finché nessuno di noi due riesce a pensare chiaramente, tantomeno a tirare fuori il fango nocivo che è il mio passato.

Mi segue, sistemandosi sull'angolo della scrivania, una visione di bianco e oro nel suo abito da sera, un raggio di sole catturato che è tutto mio. "Perché? Non sono mai stati innamorati? O è successo qualcosa?"

Faccio del mio meglio per mantenere lo sguardo sul suo viso e non sul suo décolleté, dove il ciondolo mi fa l'occhiolino, beffardo. "Non lo so per certo, ma sospetto che sia iniziato con Konstantin. Mio padre voleva un figlio come lui, qualcuno che alla fine prendesse il controllo del nuovo impero capitalista che stava costruendo, ma anche da bambino, mio fratello maggiore era diverso. Incredibilmente intelligente, ma diverso. Non credo che abbia nemmeno parlato fino all'età di tre o quattro anni."

Gli occhi di Chloe si spalancano. "Oh. Quindi è—"

"Autistico? Può essere. Non è mai stato diagnosticato ufficialmente. In ogni caso, quello potrebbe essere stato l'inizio della spaccatura tra loro... o forse era solo mia madre che aveva cominciato a capire che tipo di uomo fosse mio padre. Qualunque fosse la ragione, ricordo che il loro matrimonio si deteriorava di anno in anno. Ogni volta che tornavo a casa dal collegio, l'atmosfera tra loro era di diversi gradi più gelida, i loro litigi più frequenti... l'umore di mio padre sempre più cupo."

Un cipiglio si forma tra le sopracciglia di Chloe. "Perché non hanno divorziato?"

"Lui non l'avrebbe permesso. La voleva a qualunque costo." Ricordo mia madre che gli urlava contro durante uno di quei litigi, implorando e supplicando di lasciarla andare. Stringendo i denti, respingo quel ricordo—mi tocca troppo da vicino.

"In ogni caso" proseguo con tono piatto "più tempo passava, più peggiorava. Quando avevo dodici anni, lui prese diverse amanti e le fece sfilare davanti a lei. Un anno dopo, uccise un uomo che si diceva fosse l'amante di mia madre. E poche settimane dopo il mio diciassettesimo compleanno, notai un livido sul suo viso." All'espressione di Chloe, dico: "Lei negò, ovviamente, dicendo di essere caduta o qualcosa del genere. Non le credetti nemmeno per un secondo. Andai da mio padre e gli dissi che se l'avessi vista ferita di nuovo, lo avrei preso a pugni—e l'avrei portata via dove non l'avrebbe mai trovata."

La ragazza fa un respiro profondo. "Ti ha creduto?"

"Sì." La mia bocca si contorce. "Ero il suo figlio preferito, quello che più gli somigliava. Sapeva che anche a quell'età avrei trovato un modo per mantenere la mia promessa."

"Allora, che cos'è successo? Come hai…?"

"Potuto ucciderlo?" Le parole sanno di veleno sulla mia lingua.

Annuisce con cautela, il suo sguardo incollato al mio viso. "Quando è successo?"

"Sei—no, sei anni e mezzo fa. Ero appena tornato a Mosca dopo essere stato via per diversi anni—prima per il servizio militare, poi per la laurea a Princeton. Per tutto il tempo, ho tenuto sotto controllo mia madre, la sua salute e il suo stato mentale." La mia mascella è così serrata che i denti sembrano incollati, ogni parola più difficile da pronunciare rispetto alla successiva. "Non aveva lividi per quanto ne sapevo, ma era infelice, completamente distrutta dalla loro discordia. Eppure, per quante volte mi fossi offerto di aiutarla a lasciarlo, lei non sarebbe andata via. Diceva che aveva paura."

Chloe deglutisce. "Di lui?"

"Di lui. Di vivere senza di lui. Di tutto questo. A quel punto, avevano trascorso quasi trent'anni insieme. Avevano cresciuto quattro figli." Fermo la mia mano che si stringe a pugno sotto la scrivania e mi sforzo di rilassare le dita. "Konstantin e Valery cercavano di convincerla ad andarsene, ma lei si rifiutava di ascoltare. Le scuse erano infinite: non voleva affrontare il giudizio dei loro amici comuni, non voleva perdere la vita che avevano costruito insieme, non voleva fare a pezzi la famiglia. Ma in realtà, si trattava di paura. Paura di mio padre e di come sarebbe stata la sua vita senza di lui... senza la sua tossica ossessione per lei."

"Ossessione?" La voce di Chloe trema leggermente.

Annuisco, tristemente consapevole dei parallelismi. "Nel bene o nel male, era stata al centro del suo mondo per quasi tre decenni, molto più di quell'amore che avevano condiviso e trasformato in quell'odio amaro. Penso anche che a una parte di lei piacesse la consapevolezza di avere quel tipo di potere su di lui, che alla fine non *poteva* lasciarla andare." Faccio un respiro aspro. "In ogni caso, la tenevo sotto controllo, ma quello che avrei dovuto fare era tenere sotto controllo *lui*. Perché mentre la sofferenza di mia madre cresceva, aumentava anche la sua—si alimentavano a vicenda. Iniziò a bere molto e, come ho appreso in seguito, a fare uso di coca. Lo aiutava a stare lontano da lei. In un certo senso, sostituì la sua dipendenza da lei con una potenzialmente meno dannosa—e mia madre odiava quello sviluppo. Amore o odio, *voleva* la sua attenzione."

"Allora, che cos'ha fatto lei? Hai fatto qualcosa per riaverlo?"

"Lo ha fatto. Si è trovata un altro amante—un importante funzionario governativo, qualcuno che non poteva essere eliminato senza gravi conseguenze—e ha detto a mio padre che se ne sarebbe andata. Non credo che intendesse sul serio—avrebbe dovuto essere l'equivalente di una bandiera rossa sventolata davanti a un toro. Ma questo è il problema con i tori infuriati: possono incornarti." La mia voce si fa più dura. "Ed è esattamente quello che ha fatto mio padre."

Le mani di Chloe si serrano in grembo, le sue nocche diventano bianche, mentre continuo. "Valery era assente per il suo servizio nell'esercito e Konstantin era a Dubai per affari, ma Alina era a casa per le vacanze invernali, avendo appena terminato il suo primo semestre alla Columbia. È lei che mi ha chiamato la sera in cui è iniziata l'ultima lite dei nostri genitori." Mi si stringe la gola, i ricordi così soffocanti che non sono sicuro di poter pronunciare la parte successiva. Eppure, in qualche modo vado avanti, la mia voce che riflette solo una frazione del dolore che mi lacera dentro. "Quando sono arrivato lì, il soggiorno era come la scena di un film dell'orrore, con il sangue schizzato su tutti i pavimenti in legno scintillante e i mobili bianchi. Alina deve aver cercato di intervenire, per proteggere nostra madre, perché è stata buttata contro il muro, uno dei suoi avambracci squarciato, dove aveva cercato di fermare il coltello di nostro padre. E nostra madre—" Mi fermo, poi proseguo gutturalmente. "Era a malapena riconoscibile come umana. Lui l'aveva ridotta in poltiglia prima di farla a pezzi. Ancora oggi, è una delle morti più violente che abbia mai visto."

Il viso di Chloe è cinereo, tremori visibili che attraversano il suo corpo armonioso, e vorrei fermarmi, terminare questa storia, prima che l'orrore nei suoi occhi si trasformi in terrore e repulsione, ma le ho promesso la verità, quindi mi distacco dalle parole che sto dicendo e dall'agonia soffocante che portano con sé.

"Era rannicchiato sul suo corpo, il coltello ancora in mano, mentre mi avvicinavo a lui. Aveva perso il controllo, mi ha detto. Era stato un incidente, ha detto. Io sapevo che non era così, però. Pavel e Lyudmila avrebbero dovuto essere lì quella sera, ma non c'erano. Li aveva mandati via per la notte. Loro e Alina—ma mia sorella aveva dimenticato qualcosa e inaspettatamente era tornata."

"Quindi lui—" La voce di Chloe si incrina. "L'aveva pianificato? Non era stata la coca?"

"Sì. Era fatto fino alla punta dei piedi, le sue pupille dilatatissime. Ma sapeva benissimo cosa avrebbe fatto, mentre si trovava in quello stato—quella sera una squadra di pulizie era stata chiamata e messa in attesa. Lo so perché..." mando giù aria, la gola che brucia per l'acido che sale nel mio esofago. "Perché l'ho fatta intervenire dopo. Dopo che è venuto verso di me con il coltello."

La brusca presa d'aria di Chloe è udibile. "Voleva ucciderti?"

"Può essere. Non lo so. Sapeva che non gli credevo, sapeva che non gliel'avrei fatta passare liscia per l'omicidio di mamma. Quindi, quando è venuto da me, le sue pupille grandi come una monetina, ho agito d'istinto." Guardando il viso sconvolto di mia moglie, dico con voce rauca: "Abbiamo lottato, e quando ho afferrato il coltello, ho fatto quello che mi aveva fatto insegnare da Pavel. L'ho sventrato dall'inguine all'esofago."

46

CHLOE

Poi, si alza in piedi e si dirige a grandi passi verso la finestra, dove mi dà le spalle, possenti e tese dalla tensione, il suo grande corpo immobile e duro come se fosse una delle montagne là fuori.

Lo fisso per qualche istante, assorbendo ciò che mi ha detto, e poi costringo i miei arti congelati a muoversi. "Alina..."

"Ha ripreso conoscenza negli ultimi momenti della nostra lotta" dice, fissando dritto davanti a sé, mentre mi avvicino a lui. La sua mascella sembra essersi trasformata in granito, le labbra sensuali appiattite in una linea dura. "Non me ne rendevo conto, non l'ho sentita gridare di smetterla—non fino a quando non ho finito."

"Quindi, lei...?"

"Mi ha visto ucciderlo, sì. Mi ha visto aprirlo in due."

Faccio un respiro affannoso, rivivendo quei

momenti orribili in cui *io* l'ho visto maneggiare il coltello. Agiva contro il mio aggressore, l'assassino di mia madre che stava per violentarmi e togliermi la vita, eppure mi sento ancora male al ricordo. Come doveva essere stato per Alina, che aveva appena diciotto anni la notte in cui aveva visto i suoi genitori morire così brutalmente, uno per mano di suo padre e l'altro per mano di suo fratello?

Cosa ancora più importante, come doveva essere stato per Nikolai?

Che tipo di danno ha inflitto quella notte alla *sua* psiche?

La mia mano trema, quando gli tocco la manica, attirando il suo sguardo verso di me. Il suo viso splendidamente scolpito è accuratamente vuoto, e non mostra nulla dei suoi sentimenti. Ma posso percepire il pozzo dell'angoscia dietro la sua maschera opaca, posso sentire il tormento paralizzante della sua colpa e della sua vergogna.

"Alina lo sa?" chiedo barcollante. "Che è stata legittima difesa? Che non l'hai fatto solo per vendicare vostra madre?"

Le sue ciglia nere si abbassano, velando gli occhi da tigre. "Non lo so. Non abbiamo mai parlato veramente di quella notte. Che cosa cambierebbe? Avevo venticinque anni contro i suoi cinquantasette, ero più veloce e più forte. Avrei potuto strappargli il coltello e immobilizzarlo—non dovevo ucciderlo."

"No?" Riesco a vedere la scena chiaramente come se fosse accaduta davanti ai miei occhi, posso immaginare la versione più vecchia di Nikolai, in forma e forte nonostante la sua età... pericoloso anche senza essere furioso e pieno di coca. E posso vedere un Nikolai venticinquenne, spinto in quella scena da incubo, stordito dalla morte raccapricciante di sua madre e terrorizzato per sua sorella sanguinante e priva di sensi.

Che cosa sarebbe successo, se non avesse sottratto il letale coltello a suo padre?

Anche il suo sangue avrebbe macchiato quella lama, il suo corpo si sarebbe unito a quello di sua madre e sua sorella in una tomba anonima in una foresta russa?

"Che cosa stai dicendo?" La voce di Nikolai si irrigidisce, i suoi occhi scintillano ferocemente, mentre la sua maschera scivola, rivelando la ferita cruda e in putrefazione sottostante. "L'ho ucciso. Mio padre. A chi importa se è stato per legittima difesa o no? Lo volevo morto per quello che le aveva fatto. Volevo il suo sangue—il *mio* sangue—sulle mie mani, e non mi pento di averlo fatto. Perché vedi, zaychik, Alina ha ragione: io *sono* come lui. In tutti i sensi, sono mio padre."

Mi sento come se il mio cuore fosse stato fatto a pezzi, la sua angoscia che mi dilania brutalmente come un coltello. Come ha potuto contenere tutto questo dolore dentro di sé? Com'è riuscito a non farlo a pezzi? "No" dico, la mia voce più ferma a ogni parola. "Non sei tuo padre. E io non sono tua madre. Il loro destino non sarà il nostro—non se non lo permettiamo."

Non so quando è stato durante il suo racconto che ho capito cosa lo motiva, a che punto ho capito che

Nikolai *si* è bollato come un mostro sei anni e mezzo fa —e da allora ha fatto del suo meglio per essere all'altezza di ciò che pensa sia la sua natura, del sangue Molotov che vede come la sua maledizione. Non che non ci sia del vero nella sua convinzione. La mia nuova famiglia è oscura e spietata, un ritorno ai tempi in cui la violenza e il potere potevano sistemare le cose. Le loro relazioni meritano un capitolo in un libro sulle dinamiche familiari spezzate, e mio marito è il prodotto di quell'educazione, la sua persona plasmata tanto dalla tragedia della relazione che si stava lentamente dipanando tra i suoi genitori quanto dalla sua fine esplosiva e raccapricciante.

Tuttavia, non è suo padre. Neanche lontanamente. E io non sono sua madre. Lei non conosceva la natura di suo marito, quando lo sposò, non era preparata per una vita con un uomo così violento e spietato. Mentre io, a causa di mio padre biologico, ho vissuto l'inferno, e anche se non posso dire di non essere stata turbata nel vedere Nikolai uccidere i due assassini, scoprire di cosa è capace non ha cambiato i miei sentimenti— nonostante il mio sgomento iniziale.

Spietato assassino o no, è e sarà sempre il mio amante e protettore.

"No?" Mi afferra la parte superiore delle braccia, le sue dita come fasce d'acciaio. "Come sfuggiremo al loro destino? Mi odi già a un certo livello, vero? Per aver ucciso quegli uomini davanti a te e averti riportata indietro, quando mi hai implorato di lasciarti andare? Per averti costretta a sposarmi?"

Sostengo il suo sguardo ferocemente dorato, rifiutandomi di sussultare per il tumulto vulcanico che vi scorgo, per tutte le emozioni a lungo represse che minacciano di riversarsi in uno tsunami, distruggendo ogni cosa sulla loro strada. "No, Nikolai." La mia voce è morbida e ferma nonostante il battito irregolare del polso. "Te l'ho detto, ti amo. Non ti odio. Non ho mai potuto, quindi non l'ho mai fatto—e non lo farò mai."

Le sue dita si stringono, spingendo più a fondo nella mia carne. "Come puoi esserne così sicura? Hai visto di cosa sono capace, come sono... come sono con te. In che modo esattamente sono diverso da lui?"

Combatto l'impulso di tirarmi indietro dal dolore e dalla rabbia che sanguinano nelle sue parole. Invece, chiedo dolcemente: "Tuo padre amava te e i tuoi fratelli nel modo in cui tu ami Slava? Amava davvero qualcuno tranne se stesso? E non intendo la sua violenta fissazione per tua madre."

La sua espressione non cambia, ma posso sentire la risposta nel sottile allentamento della sua presa su di me, quindi proseguo. "Forse sei come lui in qualche modo, ma non in tutti. Non quelli che contano. Per esempio, mi faresti mai del male? Male sul serio? Sto parlando di pugni e coltelli, non di essere rude a letto."

Si ritrae, tirando via le mani. "Prima mi ucciderei."

"E Slava? Andresti mai da lui con un coltello... diciamo, mentre sei fatto o ubriaco?"

La rabbia gli balena sul viso. "Cazzo, no."

"Esattamente." Mi avvicino ancora di più a lui, il mio cuore che batte forte come una tempesta. "Perché non sei come tuo padre. Non importa cosa pensa tua sorella... non importa cosa temessi dopo che mi hai salvata."

Le sue narici si dilatano, mentre mi fissa. "Temessi?" La sua voce è ruvida come la carta vetrata, le parole tinte per la prima volta da un accenno di accento russo. "Al passato?" Afferra di nuovo le mie braccia, i suoi occhi di un verde-dorato selvatico. "Pensi di essere al sicuro con me? Perché? Perché ora conosci tutta la brutta verità? Perché pensi di capirmi?"

"Sono sempre stata al sicuro con te." E in fondo, l'ho sempre saputo. Ecco perché sono stata in grado di seppellire la testa sotto la sabbia per tutte queste settimane, perché vederlo uccidere e torturare non mi ha fatta indietreggiare al suo tocco—e perché essere costretta a sposarlo non ha cambiato i miei sentimenti.

Anche quando mi sento come una preda sotto quel suo sguardo intenso da tigre, so che non mi farebbe mai del male.

La sua mascella si flette violentemente. "Come cazzo puoi esserne così sicura? Come puoi fidarti di me e tantomeno amarmi, visto il veleno che scorre nelle mie vene?"

"Tu *mi* ami? Ti fidi di *me*, visto il veleno che scorre nelle *mie* vene?" La mia voce si alza, mentre le parole si riversano fuori, cariche di tutta la rabbia che non ho avuto la possibilità di elaborare, tutto il disprezzo per me stessa che ho soppresso. È come se una diga si fosse rotta, e non posso fermare il torrente amaro, non posso ricostruire il blocco mentale che mi ha tenuta sana di mente per tutte queste settimane. "Sono figlia di uno stupro, il risultato di un bidone della spazzatura sociopatico che ha violentato mia madre adolescente. Almeno i tuoi genitori si sono voluti l'un l'altro a un certo punto—almeno sei stato concepito in qualcosa di simile all'amore."

Mi lascia andare, il suo sguardo che diventa di nuovo opaco. "Non è la stessa cosa."

"Non lo è?" Avvolgo i pugni nella sua camicia, senza lasciarlo voltare. "Pensaci. Il mio sangue è contaminato, come il tuo. Anche mio padre ha ucciso mia madre— non per passione contorta, ma per freddo calcolo. E sicuramente avrebbe ucciso anche me. Potrebbe ancora provarci, infatti. In che modo esattamente sono diverse le nostre storie? Come sono in qualche modo migliore di te? Semmai, siamo una coppia perfetta—o, come ti piace dire, destinati a stare insieme."

Mi fissa, il suo ampio petto che si muove a un ritmo irregolare, e posso vedere che sto arrivando a lui, che sta assorbendo questa verità fondamentale. Una verità che fino a questo momento non avevo compreso appieno.

Forse non credo molto nel destino, ma *qualcosa* mi ha portata qui, a questa famiglia con tutta la sua bruttezza e bellezza. A questo uomo meraviglioso, letale e danneggiato, che non si tirerà mai indietro dal fare ciò che serve per tenermi al sicuro e uccidere i miei demoni... purché io uccida anche i suoi.

Lascio andare la sua camicia e appoggio i palmi su ciascun lato del suo viso, sentendo la dura forza delle sue ossa sotto la pelle calda e ruvida. "Ti amo, Nikolai... ti amo e voglio stare con te, passato oscuro, ossessività e tutto il resto. Qualunque cosa abbiano fatto i nostri padri, per quanto incasinate fossero le relazioni dei nostri genitori, noi non siamo loro, e non dobbiamo seguire i loro passi. Io non violenterò mai un'adolescente—e tu non mi farai mai del male, non importa quanto siano forti i tuoi sentimenti per me... non importa quali prove dovremo affrontare in futuro."

Il suo petto si solleva più velocemente mentre parlo, gli occhi che si scuriscono fino a diventare del colore del bronzo ossidato. "Chloe..." La sua voce è roca, mentre mette le mani sulle mie. "Zaychik, non hai idea di quanto siano già forti i miei sentimenti per te, di quanto sia distruttiva la mia ossessione per te."

Inumidisco le mie labbra. "Penso di saperlo." Le telecamere sono una buona indicazione. Avremo bisogno di parlarne a un certo punto, ma per ora, ho cose più importanti su cui concentrarmi... come il modo in cui il suo sguardo cade sulla mia bocca e si accende con il familiare calore vulcanico, la fame oscura che mi eccita e, a un certo livello, mi spaventa— ma solo perché evoca in me una risposta altrettanto potente.

Non è l'unico il cui amore ora rasenta l'ossessione.

Mi fissa la bocca per un altro battito, le sue mani che si stringono sulle mie. Poi, respirando forte, schiaccia le sue labbra sulle mie, una mano che mi stringe i capelli, mentre l'altra mi afferra la natica, tirando la mia parte inferiore del corpo contro la sua.

È già duro, il rigonfiamento della sua erezione che spinge dentro di me, mentre mi trascina alla sua scrivania, divorandomi con un bacio brutale, un bacio a cui rispondo con uguale fervore. Cadiamo sulla superficie dura in un groviglio di arti e mani che brancolano avidamente, unendoci in una furia di lussuria e amore, nella tenera violenza della passione.

Nel modo più perfetto per due persone imperfette.

47

NIKOLAI

Mentre gli ultimi echi dell'estasi svaniscono, mi rendo conto della dura superficie della scrivania sotto la mia schiena nuda e del leggero peso del corpo di Chloe adagiato sul mio petto madido di sudore. Il mio cervello è traboccante di endorfine e il mio cuore batte ad un nuovo ritmo di speranza nel petto.

Le ho raccontato tutto, e invece di indietreggiare per la repulsione, mi ha abbracciato.

Ho messo a nudo le parti peggiori di me stesso, e invece di scappare terrorizzata, mi ha detto che siamo destinati a stare insieme.

E lo siamo. Lo sapevo dall'inizio, ma a un certo punto nelle ultime due settimane, mi stava sfuggendo di mano, e ho iniziato a dubitare che la nostra relazione potesse sopravvivere al veleno che mi infetta dentro... il percorso angosciante dei miei genitori.

"Non lo siamo" mormora Chloe, sollevando la testa dalla mia spalla, e mi rendo conto di aver detto l'ultima parte ad alta voce. Sorridendo teneramente, traccia i bordi delle mie labbra con un dito sottile, i suoi occhi così morbidi e caldi che il suo sguardo è come una carezza fisica sul mio viso. "Decidiamo noi la nostra vita, il nostro futuro."

Mettendomi a sedere, la tiro sul grembo, un eccesso di emozioni che mi riempie il petto, mentre inalo il suo profumo di fiori selvatici e sento le sue braccia esili avvolgersi fiduciosamente intorno al mio collo. Tenerezza e possessività, amore e lussuria, paura e gioia—lottano dentro di me, finché non sembra che la mia cassa toracica non possa contenere tutto.

È possibile?

L'amore di Chloe per me potrebbe essere più di un dolce miraggio?

Questo tipo di felicità potrebbe essere reale e duraturo?

Ci sono così tante cose di cui voglio parlarle, così tante cose che voglio dirle... un'altra confessione che voglio fare riguardo al destino di suo padre. Ma per ora, questo è sufficiente. Non voglio rovinare questo momento perfetto, sollevando argomenti controversi. Quindi, le bacio la sommità della testa e la tengo stretta, felice—veramente felice—per la prima volta nella mia vita.

48

CHLOE

VOGLIO RESTARE COSÌ, COCCOLATA IN GREMBO A Nikolai, per sempre, ma so che prima o poi dovremo muoverci. Con la coda dell'occhio, spio il mio vestito sul pavimento accanto alla sua camicia—insieme al laptop che abbiamo buttato giù dalla scrivania nella nostra passione. Dovremmo recuperare il computer, assicurarci che funzioni... forse parlare anche delle telecamere. O meglio ancora, del nostro futuro in generale. Ma prima di arrivarci, c'è qualcosa che devo dirgli.

Sollevando la testa dalla sua ampia spalla, mi tiro indietro per incontrare il suo caldo sguardo ambrato. "Grazie" dico dolcemente. "Grazie per aver fatto quello che hai fatto a Bransford. So che non è una soluzione perfetta—so che anche detronizzato, potrebbe essere pericoloso—ma penso—"

Un forte colpo alla porta fa sobbalzare entrambi.

"Nikolai!" La voce profonda di Pavel è tesa, il flusso di russo che segue urgente.

"Fanculo!" Nikolai mi solleva dalle sue ginocchia e si alza in piedi, afferrando i suoi vestiti e strattonandoli con una serie di movimenti esplosivi.

È un passaggio così improvviso dalla pace che ci stavamo godendo che sono troppo sbalordita per elaborarlo all'inizio. Ma poi l'adrenalina mi schiarisce la mente, e anch'io mi metto in moto.

"Che cosa c'è che non va? Slava è di nuovo malato?" Mi agito per infilare il vestito, il cuore in gola, mentre lo indosso.

Nikolai è già vicino alla parete di fondo, e preme il palmo contro la superficie liscia e bianca. "Slava sta bene" dice cupo, mentre una sezione del muro scivola via, rivelando una stanza piena di armi al mio sguardo sorpreso. "Le nostre guardie. Arkash ha inviato a Pavel un messaggio per aver notato qualcosa di strano, e ora Pavel non riesce a mettersi in contatto con lui o con nessuno dei nostri altri uomini."

Ansimo, il mio pugno che si alza per premere contro le mie labbra. "Pensi che—"

"Siamo stati attaccati? Sì." Afferra un M16 dall'aspetto terrificante. "E se dovessi scommettere, punterei i miei soldi sui Leonov."

49

NIKOLAI

GLI OCCHI CASTANI DI CHLOE SONO SPALANCATI PER LA paura e lo shock, mentre appoggio la mia arma sulla scrivania e la accompagno nel corridoio, dove Pavel sta aspettando. Il cuore mi batte furiosamente nel petto, l'adrenalina che pompa nelle vene, mentre ordino duramente: "Porta lei, Slava e Alina nella stanza blindata."

Lui annuisce, afferrando la ragazza in un abbraccio da orso. "Lyudmila e loro due sono già dentro."

"Aspetta!" grida Chloe, mentre lui la prende in braccio e la porta giù per le scale. "Lasciami aiutare. Posso—"

Non sento il resto di quello che dice, perché sono già tornato nel mio ufficio. Non posso prendermi il tempo per calmare la mia zaychik, non quando ogni secondo porta Alexei Leonov più vicino alla nostra porta. E dev'essere lui. Dev'essere lui quello dietro a tutto questo. I nostri volti devono essere apparsi su una telecamera di sicurezza dell'ospedale, e i suoi hacker ci hanno rintracciato qui. È l'unica spiegazione che abbia senso, l'unico modo in cui avrebbero potuto triangolare la nostra posizione.

Se fossimo solo io e Pavel, non mi preoccuperei. Siamo addestrati per questo, pronti ad andare in battaglia in un attimo. Ma anche Chloe e Slava sono qui, così come mia sorella e Lyudmila. È il pensiero di loro in pericolo che mi gela le ossa, inondandomi lo stomaco di acido.

Farò a pezzi Alexei Leonov a denti scoperti, prima di lasciargli strappare mio figlio da me. E se torce un solo capello sulla testa di Chloe o Alina, sviscererò ogni membro della sua famiglia.

Con sforzo, reprimo la mia rabbia e apro il laptop per recuperare le riprese del drone e le immagini dalle telecamere perimetrali. Ciò che conta ora è valutare la situazione. Da dove vengono i nostri aggressori? Quanti sono? Mi si stringe il petto, quando penso ad Arkash e alle nostre altre guardie, molte delle quali miei amici, brave persone con famiglia a casa. Quanti di loro sono già stati uccisi? Quanti feriti?

Non importa cosa, devo sapere.

Afferro il mio laptop dal pavimento e lo apro.

Lo schermo è scuro e silenzioso, e non risponde, quando provo ad accenderlo manualmente.

Fanculo. La caduta deve averlo danneggiato.

Prendo il telefono, invece, e sento il mio sangue ghiacciarsi.

È la stessa storia. Il dispositivo è morto, lo schermo è nero, qualunque cosa io faccia.

Mi giro e premo l'interruttore della luce sul muro.

Funziona.

La mia mente lavora furiosamente, saltando da una possibilità all'altra. Potrebbero aver inviato una sorta di impulso elettromagnetico, friggendo i nostri dispositivi elettronici? È per questo che Pavel non è riuscito a mettersi in contatto con le guardie? Perché anche i loro dispositivi sono stati disabilitati? Ma allora il telefono di Pavel? Non si sarebbe accorto che non funzionava?

A meno che funzionasse in quel momento.

Se l'impulso fosse stato iper-mirato, avrebbe potuto prima colpire le nostre guardie sul perimetro del complesso, poi colpire la casa.

Non ho idea di come Alexei abbia potuto mettere gli artigli su un'arma così avanzata, ma so una cosa: Konstantin, tecnico paranoico quale è, pensava che un attacco con impulso elettromagnetico non fosse completamente fuori discussione. Ecco perché il nostro generatore di backup è situato all'interno di una gabbia di Faraday in profondità nel sottosuolo, e perché anche le nostre linee elettriche principali sono sotterranee, rinforzate con involucri metallici.

Ai figli di puttana sarebbe piaciuto tagliare la nostra corrente, ne sono sicuro, ma si sono dovuti accontentare di eliminare i nostri droni e le nostre telecamere.

Un lontano *ra-ta-ta-ta* di spari raggiunge le mie orecchie.

Grazie al cielo.

Le guardie devono essere ancora vive, e stanno facendo il loro lavoro.

Getto da parte il mio telefono morto e indosso un giubbotto antiproiettile, poi allaccio diverse pistole e metto in spalla una dozzina di munizioni. Prendo anche due radio funzionanti dall'armeria—come la scatola rivestita di metallo con il generatore, la stanza nascosta è una gabbia di Faraday.

Quando ho finito, Pavel irrompe nel mio ufficio, anche lui armato fino ai denti. "I telefoni e le radio, sono—"

"Morti, lo so. Ecco." Gli metto in mano il secondo dispositivo radio. "Andiamo. È ora che i Leonov sappiano con chi stanno scherzando."

50

CHLOE

"Smettila, Chloe" ribatte Alina, e mi rendo conto di aver ripreso a battere il piede—una manifestazione fisica della mia ansia che inspiegabilmente la infastidisce. In generale, è più nervosa di quanto non l'abbia mai vista, i suoi movimenti a scatti e la spina dorsale così tesa che è un miracolo che possa voltare il collo.

"Scusa." Sposto Slava in modo che sia seduto più comodamente sulle mie ginocchia. "Sono solo preoccupata per loro."

Tengo il bambino tanto per calmarmi quanto per confortarlo. In realtà, di noi quattro, Slava è il meno ansioso, probabilmente perché non capisce l'entità della minaccia che stiamo affrontando. Lyudmila gli ha detto che siamo qui come parte di un'esercitazione di sicurezza, e anche se sono sicura che stia cogliendo la tensione degli adulti, non ha messo in dubbio la spiegazione.

Vorrei poter essere calma anch'io, ma non lo sono. Il mio petto è dolorosamente stretto, le mie viscere si agitano come se fossero in una lavatrice durante il ciclo di centrifuga. Sono acutamente, terribilmente consapevole del fatto che Nikolai è là fuori, ad affrontare un numero imprecisato di nemici—che possano essere o meno i Leonov.

Per quanto ne sappiamo, Bransford ha inviato un intero esercito di assassini per me. Potrebbe benissimo essere colpa mia, se siamo in pericolo.

Il mio respiro accelera di nuovo, e mi sforzo di inspirare più profondamente per evitare l'iperventilazione. La stanza blindata—un posto che non avevo idea che esistesse fino a quando Pavel non mi ha spinta qui—è scavata nella montagna sotto il garage, ed è abbastanza grande da essere considerata un monolocale, dotata di un letto matrimoniale, due futon, una mini-cucina completamente attrezzata, un piccolo bagno e provviste nella dispensa sufficienti per sopravvivere a un inverno nucleare. In teoria, c'è molto ossigeno qui, ma continuo a sentirmi come se stessimo esaurendo l'aria, come se i muri si stessero avvicinando a me ogni secondo che passa.

Nikolai è là fuori e io sono bloccata qui, incapace di fare qualcosa per aiutarlo.

"Puoi smetterla, cazzo?" Alina balza in piedi. Il suo viso è pallido come quello di un vampiro sotto la luce bianca della striscia LED sul soffitto, il suo petto che si solleva, mentre mi guarda, e mi rendo conto di aver ripreso inavvertitamente a battere i piedi.

Prima che possa fermarmi—non è l'unica ad avere i nervi logorati—Lyudmila dice qualcosa in russo. Sebbene anche il suo viso tondo sia pallido, il tono della sua voce è rassicurante, e Alina ricade sul futon, scostandosi i capelli con una mano tremante, prima di strofinarla sul suo abito da sera rosso.

La fisso, colpita da quanto sembri angosciata, molto più di quando abbiamo avuto l'incidente con Slava. Sa qualcosa che io non so?

Siamo ancora più in pericolo di quanto io immagini?

Metto Slava sul letto e mi avvicino a lei, il pavimento di cemento freddo per i miei piedi nudi— nella fretta di portarmi qui, i miei tacchi a spillo sono rimasti nell'ufficio di Nikolai. Seduta accanto a lei sul futon, le chiedo a bassa voce: "Stai bene?"

Mi guarda, i suoi occhi di giada che brillano troppo intensamente.

"Sta succedendo qualcos'altro?" insisto. "Sembri insolitamente agitata—non che tu non abbia una buona ragione per esserlo."

Apre la bocca per dire qualcosa, poi scuote la testa. "Non è niente." La sua voce è tesa. "Ho un forte mal di testa, ecco tutto."

Ovviamente. Ecco cosa succede, quando è sotto stress. Poverina. Copro la sua mano gelida con la mia, felice di concentrarmi su qualcosa di diverso dalla mia paura debilitante. "Hai le tue medicine?"

"No."

Guardo la scala pieghevole che porta al garage.

Quali sono le probabilità che io possa correre di sopra velocemente e prendergliele?

"Non pensarci nemmeno" ribatte, leggendomi nel pensiero con la stessa straordinaria abilità di suo fratello. "Se le volessi, le andrei a prendere personalmente. Ma nessuna di noi deve—"

La luce del soffitto tremola, mentre un forte boato scuote la stanza, facendomi bloccare lo stomaco e facendo piovere gesso sulle nostre teste.

Tutti insieme, saltiamo in piedi e io corro verso Slava, i cui occhi sono ora spalancati per la paura. "Mamma Chloe." La sua voce è sottile, mentre lo sollevo e appoggio il suo robusto peso sul mio fianco. "Dov'è papà? Non mi piace questo. Lo voglio con me."

Stringo le mie braccia intorno a lui. "Anch'io, tesoro. Anch'io. Ma non preoccuparti. Andrà tutto bene. Il tuo papà sarà qui presto. Dobbiamo solo aspettare." Spero che il bambino non possa sentirmi tremare—o vedere l'espressione sul viso di Alina.

Sembra che sia stata posta nel braccio della morte, con l'esecuzione prevista per oggi.

Lyudmila deve notarlo, perché si avvicina a lei e avvolge un braccio attorno alle sue spalle snelle, mormorando qualcosa in russo. Capisco le parole "Alexei" e "braht"—la parola russa per "fratello"—e desidero per la centesima volta conoscere meglio il russo.

Desidero disperatamente anche sapere cosa sta succedendo lassù, se Nikolai e Pavel stanno bene. Oltre a tutte le provviste, c'è un pannello con dei monitor dall'altra parte della stanza—presumibilmente una finestra sul mondo esterno—ma l'unica cosa che siamo state in grado di vedere sui monitor quando li abbiamo accesi erano le interferenze.

"Che cosa pensate che sia stato?" chiedo, incapace di tacere più a lungo. Nonostante i miei migliori sforzi, la mia voce tradisce l'agitazione, il terribile terrore che mi corrode le viscere al pensiero che Nikolai sia ferito. Abbracciando Slava più forte, stabilizzo il tono. "L'esplosione, intendo. Pensate—"

"Potrebbe essere una granata." La voce di Alina è piatta ora, stranamente priva di emozioni, mentre si libera dall'abbraccio solidale di Lyudmila, e anche se i suoi occhi brillano ancora di quella dolorosa luminosità, i lineamenti sono di nuovo composti. "Forse l'hanno lanciata nel garage per distruggere i nostri veicoli ed eliminare l'opzione di fuga. Oppure hanno piazzato manualmente degli esplosivi all'ingresso del garage—il che significherebbe che sono già qui, in casa."

E che Nikolai è gravemente ferito o ucciso.

La nausea che mi torce lo stomaco è così grave che devo deglutire per trattenere il vomito. Devo ricorrere a tutte le mie forze per mantenere la voce ferma per il bene di Slava. "Ci sono pistole quaggiù? Sono stata in un poligono di tiro alcune volte, quindi posso—"

Alina sta già camminando verso il pannello con i monitor, dove preme il palmo della mano contro la parete come aveva fatto Nikolai nel suo ufficio. E come nel suo ufficio, il muro scivola via, rivelando una collezione di armi che renderebbe orgoglioso un trafficante.

"Mio fratello ha previsto tutto" dice, prendendo in mano una Glock. "È improbabile che trovino presto questa stanza, ma se lo fanno, siamo pronte." Carica la pistola con movimenti rapidi e sicuri che mi fanno capire che è stata a un poligono più di un paio di volte.

In realtà, con quell'arma potrebbe essere pericolosa quanto suo fratello—e lui è letale. L'ho visto in azione. Può cavarsela da solo.

Almeno, questo è quello che mi dico per evitare di impazzire totalmente, mentre metto a terra Slava, in modo da potermi armare. Immediatamente si aggrappa alle mie gambe e mi fissa, l'umidità che si accumula nei suoi enormi occhi. "Voglio papà." Il suo labbro inferiore trema. "Dov'è?"

Gli accarezzo i capelli setosi, il mio petto che si contrae in modo doloroso. "Non lo so, tesoro, ma sono sicura che lo vedremo presto. Per ora, dobbiamo solo essere preparati, okay? In modo che tuo padre sappia che non abbiamo fallito in questo esercizio—e che possiamo prenderci cura di noi stessi—che siamo tutti forti, come Superman."

Slava tira su col naso, ma mi lascia andare le gambe e fa un passo indietro per lasciarmi passare.

"Bravo, ragazzo." Guardo Lyudmila per capire se per ora può prenderlo, ma si sta armando anche lei, maneggiando le armi con la stessa abilità impressionante di Alina. Il che mi fa porre la domanda...

"Che cazzo ci facciamo qui?" esplodo, dimenticando tutto per un momento. "Dovremmo essere là fuori ad aiutarli!" Rendendomi conto che sto spaventando Slava, abbasso la voce, mentre prendo una pistola e comincio a caricarla. "Forse una di noi può restare quaggiù a sorvegliare—"

Un altro boato fa tintinnare i piatti in cucina e fa piovere altro gesso dal soffitto. Le luci tremolano più volte, poi si spengono, facendoci piombare nell'oscurità totale.

Nel silenzio che segue, sento solo il mio respiro affannoso—e i colpi attutiti di spari sopra di noi.

51

NIKOLAI

LA MIA RADIO CREPITA, MENTRE ESCO DI CASA. "QUI Kirilov. Mi ricevi?"

Il mio stomaco si scioglie leggermente. "Sono Nikolai. Ti ricevo." Le guardie devono aver capito cosa stava succedendo e aver preso la scorta di radio di emergenza dalla loro armeria nella gabbia di Faraday. "Rapporto sullo stato, adesso."

"Dodici aggressori pesantemente armati sul lato nord del muro, quindici vicino al cancello. Ne abbiamo eliminati la metà e stiamo trattenendo il resto. Nessun drone o telecamera in funzione, e abbiamo perso il contatto con Arkash e Ivanko sul muro est."

Fanculo. Ciò significa che molto probabilmente c'è stata una violazione. "Prendi tutti gli uomini che puoi e spostati laggiù. Manda anche rinforzi a casa—Pavel e io potremmo averne bisogno."

"Sarà fatto."

La radio diventa silenziosa, e io affretto il passo. Se i nostri nemici sono già qui, all'interno del perimetro, resta pochissimo tempo per preparare un'importante linea di difesa—le bombe che ho interrato intorno alla casa.

La prima è sul vialetto, precisamente a tre metri e mezzo dal portone. Salendo sul tratto di ghiaia abilmente segnato, tiro fuori un telecomando di attivazione remota e digito il pin richiesto per sincronizzarla con gli esplosivi sottostanti. Può essere fatto solo a distanza ravvicinata, quindi nessuno può far esplodere accidentalmente la bomba, afferrando il dispositivo dalla cassaforte del mio ufficio. Non che sia probabile, con Pavel l'unica altra persona che conosce il codice della mia cassaforte, ma con mio figlio che gioca sempre qui intorno, non potevo rischiare.

La seconda bomba è nell'angolo sud-est della casa, la terza vicino al garage. Sincronizzo gli attivatori a distanza con entrambe e informo via radio Pavel di fare attenzione nel suo percorso verso l'interno della casa, parte della quale—le pesanti persiane di metallo che coprono le finestre—posso già vedere.

"Tutto pronto" riferisce. "Sto andando sul tetto."

"Ti raggiungerò tra un minuto."

Con noi posizionati su due angoli, nessuno sarà in grado di avvicinarsi alla casa senza essere visto, e i fucili di precisione e le mitragliatrici che abbiamo posizionato lì terranno a bada qualsiasi nemico, se escludiamo un esercito.

Sto per istruire Pavel nel prendere munizioni extra,

quando un minimo movimento alla mia destra attira la mia attenzione. Velocemente, mi metto dietro a un grosso albero e guardo con rabbia e incredulità, mentre figure in abbigliamento nero di tipo SWAT si riversano fuori dalla foresta a dozzine.

52

NIKOLAI

Conto trentatré invasori prima di aprire il fuoco, mirando a quelle che sospetto siano le lacune nella loro corazza. Devo dare credito ad Alexei—questa è un'operazione di livello militare, completa di un esercito in piena regola e ben equipaggiato.

Sono venuti preparati per la guerra, e la guerra è ciò che intendo dar loro.

Non penso a Chloe, Alina e mio figlio nascosti nella stanza blindata sotto casa, non mi concentro su cosa succederà loro, se fallisco. Non posso, non se voglio avere successo. Davanti a me c'è una forza molto più grande del previsto; preparati come eravamo per un attacco, non lo eravamo per uno di questa ferocia o livello.

Ho sottovalutato quanto i Leonov vogliano indietro Slava, cosa Alexei è disposto a fare per portarmi via mio figlio—suo nipote. A meno che... Slava non sia l'unico membro della mia famiglia che stia cercando.

Ma no. Questa è una follia. Quel contratto di fidanzamento è sempre stato uno scherzo da malati, un pezzo di carta inutile.

Non posso credere che Alexei abbia portato questo esercito per prendersi Alina.

I miei proiettili abbattono cinque invasori, prima che si rendano conto di dove mi trovo e aprano il fuoco nella mia direzione. Aspetto dieci secondi, lasciando che i loro proiettili strappino pezzi di corteccia dal mio albero, poi rispondo al fuoco, senza preoccuparmi di mirare. L'obiettivo ora è guadagnare tempo, perché Pavel arrivi sul tetto e perché arrivino i nostri rinforzi, ammesso che lo facciano mai.

Dati i numeri contro i quali ci troviamo, è possibile che Kirilov e i suoi uomini siano già stati eliminati.

Una pioggia di proiettili rimbalza sugli alberi vicini, mancandomi la spalla di centimetri. Gli uomini di Alexei si stanno avvicinando e si aprono a ventaglio, mi rendo conto cupamente. Se rimango qui, sarò circondato in men che non si dica, ma se corro, i loro proiettili mi falceranno ancora più velocemente.

Prendendo una decisione, mi getto sulla pancia e spalmo lo sporco sul viso per nascondere la tonalità chiara della mia carnagione. Poi, scruto attentamente da dietro l'albero, usando le alte erbacce intorno a me come copertura.

Come sospettavo, gli aggressori si sono divisi in due gruppi—uno per circondarmi, l'altro per proseguire verso la casa. Otto delle figure vestite di nero sono sul vialetto, e si avvicinano alla porta d'ingresso, mentre altre cinque stanno strisciando intorno alla casa verso il garage, presumibilmente per cercare di entrare in casa da lì.

Il battito cardiaco mi rimbomba nelle orecchie, il sudore mi inzuppa la schiena, mentre una nuova grandine di proiettili solleva pezzi di terra intorno a me; eppure aspetto, immobile e silenzioso, tutta la mia attenzione sulla minaccia alla mia famiglia, alla donna e al bambino che sono tutta la mia vita.

Se riesco a salvare entrambi, morirò felice.

Se posso garantire la loro sicurezza, nient'altro importerà.

Aspetto, e quando è il momento giusto, faccio esplodere la bomba del vialetto e, un secondo dopo, quella all'ingresso del garage. Deflagrano con la forza delle mine, facendo a pezzi tutti nel raggio di tre metri e dipingendo di rosso il paesaggio notturno.

Distraggono anche gli uomini che mi danno la caccia, che si girano per vedere i loro compagni di squadra fatti saltare in aria. Due secondi sono tutto ciò che guadagno, ma è abbastanza per balzare in piedi e correre verso il gruppo di alberi a lato del garage, girando attorno alla fila di uomini pesantemente armati di fronte a me. Il mio obiettivo è semplice: proteggere a tutti i costi l'ingresso del garage, tenendoli lontano dalla stanza blindata sotterranea.

Un proiettile mi sibila vicino all'orecchio, mentre corro. Un altro bacia il mio bicipite con fuoco pungente.

Mi stanno addosso.

È finita.

Una quiete particolare cala su di me, la certezza che la morte stia arrivando. Il mio battito cardiaco rallenta fatalisticamente, ma il mio corpo continua a muoversi, i muscoli delle gambe che pompano con maggiore sforzo. Un sesto senso mi fa inclinare bruscamente a destra, poi a sinistra, ma un proiettile mi sfiora ancora la spalla destra, lasciando dietro un'altra striscia di fuoco.

Il mucchio di alberi è più vicino ora, a pochi lunghi salti di distanza, ma anche un metro è troppo lontano, quando sei all'aperto con chissà quante pistole che sputano pezzi di piombo letali.

D'istinto, mi piego e rotolo, e diversi proiettili sibilano sopra di me, esattamente dove sarebbero stati il mio busto e la mia testa. La serie successiva di proiettili non mi mancherà, lo so, ma proprio mentre mi preparo a sentirli squarciare la mia carne, sento una violenta scarica di colpi provenire dall'alto—e il mio polso torna in vita, quando riconosco il crepitio di una mitragliatrice.

Pavel è arrivato sul tetto.

Finalmente ho la copertura.

Falcia le figure vestite di nero, mentre si disperdono verso la foresta, e io raggiungo il gruppo di alberi e aggiungo il mio fuoco agli sforzi di Pavel. In poco tempo, tutti i nostri aggressori—quelli che possono ancora muoversi, cioè—si sono ritirati, le loro armi che tacciono, mentre si mettono al riparo.

Anche la mitragliatrice smette di sparare.

Mi asciugo il sudore e la sporcizia dalla faccia e accendo la radio. "Kirilov? Ci sei?"

Un crepitio, seguito da interferenze.

Fanculo.

Cambio canale. "Pavel?"

"Ancora qui. Ma penso che abbiano catturato la maggior parte dei nostri uomini."

Ignoro il pizzicore acuto nel petto. "Lo so. Sarà una fottuta notte."

Mentre parlo, scruto la foresta, cercando ogni accenno di movimento. Secondo i miei calcoli, solo ventiquattro dei nostri aggressori sono a terra, altri nove si sono dispersi, più il numero dei loro compagni sopravvissuti alla battaglia con le nostre guardie.

Sono così concentrato sul mio compito che quasi mi sfugge la figura oscura che emerge dall'ombra proprio all'ingresso del garage—e quando sposto la pistola verso di essa, è troppo tardi.

Mentre il nemico si tuffa di lato per evitare i miei proiettili, la porta del garage esplode in pezzi, l'onda d'urto che quasi mi perfora i timpani.

53

NIKOLAI

ENTRO IN AZIONE, PRIMA CHE IL SUONO DELL'ESPLOSIONE svanisca.

"Coprimi" sibilo nella radio, e corro verso il buco in fiamme nel garage, ignorando il ronzio acuto nelle orecchie.

Devo arrivare lì, prima che l'aggressore si riprenda dall'esplosione.

Devo intercettarlo, prima che entri e trovi la stanza blindata.

Mentre corro, i proiettili colpiscono il terreno intorno a me, sollevando pezzi di erba e terra, ma la mitragliatrice di Pavel tiene i tiratori sufficientemente lontani da disturbare la loro mira.

Più mi avvicino al garage, più diventa evidente l'entità del danno. Lo stronzo deve aver incollato degli esplosivi direttamente sul fondo della porta, poiché la forza dell'esplosione non solo ha lacerato il metallo pesante, ma ha anche lasciato un buco annerito nel pavimento intorno ad esso. E—*fanculo*. Quelli sono davvero fili scoperti.

L'esplosione deve aver interrotto la corrente anche nella stanza blindata.

Non resterà al buio; tra pochi minuti, entrerà in funzione il secondo generatore, ma posso solo immaginare quanto debbano essere spaventati Chloe e Slava in questo momento. Per quanto siano spessi il soffitto e le pareti della stanza blindata, non è possibile che non abbiano sentito questa esplosione—o, a pensarci bene, la bomba che ho fatto esplodere nelle vicinanze.

Non importa. Li consolerò non appena saremo tutti al sicuro.

A proposito, dov'è lo stronzo che ha messo le bombe? È troppo sperare che il bastardo non sia sopravvissuto alla sua stessa esplosione?

Il mio cuore pompa pura adrenalina, i miei nervi pulsano di accresciuta consapevolezza, mentre passo attraverso l'apertura ardente nel garage buio, trattenendo il respiro per evitare di inalare fumo. È inutile; mentre avanzo più in profondità, mi rendo conto che il fumo ha riempito ogni fessura dello spazio, così denso in alcuni punti da attenuare il bagliore rosso delle fiamme.

Imprecando in silenzio, strappo un pezzo di stoffa dal fondo della mia camicia e mi premo il fazzoletto improvvisato sul viso per evitare di tossire, mentre passo intorno a uno dei nostri SUV, scrutando

nell'oscurità nebbiosa in cerca di segni di movimento...
ascoltando la tosse di qualcun altro.

E poi lo sento.

Un solo colpo di tosse, seguito da un attacco di tosse in piena regola—solo che non è l'attacco di tosse di un uomo, ma un leggero colpo acuto.

La tosse di un bambino piccolo.

54

CHLOE

"Slava? Slava, dove sei?" Mi muovo a tentoni nell'oscurità, il cuore che mi batte forte in modo nauseabondo, mentre infilo la pistola nel mio corpetto. "Alina, Lyudmila, ci siete? Dov'è? Non riesco a trovare Slava."

"Era proprio accanto a te." Il tono di Alina è teso come il mio. "Slava! Slavochka, *ti gdye?*"

Nessuna risposta.

Mi giro, le braccia tese. "Slava! Questo non è un gioco. Non stiamo giocando a nascondino. Lyudmila, lo vedi?"

"No." Sembra altrettanto preoccupata. "Forse è ferito. Ora cerco di far luce."

Giusto. Devono esserci delle torce da queste parti. Chiudo gli occhi, poi li riapro, cercando di far sì che la mia vista si adatti all'oscurità—e, con mia sorpresa, funziona.

Non è buio pesto intorno a me adesso. Infatti, c'è

una debole luce proveniente dall'altra parte della stanza.

Il lato dove si trova la scala.

Il mio battito cardiaco accelera ulteriormente, mentre mi avvicino, facendo del mio meglio per non inciampare. "Slava? Slava, vieni qui!" Il mio panico cresce di secondo in secondo. Non solo il bambino è scomparso, ma sto cominciando a sentire l'odore di qualcosa di acuto e acre.

Fumo.

"Slava!" La mia voce aumenta di tono e volume, mentre più luce raggiunge i miei bulbi oculari, riempiendo il mio stomaco di freddo terrore.

Non ci sono più dubbi su dove sia andato il bambino.

La porta del soffitto in cima alla scala è aperta.

55

NIKOLAI

IL TERRORE CHE MI PRENDE È COSÌ ASSOLUTO CHE PER UN attimo sono certo di aver sentito male, che la tosse del bambino non era altro che un'allucinazione provocata da tutto il fumo.

Non può essere mio figlio. È giù nella stanza blindata, dove è fottutamente al sicuro. Dove dovrebbe essere con Chloe e mia sorella.

Ma no. Sento di nuovo quella tosse, seguita da un dolorosamente familiare: "Papà? Papino?"

Il mio stomaco è una palla di ghiaccio, ma mantengo abbastanza lucidità mentale da non urlare che sono qui, nel caso anche il nemico fosse dentro. Invece, scendo e mi avvicino al punto in cui ho sentito la voce di Slava—una mossa che ha il vantaggio di aiutarmi a respirare un'aria più pulita, poiché c'è più fumo in alto.

Tuttavia, la voglia di tossire sta crescendo, le particelle tossiche che mi riempiono i polmoni. Il mio petto si solleva convulsamente, gli occhi mi lacrimano per lo sforzo di sopprimere il riflesso, e so che presto mi tradirò.

Devo localizzare Slava al più presto.

"Papà? Dove sei?"

Fanculo. La sua voce suona più lontana.

Si sta dirigendo verso la porta del garage, cercando di sfuggire al fumo.

Come cazzo è che sta da solo? È successo qualcosa a Chloe e Alina?

Rimanendo basso sul pavimento, corro dietro di lui, il mio cuore che batte forte, mentre i polmoni continuano a urlare che ho bisogno di tossire, di espellere l'aria contaminata.

"Papà?"

La minuscola figura di Slava viene brevemente delineata dal bagliore delle fiamme, quindi attraversa il buco ardente, scomparendo all'esterno.

Fanculo. Tossendo forte, mi alzo di scatto e mi lancio in uno sprint.

Se prendo un proiettile, pazienza.

Scatto fuori, pistola pronta, e lo vedo.

Mio figlio, in piedi a pochi metri di distanza, il suo faccino che si illumina alla mia vista.

"Papà!" Agita un coltello in aria. "Sono venuto per aiutare—come Superman."

Il mio cuore batte per un mix di paura e sollievo, mentre mi avvicino a lui, solo per bloccarmi sul posto, quando una figura scura emerge dall'ombra dietro di lui, la pistola puntata contro di me.

"Vieni qui, Slavchik" dice Alexei Leonov, togliendosi la maschera con una mano per rivelare gli occhi neri che brillano alla luce delle fiamme che crepitano dietro di me. "Adesso sei al sicuro, ragazzo. Tuo zio è venuto per portarti a casa."

56

CHLOE

Dimenticando tutto, sollevo la gonna lunga del mio vestito e salgo la scala, il terrore che cresce, mentre mi arrampico attraverso la porta aperta sul soffitto e il fumo più denso mi avvolge, l'odore acre che mi serpeggia nelle narici e mi fa bruciare gli occhi.

"Slava!" Tossisco, sbirciando attraverso l'oscurità tinta di rosso. "Slava, torna indietro!"

Niente. Nessuna risposta.

"Chloe, aspetta!"

Ignorando il grido di Alina, continuo a salire e scruto l'inferno fumoso che è l'interno del garage. È come la scena di un film catastrofico, con auto ricoperte di intonaco, finestre in frantumi e fiamme tremolanti vicino alla grande porta di metallo—una porta che mostra un gigantesco buco di fiamme.

Il mio battito aumenta vertiginosamente e mi lancio in una corsa, ignorando i frammenti di vetro e di cemento spezzati simili a rocce che graffiano i miei piedi nudi. Il dolore non è niente in confronto al terrore che mi sega lo stomaco.

Quel buco è dove dev'essere andato Slava.

Dev'essere venuto quassù subito dopo l'esplosione ed essere corso fuori, dritto dentro Dio sa quale pericolo.

Almeno ora non si sente il rumore degli spari—ma questo potrebbe cambiare in qualsiasi momento. Tossendo, tiro fuori la pesante pistola dal corpetto e la afferro saldamente con entrambe le mani, per timore che scivoli via dalle mie dita sudate.

"Slava!" Corro attraverso il buco, ignorando le fiamme che divorano i suoi bordi—solo per fermarmi sbandando, presa dall'orrore.

Di fronte a me c'è una scena che sembra uscita da un western: Nikolai e un uomo sconosciuto, le pistole puntate l'una contro l'altra in una situazione di stallo letale, Slava con gli occhi spalancati nel mezzo.

57

CHLOE

In iperventilazione, sollevo la pistola, puntando la canna verso lo sconosciuto. "Lascia cadere la tua arma e stai indietro!"

Voglio sembrare autorevole, invece le mie parole escono in un gracidio rauco e tremante, la mia gola irritata dal fumo.

Lo sguardo scuro dell'uomo si sposta su di me per un millisecondo, ma non si muove di un centimetro. "*Idi syuda*, Slavchik." La sua voce profonda è stranamente calma. "*Bystro*."

Con mio grande shock, riconosco la prima parte della frase russa.

Vieni qui, ha detto lo sconosciuto, usando un altro diminutivo del nome del bambino.

Lo sguardo di Nikolai non lascia il viso del suo avversario, anche se so che è consapevole della mia presenza. Posso sentire la tensione letale che emana, vedere la sua mascella dura flettersi.

"Mio figlio non andrà da nessuna parte con te" ringhia in inglese allo sconosciuto. "Slavochka, mettiti dietro di me. Subito."

Slava sembra confuso, il suo sguardo che si sposta avanti e indietro tra i due uomini. "*Dyadya Lyosha? Papa?*"

Dyadya. Sforzo il cervello per una traduzione, e poi mi viene in mente.

Zio, significa quella parola. E *Lyosha* è probabilmente un diminutivo per *Alexei.*

Nikolai aveva ragione. *Sono* i Leonov—o almeno uno di loro.

Lo zio di Slava.

La pistola è pesante nelle mie mani tese, molto più di quanto facciano credere nei film. Cominciano a farmi male i muscoli delle spalle e del collo, gli avambracci sono stanchi per aver impugnato l'arma così strettamente. Ignorando il disagio, la tengo puntata sull'uomo, la mia mente che lavora freneticamente, cercando di pensare a una via d'uscita da questa situazione incasinata.

Dopo tutto quello che Nikolai mi ha raccontato sui Leonov, mi aspettavo quasi delle corna e una coda, e c'è qualcosa di demoniaco nei lineamenti duri di Alexei— specialmente nei suoi occhi. Sono così scuri che sembrano neri, facendomi pensare a pozze di catrame nelle profondità di un vulcano, con una sfumatura rossastra delle fiamme tremolanti che vi si riflettono. Eppure, l'uomo non è brutto, tutt'altro.

Se Nikolai non avesse fissato un livello incredibilmente alto di bellezza maschile, avrei potuto trovare lo zio di Slava pericolosamente attraente.

Non che il suo aspetto abbia importanza, quando tiene la pistola puntata contro Nikolai—e le *sue* braccia muscolose non mostrano alcun segno di stanchezza. Nemmeno quelle di Nikolai. Entrambi gli uomini potrebbero anche essere fatti di acciaio, i loro volti tesi per l'odio reciproco.

Slava, invece, non sembra prendere parte a quel sentimento. Semmai, sembra combattuto tra suo padre e suo zio, la testa che gira avanti e indietro, la sua postura che parla di sconcerto per la tensione tra i due adulti piuttosto che di paura dell'invasore.

Se il bambino ha subito abusi mentre viveva con la famiglia di sua madre, non è stato per mano di quest'uomo.

Giungendo a una decisione, mi avvicino con cautela. Per quanto io sia terrorizzata per Nikolai, devo portare Slava fuori dalla linea di tiro diretta.

"Slavochka..." Rendo la mia voce più calma e gentile che posso. "Per favore, vieni da me. Mamma Chloe ha bisogno di te qui."

Il ragazzino non si muove. In qualche modo, deve percepire che la sua presenza è l'unica cosa che impedisce alla violenza di intensificarsi.

Rischio un altro mezzo passo in avanti, e Slava finalmente si muove, precipitandosi verso di me. Non appena è abbastanza vicino, lo afferro per un braccio e lo spingo dietro di me, bloccandolo con il mio corpo, mentre comincio a indietreggiare.

Lo sconosciuto emette una risata ruvida, i suoi occhi scuri che lampeggiano brevemente verso l'anello al mio dito. "Mamma Chloe, vero?" Come quello di Nikolai, il suo inglese è americano. "Tesoro... se muovi un altro muscolo, faccio saltare le tue cervella e poi quelle del tuo caro marito. Congratulazioni per le tue nozze, comunque" continua, mentre mi immobilizzo sul posto. "Immagino che il matrimonio sia stato molto recente?"

Gli occhi di Nikolai sono socchiusi, la sua voce letalmente morbida. "Non sono affari tuoi, cazzo. Ora vattene, prima che dipinga il terreno con il *tuo* cervello. Dato che siamo una famiglia, ti lascerò andare via, prima che arrivino le guardie."

"Quali guardie?" Il sorriso tagliente di Alexei è tutto denti bianchi e crudeltà. "Siamo solo io e i miei uomini qui adesso. E sei fottutamente fatto, se pensi che me ne andrò senza quello per cui sono venuto. Consegnami il figlio di mia sorella e Alina—e forse, solo forse, lascerò vivere te e la tua bella sposa. Visto che stiamo per diventare una famiglia ancora più legata e tutto il resto."

Sbatto le palpebre. Alina? Che cosa c'entra lei? E che cosa intende per famiglia più legata?

La voce di Nikolai si addolcisce ulteriormente, una minaccia letale in ogni sillaba pronunciata dolcemente. "Hai esattamente trenta secondi per stare zitto e tornare indietro, prima che apra il fuoco."

"Con lei e il bambino qui? Non credo." I suoi occhi si fissano su di me per un altro millisecondo. "Inoltre, i miei cecchini vi hanno entrambi nel mirino."

Il mio stomaco si contorce, ma Nikolai mostra solo i denti. "Cazzate. Non hanno una visibilità chiara."

"No? Vuoi scommettere?" Alexei sorride selvaggiamente. "In ogni caso, tutto quello che devo fare è aspettare, e i miei uomini abbatteranno il tiratore sul tuo tetto—a quel punto sarai completamente circondato e prenderò quello per cui sono venuto."

"No, se a quel punto sarai già morto." L'espressione di Nikolai è ghiaccio scuro. "Ti restano venti secondi. Diciannove. Diciotto…"

Il mio battito cardiaco aumenta, il terrore raddoppia ad ogni secondo che passa. Fa sul serio, lo vedo—e anche Alexei, i cui occhi neri si restringono. L'aria impregnata di fumo è così densa di violenza incipiente che posso praticamente assaporare il caldo spruzzo ramato del sangue, mentre i proiettili squarciano la carne e le ossa.

Uno o entrambi questi uomini moriranno qui stanotte.

Nikolai non lascerà che suo figlio venga preso, e Alexei non si tirerà indietro.

Devo fare qualcosa.

Se Nikolai ha ragione sul fatto che i cecchini non abbiano un obiettivo chiaro, siamo in due contro Alexei. Se sparo, forse—

"Fermatevi!" Come uno spettro, Alina emerge dall'oscurità fumosa del garage, il rosso sangue del suo abito che contrasta con il pallore spettrale della sua pelle e la cortina nera dei capelli.

Come me, è armata, ma a differenza mia, tiene la pistola sul fianco, la canna puntata a terra.

"Fermati, Alexei, per favore." Attraversa l'apertura frastagliata, il bagliore delle fiamme morenti che trasforma i suoi occhi di giada in una sfumatura verdastra di nocciola. "Slava non andrà da nessuna parte, lo sai. Mio fratello non rinuncerà a suo figlio. E non è lui—" La sua voce si incrina. "Non è lui quello che vuoi, comunque."

Faccio un respiro, comprendendo finalmente cosa sta succedendo. Quest'uomo e Alina—si conoscono.

Inoltre, pensa di avere qualche tipo di pretesa su di lei.

"Alina, torna indietro." Il tono di Nikolai assume un tono più acuto, mentre l'intera postura di Alexei cambia, una sorta di terrificante desiderio che si accende nel suo sguardo demoniaco, mentre si posa sul viso di Alina.

Lei alza la pistola, puntandogliela in faccia. "Hai una scelta" dice in modo uniforme. "So che sei un ottimo tiratore, ma lo è anche mio fratello—e lo sono anch'io. E anche Lyudmila lì dentro." Punta la testa verso il garage buio. "Forse puoi abbattere uno o due di noi, prima che i nostri proiettili ti trovino—e forse i tuoi cecchini possono aiutarti—ma nessuno se ne andrà illeso. Potresti avere il vantaggio delle forze che ci circondano, ma qui siamo più numerosi di te. Inoltre..."

La sua voce assume un'inflessione sardonica. "A che ti servo da morta?"

"Alina, stai zitta e torna dentro" ringhia Nikolai. "Non devi—"

"Verrò con te" continua, ignorando suo fratello. "Onorerò il contratto di fidanzamento. E in cambio, chiamerai i tuoi uomini e dimenticherai tutto di mio nipote. Il suo posto è qui—con suo padre e Chloe; lo puoi vedere personalmente."

Gli occhi di Alexei lampeggiano verso di me per un'altra frazione di secondo, soffermandosi sul bambino che sto proteggendo con il mio corpo, assorbendo il modo in cui si aggrappa alle mie gambe, mentre osserva ciò che accade con occhi enormi e pieni di perplessità.

Ecco perché parlano tutti in inglese, mi rendo conto in un angolo lontano della mia mente. Sperano che Slava non capisca tutto con la sua conoscenza ancora limitata della lingua—e almeno in parte, sta funzionando. Può vedere gli adulti puntarsi addosso le pistole, ma non capisce appieno il motivo.

Lo sguardo di Alexei torna su Alina, le orbite nere che bruciano per una bramosia ancora più oscura. "Bene. Abbiamo un accordo. Metti giù la pistola e cammina verso di me."

"Non farlo, cazzo." La voce di Nikolai è tagliente. "Posso farlo fuori io."

"Può essere." Lei depone la sua arma a terra. "O forse morirete entrambi. Forse lo faranno anche Chloe e Slava. Pensaci."

La mascella di Nikolai si stringe. "Non ti lascerò fare questo."

Un sorriso amaro sfiora le sue labbra. "Non spetta a te, fratello. Né a me. Tutta quella faccenda del destino in cui credi? Beh, il mio è stato deciso quando avevo quindici anni, ed è ora che smetta di scappare. Tu e Konstantin mi avete protetta abbastanza a lungo."

Nikolai sta per discutere ulteriormente, posso vederlo, ma lei previene qualsiasi ulteriore discussione camminando rapidamente verso Alexei—che la afferra per il gomito e la tira al suo fianco non appena è a portata di mano.

Il modo possessivo in cui la tiene inchiodata contro di sé non lascia dubbi sul suo intento, la sua figura oscura che incombe su di lei facendomi pensare ad Ade che trascina Persefone negli inferi.

Nikolai deve vedere la stessa cosa, perché il suo volto si contorce per la rabbia, e fa un mezzo passo in avanti—solo per fermarsi, quando il dito di Alexei si stringe in modo ammonitore sul grilletto.

"No, Kolya." Gli occhi di Alina brillano intensamente, mentre Alexei inizia a indietreggiare verso la linea degli alberi, trascinandola avanti, mentre tiene la sua pistola puntata su Nikolai. "Starò bene. Prenditi cura di Chloe e Slava, e ci rivedremo a Mosca qualche volta, okay? E di' a Konstantin di non cercarmi. Non voglio che il sangue venga versato per me!"

Le ultime parole ci raggiungono come un grido da

lontano, e lo sguardo di Nikolai arde di odio, mentre osserva il nemico scomparire nell'oscurità con il suo premio, le ombre che si chiudono intorno a loro come il feroce abbraccio di un amante.

58

CHLOE

MI SVEGLIO IN MEZZO A UN FASTIDIOSO RUMORE DI trapani e martelli in lontananza—una colonna sonora familiare negli ultimi giorni. Dopo l'attacco della scorsa settimana, sia la casa che i terreni del complesso sono stati sottoposti a importanti ristrutturazioni e miglioramenti della sicurezza, tra cui la quintuplicazione delle nostre forze di guardia.

Nikolai è determinato a garantire che nessuno, che si tratti dei Leonov o di qualche altro nostro nemico, possa violare nuovamente le nostre mura, indipendentemente dal numero di mercenari o delle armi avanzate che possano avere a disposizione.

Aprendo gli occhi, osservo il materasso vuoto accanto a me e la debole luce mattutina che filtra attraverso le persiane. È appena l'alba, quindi mio marito dev'essersi alzato presto per la videoconferenza con i suoi fratelli riguardo alla continua ricerca di Alina—ammesso che la notte scorsa abbia dormito.

Con mia grande preoccupazione, i suoi collegamenti notturni sono aumentati in frequenza e in durata dall'attacco, al punto che non so quando si riposerà.

La porta si apre, e l'oggetto delle mie riflessioni entra nella camera.

Mi metto a sedere, il cuore che si stringe per l'espressione cupa sul suo viso.

"Niente?" chiedo a bassa voce, mentre attraversa la stanza verso di me.

Scuote la testa. "È come se fossero scomparsi dalla faccia del fottuto pianeta. Konstantin pensa che la stia trattenendo da qualche parte completamente fuori dal mondo, ma a questo punto nessuno ha idea di dove sia."

"Mi dispiace tanto." Mi allungo per stringergli la mano, mentre si siede sul bordo del letto, ma mi tira in grembo. Avvolgendo strettamente le sue braccia potenti intorno a me, seppellisce il viso tra i miei capelli e inspira profondamente.

Quando si tira indietro per incontrare il mio sguardo, parte della tensione sul suo viso si è allentata. Prendendomi la guancia, mi chiede dolcemente: "Come ti senti, zaychik? Hai dormito bene?"

Giro il viso per dargli un bacio sul palmo, prima di portare la sua mano sul mio petto. "Sì." Sorrido per dissipare la persistente preoccupazione nei suoi occhi. "Sto bene, te lo assicuro."

Dire che Nikolai mi abbia viziata negli ultimi giorni sarebbe un eufemismo. Anche se alcuni tagli superficiali e lividi sui miei piedi nudi erano l'entità delle mie ferite, mi ha trattata come se avessi riportato un'altra ferita da arma da fuoco—o perlomeno, fossi stata gravemente traumatizzata. E anche se è vero che ho di nuovo avuto incubi, sono ben lungi dal cadere a pezzi.

Non che io non sia preoccupata per Alina—lo sono. Nikolai mi ha raccontato dell'accordo di fidanzamento che il padre aveva stretto con Boris Leonov, quando la ragazza aveva appena quindici anni, e se avevo ancora dei dubbi sul fatto che l'uomo meritasse il suo destino per mano di Nikolai, sono scomparsi in quel momento.

Non mi meraviglia che Alexei avesse agito come se avesse un diritto su di lei. Con quel contratto barbaro —e indubbiamente illegale—ce l'ha. Posso solo sperare che i suoi sentimenti per lei si estendano oltre l'oscura lussuria che ho visto sul suo viso quella notte, e che non sia un uomo così terribile come suggerisce la sua reputazione.

Le labbra di Nikolai si incurvano in un sorriso di risposta, mentre si muove per spostarmi dal suo grembo, ma gli avvolgo le braccia intorno al collo, rifiutandomi di lasciarlo andare. "Sdraiati con me, per favore" mormoro nel suo orecchio. "Non mi va di alzarmi ancora."

Per quanto mi preoccupi per Alina, lo sono altrettanto per quanto Nikolai stia prendendo duramente quello che è successo. Non ha dormito decentemente una sola notte nell'ultima settimana, e si vede nelle cavità più scure intorno ai suoi occhi sorprendenti, i solchi più profondi che racchiudono la bocca sensuale... la sua ossessione inesorabile per Slava e la mia sicurezza.

Non solo si è rifiutato di rimuovere le telecamere dall'interno della casa, quando l'ho chiesto, ma sta facendo indossare a me e Slava braccialetti che gli indicano la nostra posizione esatta e misurano i nostri segnali vitali in ogni momento.

Per ora ho scelto di non discutere su questo, poiché abbiamo avuto problemi molto più grandi su cui concentrarci, inclusi i funerali delle guardie cadute—ulteriore motivo che giustifica l'umore cupo di mio marito. Abbiamo perso più di una dozzina dei nostri uomini nell'attacco, e molti altri sono rimasti gravemente feriti—anche se, fortunatamente, la maggior parte degli amici dell'esercito di Nikolai non era tra questi.

Gli uomini di Alexei li hanno sorpresi in un burrone, impedendo loro di venire in nostro aiuto o di chiederlo via radio, ma tutti tranne Ivanko sono sopravvissuti. Anche Arkash, che ha preso un proiettile pericolosamente vicino alla spina dorsale, dovrebbe riprendersi completamente.

L'altro punto importante in tutto questo è Slava. Una volta che abbiamo spiegato che ciò che ha visto faceva parte dell'esercitazione di sicurezza e che Alina è andata in vacanza con "Zio Lyosha", il ragazzino è tornato allegro, tormentando me, Pavel e Lyudmila con un milione di domande sulle nuove guardie e sui lavori in corso nella tenuta.

"Zaychik..." La voce di mio marito assume una

nota più roca mentre io, così innocentemente, lascio che le mie labbra sfiorino il suo lobo dell'orecchio. "Vorrei poter stare con te, ma stamattina ho molto lavoro."

Certo che ce l'ha, ma potrebbe occuparsene dopo aver dormito un po'. Lasciando cadere ogni finzione di innocenza, agito il sedere contro il rigonfiamento crescente nei suoi pantaloni e bacio la parte inferiore della sua mascella. "Per favore... ti prego."

Se c'è una cosa che gli eventi della scorsa settimana non hanno alterato, è il desiderio sessuale di Nikolai—e quel bacio è tutto ciò che gli serve per girarmi sulla schiena e scoparmi, finché non siamo entrambi sudati, e più che soddisfatti. E, come speravo, abbastanza esausti da dormire... almeno quello di noi che non chiude occhio da giorni.

Aspetto finché non sono sicura che sia immerso nell'abbraccio del sonno, prima di divincolarmi con attenzione da sotto il suo braccio e andare in bagno per fare la doccia e prepararmi per la giornata.

Quando esco, è ancora addormentato, il timbro dello sfinimento pesante sui suoi bei lineamenti. Sorridendo teneramente, lo guardo per un po'. Poi, mi sistemo su una poltrona vicino alla finestra e apro il mio laptop per controllare le notizie, come mi sono abituata a fare ogni mattina negli ultimi giorni.

Come speravamo, altre vittime di Bransford si sono fatte avanti da quando è scoppiata la storia della sua aggressione a Masha—e non solo le due donne che Nikolai ha trovato. Ogni giorno ha portato nuove, sempre più orribili rivelazioni... ecco perché sono diventata così dipendente dalle notizie.

Ogni maledetto titolo vendica ulteriormente mia madre.

Aprendo un browser, vado al mio sito di notizie preferito—solo per fermarmi alle parole scritte in grassetto sullo schermo:

BRANSFORD SI SUICIDA IN UNA CAMERA D'ALBERGO

Con lo stomaco che ribolle, clicco sull'articolo.

A quanto pare, circa trentanove minuti fa, Tom Bransford è stato trovato in un attico del Four Seasons con i polsi tagliati, il biglietto di suicidio accanto al letto che non lasciava dubbi su quanto accaduto.

Cioè, pochi dubbi per chi non conosca mio marito e di cosa sia capace.

Metto da parte il portatile, mi alzo e mi avvicino al letto, con il cuore che batte in modo irregolare, mentre fisso l'uomo che dorme lì—il marito che ho imparato ad amare più della vita stessa.

Lo ha fatto lui?

Ha deciso che, anche privato della sua forza politica e sul punto di essere perseguito penalmente, Bransford rappresentava una minaccia troppo grande per me?

Masha o qualcuno come lei è penetrata in quell'attico del Four Seasons e ha organizzato tutto per far sembrare che Bransford si sia ucciso—come i suoi assassini avevano fatto con mia madre?

Dovrei svegliare Nikolai e chiedere la risposta a queste domande, convincerlo ad ammettere la verità—

ma so che non lo farò. Non perché ho ancora paura di affrontare l'oscurità dentro di lui, ma perché mi sto rendendo conto che questa particolare verità non ha importanza.

Suicidio o assassinio, Bransford è morto, e quella parte vendicativa di me—la parte che volevo fingere che non esistesse—è felice. No, più che felice. È decisamente entusiasta.

Che sia stato per mano di Nikolai o per mano sua, Tom Bransford ha ottenuto esattamente ciò che meritava.

Resto vicino al letto per un minuto in più, assorbendo il puro sollievo di quella consapevolezza, la rimozione del peso che non avevo realizzato fosse ancora sulle mie spalle. Lascio filtrare quella sensazione, mentre penso alla bellezza letale del viso di mio marito e alla terribile oscurità nella sua anima—un'oscurità che ora mi rendo conto esiste anche in me.

Quindi, con cautela, per non interrompere il suo tanto necessario riposo, mi sdraio accanto a lui e gli cingo il petto con un braccio. I suoi occhi non si aprono e il suo respiro non cambia, ma si volta e mi stringe contro di lui, il suo corpo potente che si curva intorno a me, scaldandomi, proteggendomi dal mondo.

Il mio petto si dilata, il cuore così pieno che sembra sul punto di scoppiare. Solo un paio di mesi fa ero un'orfana in fuga dagli assassini di sua madre, una donna tutta sola al mondo con un'aspettativa di vita misurata in giorni. Adesso ho mio marito e mio figlio, e un futuro ricco di possibilità.

Forse resteremo qui per i prossimi anni e avrò un lavoro come insegnante in una scuola locale—una scuola che frequenterà anche Slava. O forse andremo a Mosca, e Nikolai riprenderà le redini della sua organizzazione familiare, con tutto ciò che questo comporta. O forse sarà qualcosa di completamente diverso, un percorso che al momento non riesco nemmeno a immaginare.

Qualunque esso sia, ovunque andremo da qui, non importa.

Finché il mio oscuro protettore sarà con me, non avrò paura di nulla.

Insieme, io e Nikolai potremo affrontare il mondo intero.

Grazie per aver seguito l'epica storia d'amore di Chloe e Nikolai! Se tu volessi lasciare una recensione, sarebbe magnifico. Mentre la loro storia termina ne *La Gabbia dell'Angelo*, il viaggio di Alina e Alexei continua in *Bello e Terribile*.

Per essere informati sui miei libri futuri, comprese altre storie sulla famiglia Molotov, iscrivetevi alla mia newsletter su www.annazaires.com/book-series/italiano/.

Desiderate altri dark romance oscuri e ricchi di suspense? Date un'occhiata a *Più Oscuro Dell'Amore*, una collaborazione con Charmaine Pauls e la storia d'amore tra un assassino russo a sangue freddo e un'assassina altrettanto letale i cui percorsi si intrecciano per sempre dopo una notte appassionata a Budapest.

Vi piacciono le commedie romantiche che fanno ridere a crepapelle? Io e mio marito scriviamo insieme romcom piccanti e argute sotto lo pseudonimo di Misha Bell. Acquistate una copia di *Hard Ware - Arnese Duro*, la storia di un'irriverente designer di giocattoli sessuali, di un misterioso potenziale investitore e dei loro due cani innamorati.

Siete fan dell'Urban Fantasy? Date un'occhiata a *La Veggente*, scritto da mio marito Dima Zales, l'epica storia di un'illusionista da palcoscenico che scopre di avere poteri molto reali e del sexy mentore alfa che la aiuta ad affinare le sue abilità.

Ora, voltate pagina per leggere gli estratti da *Più Oscuro Dell'Amore* e *Hard Ware – Arnese Duro*.

ESTRATTO DA PIÙ OSCURO
DELL'AMORE

Una notte buia e fredda, un assassino russo mi ha
rapita in un vicolo.
Sono pericolosa, ma lui è letale.
Sono fuggita una volta.
Non me lo lascerà fare due volte.

La vendetta è sua.
Il tradimento è mio.
Ma lo stesso vale per le bugie che racconto per
proteggere coloro che amo.

Siamo fatti della stessa pasta. Entrambi spietati.
Entrambi danneggiati.
Nel suo abbraccio, trovo l'inferno e il paradiso, il suo
tocco crudelmente tenero capace di distruggermi e di
darmi sollievo al contempo.

Dicono che un gatto abbia nove vite, ma un assassino ne ha solo una.

E Yan Ivanov ora possiede la mia.

"Allora, da quanto tempo lavori al bar?" chiede il tizio con i tatuaggi—quello apparentemente più gentile— quando rimuovo la giacca invernale e ci sediamo nel salotto. Con la sua carta da parati arancione in stile sovietico e le tende marroni, questo posto sembra non essere stato rinnovato dagli anni Ottanta, ma il divano logoro su cui siamo seduti è sorprendentemente comodo. Forse *accetterò* la sua offerta di dormire qui. Questo, se non mi uccidono e scaricano il mio corpo nel fiume prima dell'alba.

Penso che il mio rapitore stesse solo testando le mie abilità linguistiche con quella proposta, ma non posso esserne sicura.

"Mina?" chiede l'uomo, e mi rendo conto di essere rimasta in silenzio, invece di rispondere alla sua domanda. Ora che parte dell'adrenalina sta svanendo, l'estrema stanchezza è tornata, confondendo i miei pensieri e rallentando le mie reazioni. Non voglio altro che stendermi su questo divano e addormentarmi, ma potrei non svegliarmi, se lo facessi.

I russi potrebbero decidere che ciò che ho sentito merita di uccidermi piuttosto che tenermi prigioniera durante la notte.

"Lavoro lì da alcuni mesi" rispondo, con voce

tremante. È facile sembrare terrorizzata, perché lo sono.

Mi ritrovo con due uomini che potrebbero uccidermi, e non sono in grado di difendermi.

L'unica cosa che mi dà speranza è che non l'hanno ancora fatto. Potevano facilmente uccidermi nel vicolo; non avevano bisogno di portarmi qui per quello. Certo, c'è un'altra possibilità, quella che ogni donna deve considerare.

Potrebbero aver intenzione di violentarmi, prima di uccidermi, nel qual caso l'avermi portata qui ha perfettamente senso.

Il pensiero mi fa contorcere lo stomaco, con i vecchi ricordi che minacciano di prendere il sopravvento, ma sotto la paura e il disgusto provo qualcosa di più oscuro, di infinitamente più incasinato. Il breve brivido di eccitazione che avevo sperimentato al bar non era niente in confronto a come mi sono sentita, quando il pericoloso sconosciuto mi ha ingabbiata contro la parete, accarezzandomi il viso con quella crudele dolcezza. Il mio corpo—quello debole e danneggiato che ho odiato per tutto l'anno scorso—è tornato in vita con una tale forza che era come se i fuochi d'artificio si fossero accesi sotto la mia pelle, incenerendo il mio nucleo e bruciando le mie inibizioni.

È riuscito a percepirlo?

Sapeva quanto volevo che continuasse a toccarmi?

Penso di sì. E, inoltre, penso che lo volesse. I suoi occhi—di un verde acceso e simile a una gemma—mi hanno guardata con l'intensità di un predatore, osservando ogni contrazione delle mie ciglia, ogni sussulto del respiro. Se fossimo stati soli, avrebbe potuto baciarmi... o uccidermi sul posto.

È difficile dirlo con lui.

"Ti piace? Lavorare al bar, intendo" chiede l'uomo tatuato, riportando la mia attenzione su di lui. Lui *è* facile da leggere. Noto un inconfondibile interesse maschile nel modo in cui mi guarda, un evidente bagliore nei suoi occhi verdi.

Aspetta un secondo. *Occhi verdi?*

"Siete fratelli?" azzardo, poi mi maledico in silenzio. Sono così stanca che non sono lucida. L'ultima cosa di cui ho bisogno è che immaginino che sto raccogliendo informazioni su di loro, oppure—

"Lo siamo." Un sorriso illumina il suo grosso viso, addolcendogli i lineamenti duri. "Gemelli, in realtà."

Cazzo. *Non* avevo bisogno di saperlo. Ora mi dirà il suo—

"A proposito, sono Ilya" dice, tendendo una grande zampa verso di me. "E mio fratello si chiama Yan."

Oh, cazzo. Sono rovinata. Mi *uccideranno*. "Piacere di conoscervi" dico debolmente, stringendo la mano automaticamente. La mia stretta è debole come la voce, ma va bene. Devo fingere di essere una damigella in pericolo, e più sono convincente, meglio è.

Peccato che la recita sia perlopiù reale ultimamente.

Ilya mi stringe la mano con cautela, come se avesse paura di schiacciarmi inavvertitamente le ossa, e la speranza prende vita dentro di me. Non sarebbe così attento con me, se avessero intenzione di violentarmi brutalmente e uccidermi, no?

Come se mi leggesse nel pensiero, mi rivolge un altro sorriso, ancora più gentile questa volta, e dice burbero: "Mi dispiace per mio fratello. È abituato a vedere nemici dietro ogni angolo. Te ne *andrai* via di qui incolume, te lo prometto, *malyshka*. Dobbiamo tenerti durante la notte per precauzione, tutto qui."

Stranamente, gli credo. O almeno credo che *lui* non intenda farmi del male. Non ne sono altrettanto certa per quanto riguarda suo fratello—che sceglie il momento esatto in cui entrare, portando una tazza di tè in una mano e due birre nell'altra.

Il respiro mi si blocca nella gola, mentre lui—Yan— poggia i drink sul tavolino davanti a noi e si siede tra me e Ilya, infilandosi nello spazio troppo piccolo. Istintivamente, mi sposto di lato, per quanto il divano lo consenta, ma sono solo circa sei centimetri, e la mia gamba finisce premuta contro la sua, con il calore del suo corpo che mi brucia nonostante gli strati dei nostri vestiti.

Si è tolto la giacca invernale in pelle scamosciata che indossava, e ora è vestito come prima al bar, con i pantaloni eleganti e la camicia. A parte le maniche tirate su, esponendo avambracci muscolosi leggermente ricoperti da peli scuri.

È forte, questo mio spietato rapitore. Forte e perfettamente in forma, con il corpo che è un'arma micidiale sotto quegli indumenti perfettamente su misura.

"Tè" dice con quella sua voce profonda, così diversa dai toni più rudi di suo fratello. "Come richiesto dalla principessa."

"Grazie" mormoro, allungandomi verso la tazza. Le mie mani tremano visibilmente, il mio respiro è superficiale, e sudo—e nulla di tutto ciò è una recita. Sento il profumo virile della sua acqua di colonia—qualcosa di sensuale, come pepe e legno di sandalo—e la sua vicinanza mi sconvolge, facendomi ribollire le viscere con un confuso mix di paura e desiderio. Anche se non fosse il pericolo in persona, sarei attratta dal suo bell'aspetto magnetico, ma sapendo quello che so di lui —quello che fa e quello che potrebbe farmi—non posso controllare la mia reazione indifesa.

Anche la mia stanchezza si attenua, lasciandomi nervosa e agitata, come se avessi bevuto due litri di caffè espresso.

Sono profondamente consapevole del suo sguardo su di me, mentre mi porto la tazza alle labbra e ne bevo un sorso, sopprimendo un sibilo per la temperatura bollente dell'acqua. Sto cercando di non guardarlo, di concentrarmi solo sul mio tè, ma non posso fare a meno di fissarlo, mentre si allunga e prende una birra. Le sue dita sono lunghe e mascoline, e sebbene le unghie siano ben curate, i calli ai bordi dei pollici contraddicono l'eleganza del suo aspetto.

È un uomo abituato a fare cose con le mani.

Cose terribili e violente.

Una donna normale proverebbe repulsione al solo pensiero, ma il mio cuore batte più forte, e qualcosa di dolorante inizia a pulsarmi tra le gambe, con gli slip che s'inumidiscono di calore liquido. La sua oscurità mi attrae, facendomi sentire viva in un modo che non avevo mai sperimentato.

È come se il simile riconoscesse il suo simile, con ciò che è sbagliato in me che brama lo stesso in lui.

Ilya afferra la bottiglia rimasta; ha le mani grosse e ruvide, con alcuni tatuaggi sulla schiena. Non scorgo finzione in lui, nessun tentativo di nascondere ciò che è dietro un'elegante maschera. "Ai nuovi amici" dice, facendo tintinnare la bottiglia contro quella di suo fratello e poi, più delicatamente, contro la mia tazza di tè. Azzardo un'occhiata, ma noto il duro sguardo di Yan.

Distolgo rapidamente il mio, ma non prima che un rossore traditore s'insinui nel mio collo e mi copra la faccia. "Ai nuovi amici" ripeto, fissando la tazza come se potessi vedere il mio destino scritto sulle foglie di tè. Non sono sicura di volere che Yan scopra l'effetto che ha su di me—anche se probabilmente ne è già consapevole.

Stasera non sono esattamente al massimo della forma.

"Sì, ai nuovi amici" mormora Yan, poggiando la grossa mano sul mio ginocchio per stringerlo leggermente.

Sorpresa, lo guardo e lo vedo trangugiare la birra, con la gola forte che si muove, mentre deglutisce. È uno spettacolo stranamente sensuale, e le mie viscere si stringono, mentre abbassa la bottiglia e incontra il mio sguardo, con gli occhi cupamente intenti, mentre la mano sul mio ginocchio si sposta di un paio di centimetri sulla coscia, più vicino a dove sono bagnata e dolorante.

Oh, Dio.

Lo sa.

Lo sa sicuramente.

"Ilya" dice piano, sostenendo ancora il mio sguardo. "Ti dispiace prepararci un paio di panini? Credo che Mina abbia fame."

"Davvero?" Ilya sembra confuso, mentre si alza, e lo guardo per trovarlo accigliato—in particolare a causa della mia coscia, dove la mano di Yan è poggiata così possessivamente. Lentamente, la tensione permea il suo grande corpo, con le mani che si flettono ai fianchi, mentre lo sguardo si sposta sul viso di suo fratello.

"Non credo che abbia fame" sbotta, con voce bassa e dura. I suoi occhi mi trafiggono. "È vero, Mina?"

Deglutisco duramente, incerta su quale sia la risposta giusta. Se sto interpretando le cose nel modo giusto, Yan ha appena rivendicato la propria esclusiva su di me, una cosa che rafforzerei, se ammettessi questa fame inventata.

È quello che voglio?

Per mandare via il fratello che è stato gentile con me, in modo da poter stare da sola con l'uomo che ha proposto di scaricare il mio corpo nel fiume?

"Un... un panino andrebbe bene." Le parole non sembrano appartenere a me, ma è la mia voce a pronunciarle, mentre il cervello cerca di comprenderne le implicazioni. "Cioè, se non crea troppo disturbo."

La bocca di Ilya si assottiglia. "Bene. Vedrò che cos'abbiamo nel frigo."

E voltandosi, si allontana, lasciandomi sul divano con suo fratello.

Volete saperne di più? Visitate www.annazaires.com/book-series/italiano/ per ordinare subito la vostra copia!

ESTRATTO DA HARD WARE –
ARNESE DURO DI MISHA BELL

Dunque, il mio chihuahua ha ingroppato un'orsa. Scusatemi: una cagna gigante, simile a un'orsa.

Ora, il bellissimo proprietario dell'orsa mi sta alle costole: pretende che io faccia un test per le malattie veneree… al mio animale!

Un altro problemino di questa molestia tra cani? Il misterioso proprietario dell'orsa potrebbe essere la chiave per finanziare la mia nuova impresa e portare al successo la mia azienda di giocattoli. E per "giocattoli", intendo quelli divertenti: quelli di cui tutte le donne (e gli uomini) hanno bisogno.

Se solo riuscissi a capire che cosa nasconde… o a tenere sotto controllo la mia libido! Perché mescolare affari e piacere è una pessima idea, e Dragomir Lamian potrebbe non essere quello che sembra.

NOTA: Questa è una commedia romantica a sé stante, licenziosa e piccante, che narra di un'eroina sicura di sé, ossessionata dai sex toys, che conosce ogni superstizione russa sotto il sole, e del suo incontro fortuito con un estraneo attraente e misterioso, nonché di due cani allupati, uno dei quali potrebbe avere un sex toy speciale tutto per sé. Se uno qualsiasi di questi elementi non è di vostro gradimento, scappate subito! Altrimenti, allacciatevi le cinture per una corsa che vi farà ridere a crepapelle.

È un'*orsa* quella?

Ho come la sensazione che le palline di Kegel siano sul punto di uscirmi dalla vagina. Stringo i muscoli ben allenati per tenere il giocattolo all'interno. Le due sfere sono di mia invenzione, quindi so che, se le stringo ancora una volta, si attiverà la vibrazione (e non è un buon momento).

Il guinzaglio nella mia mano viene strattonato.

"Bonaparte, comportati bene!" La severità nella mia voce è inutile. Il mio chihuahua continua a strattonare, con lo sguardo incollato all'orsa, scodinzolando così rapidamente, che mi aspetto quasi di vederlo sollevarsi in aria come un drone.

Con mio sollievo, l'orsa si limita ad annusare l'idrante, ignara del delizioso antipasto di due chili scarsi a un solo balzo di distanza.

Piantando i talloni, tiro indietro il guinzaglio. "Sul serio, Boner. *Vuoi* farti mangiare?"

La strattonata si ferma e il mio cane mi rivolge uno sguardo colmo di un misto di tristezza e indignazione negli occhi verdi. Come al solito, posso immaginare che cosa mi direbbe, se fossi una sussurratrice di cani:

"*Ma chérie*, quella cagna mi sta ignorando. *Moi!* Impensabile!"

Gli lancio un croccantino. "Quell'orsa chiaramente non conosce le buone maniere. In sua difesa, però, *tu* sapresti resistere alla tentazione di annusare quell'idrante? Siamo vicino a Central Park. Milioni di cani avranno fatto pipì lì. L'odore dev'essere paradisiaco."

Con un balzo, Boner afferra il croccantino, lo inghiotte senza masticare e torna a concentrarsi sulla sua gigantesca preda.

Il mio sguardo si sposta sull'uomo che tiene il guinzaglio della bestia, e resto a bocca aperta, mentre i miei muscoli intimi stringono involontariamente le palline di Kegel.

La vibrazione si attiva, ma io la ignoro, divorando con gli occhi l'esemplare maschile alto e dal fisico atletico di fronte a me.

Il proprietario dell'orsa è sexy.

Super sexy, bollente, da farmi sciogliere le mutandine ed esplodere l'utero!

Così sexy, che finirò per masturbarmi pensando a lui.

Aspettate. In senso stretto, mi *sto* masturbando pensando a lui: la vibrazione all'interno della mia vagina mi sta portando sempre più vicino al climax, ad ogni secondo che passa. Per fortuna, lui non mi sta guardando, quindi posso divorarlo con gli occhi senza vergogna.

Quest'uomo soddisfa tutti i miei requisiti, anche quelli che non sapevo di avere.

Capelli folti e setosi del colore della pelliccia di visone. Barba scura corta e ben curata, che enfatizza il naso regale e i lineamenti scolpiti. Spalle larghe, imbottite con la giusta quantità di muscoli, e un petto da far svenire, che si assottiglia fino a una vita magra con i fianchi stretti. Indossa persino un dolcevita, per la miseria… e tutti sanno che è l'equivalente maschile di un abitino nero sexy.

Oh, e le sue labbra… Vorrei fare uno stampo di quelle labbra e trasformarlo in un sex toy.

A proposito di sex toys, le palline mi stanno portando sempre più vicino all'apice. Pur essendo stata accusata di essere blasé riguardo a queste cose, persino io riconosco che venire qui e ora, davanti a un estraneo, non sia la mossa più socialmente accettabile da parte mia.

Devo disattivare le sfere, cosa che può accadere solo se le stringo altre tre volte. Il problema è che ogni stretta cambia anche la velocità di vibrazione; quindi, la mia situazione peggiorerà, prima di migliorare.

Non c'è modo di evitarlo, suppongo.

Stringo.

La vibrazione s'intensifica.

Ancora due volte e…

Boner abbaia.

Il muso massiccio dell'orsa si stacca dall'idrante, e due giganteschi occhi marroni si concentrano sull'antipasto a forma di cane ai miei piedi.

Ottenendo finalmente l'attenzione che desiderava, Boner scodinzola rapidamente e cerca di correre incontro al suo destino.

Stringo di nuovo le palline, involontariamente. Un'altra volta ancora, e si spegneranno. Solo che la vibrazione è alla massima velocità, adesso, e la sensazione è incredibile. Talmente, talmente incredibile…

Merda! Che cosa sto facendo?

Devo stringere un'ultima volta.

Solo che i muscoli necessari si sono trasformati in gelatina, e faccio fatica a contrarli.

Ci siamo?

Avrò un orgasmo proprio mentre il mio cane viene divorato, il tutto davanti a uno sconosciuto follemente sexy?

Volete continuare a leggerlo? Visitate www.mishabell.com/it/ per ordinare subito la vostra copia!

BIOGRAFIA DELL'AUTRICE

Anna Zaires è un'autrice bestseller di sci-fi romance, romance contemporaneo erotico e dark del *New York Times, USA Today*. È appassionata di libri dall'età di cinque anni, quando sua nonna le insegnò a leggere. Da allora, vive sempre parzialmente in un mondo di fantasia, in cui gli unici limiti sono quelli della sua immaginazione. Al momento risiede in Florida. Anna è felicemente sposata con Dima Zales (un autore fantasy e di science fiction) e collabora strettamente con lui in tutti i suoi lavori.

Per saperne di più, visitate il sito www.annazaires.com/book-series/italiano/.